ENTDECKUNG DES SCHICKSALS

STONECROFT SAGA: BAND ZWEI

B.N RUNDELL

WOLFPACK
PUBLISHING
— EST 2013 —

Veröffentlicht in den Vereinigten Staaten von Wolfpack Publishing Verlag, Las Vegas.

Wolfpack Publishing
5130 S. Fort Apache Road, 215-380
Las Vegas, NV 89148

wolfpackpublishing.com

Taschenbuch ISBN 978-1-63977-402-9
eBook ISBN 978-1-63977-401-2

Für meine Frau Dawn. Die Liebe meines Lebens seit dreiundfünfzig und mehr Jahren. Sie ist der Grund, warum ich meinen nächsten Atemzug tue. Soll ich dich mit einem Sommertag vergleichen? Du bist schöner und gemäßigter als dieser!

ENTDECKUNG DES SCHICKSALS

1

WESTEN

Sie hatten sich ihren Weg durch Abtrünnige Shawnee, Flusspiraten und Kopfgeldjäger erkämpft und standen nun an den Hängen oberhalb des Westufers des Mississippi, ihrem ersten Ziel auf einer möglicherweise lebenslangen Reise durch die Wildnis. Es war schon lange ihr Traum, das Gebiet jenseits der zivilisierten Welt zu erkunden und ihre eigenen Spuren dort zu hinterlassen, wo andere noch nie zuvor gewesen waren. Obwohl ihnen diese Reise aufgezwungen worden war, versprach sie doch die Erfüllung gemeinsamer Visionen und Hoffnungen. Sie waren gereift in den Köpfen zweier Jugendlicher in den Wäldern und dem lebenslangen Lesen von Zeitschriften, Büchern und mehr. Nun blickten sie auf eine Wildnis, in der nur Mokassinabdrücke den zurückgelegten Weg der Menschen vermuten ließen, und nur wenige andere wagten es, überhaupt ihre Spuren zu hinterlassen.

Die aufgehende Sonne malte ihr Muster in rosa Farbtönen auf ihre Rücken, während die beiden Freunde auf der einsamen Anhöhe standen und auf das wilde Land hinabschauten. Es erstreckte sich weit über ihre Vorstellungskraft hinaus und verblasste in der Ferne zu einem gedämpften grauen Nebel, der wie eine flaumige Decke am westlichen Horizont lag. Ihre Blicke waren starr auf die Szenerie gerichtet, jedoch nicht auf das, was sie sahen, sondern auf das, an was sie glaubten, und auf die abstrakten Bilder, die sie lange Zeit, wenn auch nur in ihren Träumen, geteilt hatten. Vor ihnen lagen Meilen über Meilen von Farbklecksen, während die kühlen Winde des Herbstes den Hauch von Orange, Gold, Rot und unzähligen Schattierungen von Kastanien- und Braun- tönen auf die Wälder malten. In den Köpfen von Gabriel Stonecroft und Ezra Blackwell erschien es so, als hätte der Schöpfer für einen Moment seine Farbpalette niedergelegt und sich zurückgelehnt, um sein Werk zu genießen.

Gabriels Schultern hoben sich, als er tief die Morgenluft einatmete und sich dann seinem Freund zuwandte: "Es ist kaum zu glauben, dass wir endlich hier sind. Unsere Füße stehen auf festem Boden, niemand ist in der Nähe und der Westen liegt vor uns."

Ezra grinste, blickte hinunter auf ihre langen Schatten, die sich den Hang hinunterzogen, und wandte sich dann wieder der aufgehenden Sonne zu. "Ich glaube, Gott hat sein Licht für uns ausgesandt, damit wir sehen, welchen Weg wir gehen sollen!"

Gabriel kicherte: "Da haben wir's, schon wieder gepredigt!" Er betrachtete die rosa Tupfen, die den östlichen Himmel bedeckten und von den Wassern des Mississippi zurück reflek- tiert wurden: "Aber vielleicht hast du ja Recht. Wie wäre es also, wenn wir für den Augenblick zu unseren Pferden zurück- kehren und aufpacken? Der Kapitän sagte, dass es zwei, viel- leicht drei Tage bis Neu Madrid sind, und der Ort wird unsere letzte Chance sein, uns neu mit allem was wir brauchen einzudecken."

"Und die letzte Chance auf eine hausgemachte Mahlzeit", murmelte Ezra und folgte Gabriel auf dem Weg zu den Pferden.

"Hausgemacht? Du meinst wohl eher gekauft! Aber nach dem, was der Kapitän sagte, gibt es vielleicht kein Lokal, an dem man eine Mahlzeit erstehen kann. Er behauptete, es gäbe nicht viel dort, da dort erst seit fünf oder sechs Jahren eine neue Siedlung wäre. Davor war es eine französische Niederlassung, also vielleicht..."

"Ich mag französisches Essen!", erklärte Ezra.

"Du magst jedes Essen, das du nicht selbst kochen musst", erklärte Gabriel und drängte sich durch das dichte Gestrüpp bis zur Lichtung. Sie waren bei Tagesanbruch von dem Plattbodenschiff, das sie von Pittsburgh aus den Ohio Fluss hinuntergetragen hatte, von Bord gegangen und hatten sich von ihren Reisegefährten der letzten drei Monate verabschiedet.

Die Lichtung befand sich an der Baumgrenze, die den Anfang der Sandbank des Mississippi markierte. Kapitän Lucius Schmidt und seine Freunde hatten ihre Handelsreise in Pittsburgh begonnen, und Gabriel und Ezra waren ein nützlicher Teil der Besatzung im Gegenzug für die Passage für sich und ihre Pferde gewesen. Die Tiere standen nun im hohen Gras und beobachteten das Näherkommen der beiden Männer.

Vier Pferde, eine Fuchsstute und ein Fuchswallach, die beiden Packpferde, der große braune Wallach von Ezra und der große schwarze Hengst von Gabriel, hoben ihre Köpfe gleichzeitig, als sich die beiden ihnen vertrauten Männer näherten. Der Rappe war ein Andalusier, den sein Vater von einem Zigeuner eingetauscht hatte. Der Zigeuner musste das Land, das plötzlich gefährlich für ihn und seine Familie geworden war, unbedingt verlassen. In der Gegend von Philadelphia waren die Leute nicht allzu freundlich zu den reisenden Zigeunern. Der große Schwarze war von seinem ersten Tag auf dem Stonecroft-Anwesen Gabriels Pferd gewesen.

Gabriels Vater war ein wohlhabender Geschäftsmann, der

sein Vermögen durch kluge Investitionen und Handel aufgebaut hatte. Dabei hatte er auch eine Waffensammlung ange-
häuft, die die Geschichte der Kriegsführung der letzten
zweihundert Jahre umspannte. Gabriels Vater hatte ihn aus
dieser Sammlung mit allem ausgestattet, als es für Gabriel
notwendig wurde, Philadelphia zu verlassen. Sein Weggang
war das Ergebnis eines Duells, das zustande kam, als Gabriel
die Ehre seiner Schwester gegen den Sohn eines wohlha-
benden und verrufenen Mannes verteidigte. Dieser Mann
hatte allerdings viele mächtige Freunde und Verbindungen in
Philadelphia, sowohl im Kongress als auch vor Gericht. Jacob
Wilson, der Vater des ermordeten Jason, wollte Rache und er
schreckte vor nichts zurück, um diese zu erhalten. Um seine
Familie vor weiteren Peinlichkeiten oder Schikanen zu bewahren, entschied sich Gabriel dazu, seine Heimat zu verlassen.
Seinen besten Freund Ezra wollte Gabriel nicht zurücklassen.

Während sie ihre Ausrüstung packten, wanderten Gabriels
Gedanken zurück zu seinem Zuhause und zu seinem Vater und
seiner Schwester. Obwohl er zu Hause ein gutes Leben hatte -
er hatte sein Studium an der Universität abgeschlossen und
war bereit, bei seinem Vater ins Geschäft einzutreten -, war sein
Herz nie mit der Stadt oder dem Geschäft verbunden gewesen.
Er und Ezra hatten ihre Jugend in den Wäldern verbracht,
jagten, fischten und teilten immer ihren Traum, die unbekannte Wildnis im Großen Westen zu erforschen. Jetzt, da er
an seine Familie und sein Zuhause dachte, wusste er, dass er
niemals dorthin zurückkehren würde. Bei einigen Männern
war es so, dass die Wildnis sie mit all ihrer Existenz in ihren
Bann zog und sie sich niemals irgendwo anders zu Hause
fühlen können. Und da der Westen vor ihnen lag, gab es keine
Grenze für das, was sie erwarten würde.

Gabriel schwang den Dragon-Sattel auf den Rücken seines
Pferdes Ebenholz, schob die Sattelpistolen in die Halfter, die
auf beiden Seiten des Knaufs hingen, dann versorgte er das

Ferguson-Gewehr in die lange Lederhülle, die auf der rechten Seite des Sattels ruhte. Unter dem Steigbügelriemen der linken Seite schmiegte sich die Scheide mit dem mongolischen Bogen an den Sattel. Seine Bettrolle wurde hinter dem Zwiesel durch Lederriemen gehalten und der Pfeilköcher hing auf der linken Seite hinter dem Bein des Reiters herab.

Das Ferguson Gewehr unterschied sich optisch kaum von Ezras Lancaster-Langgewehr. Beides waren Steinschlossgewehre. Der Hauptunterschied bestand jedoch darin, dass das Ferguson ein Hinterlader war, und als solcher konnte Gabriel damit zwischen sechs und zehn Schuss pro Minute abfeuern, im Vergleich zu den zwei oder drei der üblichen Schützen mit einem herkömmlichen Steinschloss-Gewehr. Auch Gabriels Pistolen waren einzigartig, wobei die Sattelpistolen aus französischer Herstellung mit doppeltem Lauf über und unter dem Boden und einzigartigen wasserdichten Pfannen ausgestattet waren. Seine Gürtelpistole war doppelläufig, aber der Schütze musste die beiden Läufe und Schlösser drehen, bevor er den zweiten Lauf abfeuern konnte. Alle seine Waffen waren selten und stammten aus der umfangreichen Sammlung seines Vaters. Gabriel war außergewöhnlich gut bewaffnet.

Gabriels Aussehen täuschte viele. Als junger Mann von neunzehn Jahren war er etwas über zwei Meter groß und wog gut einhundertneunzig Pfund. Er war ein gutaussehender und selbstbewusster Mann mit sandblondem Haar, moosgrünen Augen, einem quadratischen Kiefer und hohen Wangenknochen. Die wie gemeißelt wirkenden Gesichtszüge und die scharfe Adlernase täuschten darüber hinweg, dass er geschmeidig, aber kraftvoll war. Er hatte unter Daniel Mendoza, einem dreimaligen Weltmeister, sowie auch mit Gentleman John Jackson, einem aufstrebenden Kämpfer, Boxen trainiert. Aber es war sein Training in Akiyama Yōshin-ryū und seinem speziellen Stil von Jūjutsu gewesen, der Gabriels Kampfstil den außergewöhnlichen Schliff gegeben hatte, und ihn in ausgezeichneter körperlicher Verfassung hielt. Gabriel war ein Mann der sanften Worte und nie darauf bedacht, in einen Konflikt einzutreten. Gewöhnlich ganz im Gegenteil, denn er gab sich alle Mühe, jedem Problem aus dem Weg zu gehen - besonders nach den Ereignissen in Philadelphia, die das Leben eines Mannes beendet hatten, den er als Freund, wenn auch nicht als engen Freund, betrachtet hatte. Jason Wilson war schon immer ein Angeber und Möchtegern-Tyrann gewesen. Er hatte jede Gelegenheit genutzt, den Einfluss seines Vaters auf diejenigen mit geringerer gesellschaftlicher Bedeutung auszuspielen, aber als er sich dazu entschieden hatte, mit Beleidigungen Gabriels Schwester zu kränken, war Gabriel gezwungen gewesen, sie und ihre Ehre zu verteidigen.

Gabriel schüttelte den Kopf bei der Erinnerung. Er hob seinen Blick gen den Hügel, den sie gerade heruntergekommen waren. Er stellte sich das riesige Panorama vor, das sie genossen hatten, und ließ dieses Bild seinen Geist erfüllen und die Dämonen seiner Vergangenheit verjagen. Die Kopfgeldjäger, die vom alten Jacob Wilson entsandt worden waren, waren getötet worden. Sie hätten Gabriels Kopf in einem Eimer zurückbringen sollen, aber nun würde es lange dauern, bis der Wilson-Clan vom Tod der Verfolger erfahren würde. Zu diesem Zeitpunkt würden er und Ezra längst weg sein, auch wenn sie ihre Feinde nicht so leicht vergessen würden.

Sie schwangen sich in die Sättel und lenkten die Pferde nach Südwesten mit Ziel Neu Madrid, spanisches Territorium. "Der Kapitän sagte, dies", er deutete mit dem Arm auf das Land vor ihnen, "sei Quapaw-Territorium. Aber er meinte auch, dass dort" Gabriel zeigte über den Fluss, " Chickasaw-Gebiet ist. Unser Freund der Kapitän ist der Meinung, dass die Quapaw ein freundlicher Haufen seien, aber da gibt es wohl auch Osage, Tamaroa und andere Stämme." Gabriel schaute über die Schulter zurück zu Ezra. Sie ließen den Pferden mehr

Zügelfreiheit und folgten dem schwach sichtbaren Wildpfad durch den dichten Wald.

"Du bist ein wahres Bündel an Ermutigung, oder?", zog Ezra seinen Freund auf. Er war der Sohn des Pastors der Mother Bethel Afrikanischen Methodistenkirche in Philadelphia und bezeichnete sich selbst oft als Schwarzer Ire, da seine Mutter, Colleen Dubh O'Neill von den alten Kelten abstammte. Seine Mutter behauptete, dass ihre Ursprünge sogar auf die Wikinger zurückführten. Er war fünf Fuß acht Zoll groß, sein Körper solide gebaut. Er wog hundertsiebzig Pfund, war fast keilförmig mit breiten Schultern und schmalen Hüften. Gabriel behauptete immer, Ezra wäre stark wie ein Ochse. Er hatte kurzes, schwarzes, gewelltes Haar und eine breite, flache Nase, die die tiefschwarzen Augen trennte, die unter seinen dicken Augenbrauen hervorschauten. Die beiden Männer konnten sich nicht daran erinnern, jemals etwas anderes als beste Freunde gewesen zu sein. Man sah sie immer zusammen. Ezra hatte es für ganz natürlich gehalten, dass sie zusammen weggehen würden. Wenn sein Freund in Schwierigkeiten war und weggehen musste, so war er es auch und folgte ihm.

Nach fast vier Stunden im Sattel legten die Männer, die noch immer an das schaukelnde Deck des Plattbodenkahns gewohnt waren, eine Mittagspause ein. Sowohl die Männer als auch die Tiere mussten sich erst wieder an die Bewegungen des Reitens gewöhnen. Sie pflockten die Pferde in Reichweite von Wasser und Gras fest, richteten dann ein kleines Feuer ein, um Kaffee zu kochen und die Reste ihrer letzten Mahlzeit an Bord des Bootes aufzuwärmen. Als sie sich beide zurücklehnten und den Kaffee genossen, fragte Ezra: "Geht es dir gut?"

Gabriel wusste, warum sein Freund fragte. Er hatte Nachricht vom Tod seines Vaters in einem Brief erhalten. Das Dokument hatte ihn in Cincinnati erwartet. Gabriel war seitdem etwas in sich gekehrt und still geworden. Er blickte zu Ezra hinüber: "Sicher, sicher. Es war ein derber Schlag, aber ich glaube, er wusste, dass er nicht mehr lange haben würde. So wie er sprach, als wir uns das letzte Mal zu Hause unterhielten, war es, als ob er es irgendwie wusste. Er hatte nie gesagt, dass er krank war oder sich sogar schlecht fühlte, aber mit meiner Abreise und danach Gwyneths Weggang von zu Hause war es wohl, als hätte er keinen Grund mehr gehabt, weiterzumachen."

"Wo ist deine Schwester hin?", fragte Ezra.

"Sie erzählte viel von Hamilton Claiborne. Du erinnerst dich an ihn, oder? Der verweichlicht aussehende Junge, der Jura studierte. Laut dem Brief, den Anwalt Sutterfield schrieb, hat sie ihn geheiratet und sich dann mit ihm auf den Weg nach Washington gemacht. Claiborne sagt, dass man immer noch darüber redete, die Hauptstadt dorthin zu verlegen. Er will wohl vor Ort sein, um alle wichtigen Verbindungen herzustellen."

"Aber was ist mit deinem Anwesen?"

Gabriel sah ein wenig wehmütig aus, aber zwang sich dann zu einem Grinsen: "Vater hatte in seinem Testament Vorkehrungen getroffen, damit Gwyneth ein gutes Taschengeld bekommt, und er sagte mir, er würde den Anwalt alles verkaufen lassen und das Geld in einen Fond anlegen, aus dem ich bei Bedarf schöpfen könnte. Der Anwalt hat gefragt, ob es in Ordnung wäre, wenn er selbst das Haus kaufen würde, also werde ich einen Brief aufgeben, wenn wir in Neu Madrid ankommen und die Dinge mit ihm regeln."

"Dann hast du also keinen Grund, nach Philadelphia zurückzukehren?", fragte Ezra.

Gabriels Augen wurden feucht, als er sich an sein Zuhause und seine Familie erinnerte, dann blickte er zu seinem Freund auf und sagte: "Nein, ich glaube nicht. Aber das heißt nicht, dass du es nicht kannst."

Ezra kicherte: "Seit meine Mutter gestorben ist, sind Pa und ich nicht mehr auf einer Augenhöhe. Und da er darüber nach-gedacht hat, die Witwe Baker zu heiraten, hat er sich, glaube ich, sogar gefreut, als ich ihn bat, mit dir hierher kommen zu dürfen." Er schüttelte den Kopf und starrte auf die glühenden Kohlen des Feuers: "Nein, es scheint, dass du und ich jetzt die einzige Familie sind, die jeder von uns beiden hat."

"Nun, um ehrlich zu sein, waren wir immer mehr wie eine Familie als jeder andere in unserem Umfeld. Also, Bruder, viel-leicht sollten wir uns beeilen. So sehr ich die freie Natur auch mag, ich glaube, ich hätte gerne einen warmen Ort, wo ich den Winter verbringen darf."

Beide Männer kicherten, als sie ihre Ausrüstung zusam-mensuchten und wieder auf die Pferde luden, um ihre Reise fortzusetzen. Es war ein wunderschöner Tag, klarer blauer Himmel, nirgendwo eine Wolke zu sehen, und die kühle Brise des Herbstes bewegte die bunten Blätter wie die Wellen des Meeres. Das Bild versprach alles, enthüllte aber nichts.

2

TAMAROA

Gabriel spritzte sich Wasser ins Gesicht, wischte sich mit den nassen Händen den staubigen Hals ab und fuhr sich mit den Fingern durch das zerzauste Haar. Er stützte sich auf den Ellbogen, schöpfte eine weitere Handvoll Wasser, um sich den fahlen Geschmack der Nacht vom Mund zu waschen. Dann erstarrte er an Ort und Stelle und sah ein seltsames Spiegelbild in dem plätschernden Wasser. Ein Mann stand hinter ihm und beobachtete sein Morgenritual. Knapp zwei Meter groß, hingen schwarze Haare mit grauen Strähnen in einem einzigen Zopf gebändigt über seinen Rücken. Auf seinen Schultern, Armen und der Brust waren ineinandergreifende Kreise und andere geometrische Muster in Umbra und Schwarz tätowiert. Gabriel konnte einen Pfeilköcher ausmachen, der auch einen nicht aufgespannten Bogen enthielt. Der Mann hielt eine lange, mit Perlen besetzte verzierte Lanze, an deren Ende die metallene Speerspitze mit einer Skalp-Verzierung befestigt war.

Gabriel erhob sich langsam, wischte sich die Hände an seinem Wildlederhemd ab und sah den Besucher an. Er war eine beeindruckende Gestalt mit stoischem Ausdruck und durchdringenden schwarzen Augen, und obwohl die grauen Strähnen in seinem Haar darauf hindeuteten, dass der Mann nicht mehr jung war, verriet sein Auftreten und seine Haltung keine Schwäche. Seine Augen blickten Gabriel an, als er einfach nur dastand und mit kaum mehr als einem Brummen fragte: "Warum sind Sie hier?"

Die Worte waren Gabriel vertraut, da er die Grundlagen der algonkischen Sprache gelernt hatte, als er Eliots *indianische Bibel* an der Universität studierte. Es war die erste in Amerika gedruckte Bibel gewesen, weit vor der ersten englischen Bibel, die erst hundertzwanzig Jahre später gedruckt wurde. Obwohl er die Frage des Indianers verstand, bemerkte Gabriel einen einzigartigen Tonfall, der von französischem Einfluss sprach. Er antwortete auf Englisch: "Wir sind gekommen, um dieses große Land zu sehen", und bewegte seinen Arm in einer weit ausholenden Geste, um auf alles um sie herum hinzuweisen.

"Wer sind Sie?", fragte der Mann, auch auf Englisch.

"Ich", antwortete Gabriel und legte seine Hand auf seine Brust, "bin Gabriel!" Als er sich zu ihrem Lager begab, fuhr er fort: "Mein Freund ist Ezra. Wer sind Sie?", fragte er und zeigte auf den Besucher.

"Ich bin Langer Läufer, der letzte meines Volkes, die Tamaroa." Der Mann bewegte sich weder, noch änderte er seine Haltung, als er Gabriel anstarrte.

"Wir sind im Begriff zu essen. Wollen Sie sich uns anschließen?", fragte Gabriel und mimte Bewegungen des Essens nach und gestikulierte dabei zu ihrem Lager. Er drehte sich um, als wolle er gehen und blickte zu Langer Läufer zurück. Als er sah, dass der Indianer sich in Bewegung setzte, ging er weiter zum Lager. "Hey, Ezra, wir haben Besuch!", kündigte er an.

Ezra blickte auf und sagte nach einem zweiten Blick: "Kommt nur her, ich will nur noch die Brötchen ausgraben!" Er ergriff den Spaten und schob den losen Dreck und die Kohlen beiseite, die auf den Blechtellern lagen. Mit seinem Halstuch hob er vorsichtig die heißen Teller von den Kohlen darunter weg. Er setzte sich auf einen grauen Cottonwood Stamm und hob langsam den oberen Blechteller, so dass ein Kreis dampfender goldbrauner Brötchen sichtbar wurde. "Das ist ein Leckerbissen, den ihr nicht oft sehen werdet! Nehmt euch einen Teller und bedient euch vom restlichen Essen. Da sind einige Enteneier und der Rest vom Schweinebauch in der Pfanne dort drüben."

Langer Läufer folgte Gabriel und schloss sich seinem Beispiel an, indem er Eier und Schweinefleisch mit einem frischen Brötchen daneben aus der Pfanne schöpfte und sich dann auf das Ende eines anderen Stammes setzte, wo er zu essen begann. Gabriel blickte zu Ezra, der seine Schultern und Augenbrauen hob, um ohne Worte die Frage zu stellen: *Wo kommt er her*? Gabriel antwortete mit einem Achselzucken, und beide sahen zu, wie Langer Läuferschnell das Essen hinunterschlang.

"Hm, noch mehr?", fragte er mit Blick auf Ezra.

"Klar, nehmen Sie nur!", antwortete Ezra und löffelte sein eigenes Essen in sich hinein.

Als sie fertig waren, lehnten sich Gabriel und Ezra zurück und genossen ihren Kaffee, ein Genuss, der von Langer Läufer abgelehnt wurde. Er fragte: "Wohin gehen Sie?"

"Wir sind auf dem Weg nach Neu Madrid. Kennen Sie den Ort?", fragte Gabriel.

"Hmm", kam die simple Antwort, begleitet von einem Nicken.

"Wohin dann?", fragte er.

"Westen, wo die Sonne untergeht."

"In die Berge?", fragte er.

Gabriel war von seiner Frage überrascht, und er warf einen Blick auf Ezra, dann wieder auf den Indianer. "Ja, wir wollen in die Berge gehen. Waren Sie schon einmal dort?"

"In den Bergen liegt immer Schnee. Sind groß", antwortete

Langer Läufer und ließ ein leichtes Lächeln an den Ecken seiner Mundwinkel aufblitzen. Seine Augen jedoch blickten ernst.

Gabriel grinste, als er an die Berge dachte, die einige als die "Rocky Mountains" bezeichneten. Er war überrascht, dass ein Mann aus dem Flusstal so weit in den Westen reisen konnte. Nachdem er darüber nachgedacht hatte, fragte er: "Sie haben gesagt, Sie wären der Letzte Ihres Volkes. Was ist mit dem Rest geschehen?"

Der normalerweise stoische Langer Läufer senkte seine Augen und schaute auf den Boden zwischen seinen Füßen, dann blickte er Gabriel an: "Mein Volk, die Tamaroa, war freundlich zu weißen Männern. Franzosen handelten mit meinem Volk und auch Spanier. Sie bringen die Krankheit des weißen Mannes mit." Der Indianer berührte sich wiederholt an Armen, Brust und Gesicht. "Eine Krankheit, die den Körper kennzeichnet und Mensch tötet."

Gabriel warf Ezra einen Blick zu und sagte: "Pocken!", worauf Ezra einfach nur nickte.

"Nachdem viele gestorben, kamen unsere Feinde, die Chickasaw und die Shawnee. Sie nehmen Frauen und Kinder, töten Krieger."

"Wie hast du überlebt?", fragte Ezra.

"Ich hatte die fleckige Krankheit der Weißen." Er wies auf mehrere Pockennarben an seinen Armen und einer Wange hin. "Ich verließ mein Dorf, um zu sterben, aber der Große Geist erlaubte es nicht. Als ich ins Dorf zurück kam, war dort nichts mehr."

Die drei Männer setzten ihr Gespräch fort und erfuhren mehr voneinander. Schließlich blickte Gabriel auf Ezra. Die beiden Freunde konnten ohne gesprochene Worte kommunizieren. Gabriel schaute zu Langer Läufer und sprach ihn weniger förmlich an : "Erinnerst du dich an den Weg, den du gegangen bist, um zu den schneebedeckten Bergen zu gelangen?"

"Hmmm", antwortete er und nickte.

"Würdest du mit uns kommen? Um wieder in die Berge zu gehen? Zeig uns den Weg!", bat ein eifriger Gabriel, der sich in Erwartung der Antwort des Indianers gespannt nach vorne beugte.

Langer Läufer schaute von einem zum anderen und antwortete dann: "Brauche Pferd!"

Gabriel lächelte: "Wir können dir ein Pferd besorgen. Bis dahin kannst du eines unserer Packpferde reiten", und zeigte auf die angebundenen Pferde in der Nähe.

"Hmm."

Gabriel und Ezra sahen einander lachend an, und Ezra nickte und sagte: "Hmmm", was alle drei Männer gemeinsam zum Lachen brachte.

Es war fast Mittagszeit, als sie in der Nähe von Neu Madrid ankamen und Langer Läufer stieg vom Pferd und setzte sich neben dem rotbraunen Packpferd auf den Boden. Als Gabriel und Ezra ihre Pferde anhielten und den Mann ansahen, erklärte er: "Ich warte am weit entfernten Ende des Dorfes!"

"Willst du nicht mit uns in die Siedlung kommen?", fragte Gabriel.

"Nein, ich warte!", war seine schlichte Antwort. Er drehte sich um, stieg auf und trabte in den Wald. Schnell war er aus dem Blickfeld verschwunden.

"Ich frage mich, was das alles sollte", bemerkte Ezra.

"Keine Ahnung. Vielleicht hat er mit einigen der Siedler schlechte Erfahrungen gemacht. Es gibt welche, die keine Indianer mögen, wie wir bereits selbst herausgefunden haben", antwortete Gabriel. "Aber lass es uns hinter uns bringen und sehen, ob wir ein anderes Pferd für Langer Läufer finden können."

"Also, was weißt du über diese Siedlung?", fragte Ezra. Er wusste ja, dass sein Freund ein eifriger Student der Geschichte war und sich intensiv mit den frühen Siedlungen im Indianerland beschäftigt hatte.

Gabriel kicherte: "Nun, wenn ich mich richtig erinnere, war dies ursprünglich eine Handelsniederlassung unter zwei französischen Brüdern namens Le Sieur. Dann übernahm Spanien das Kommando, und Gouverneur Gálvez ernannte seinen Impresario Oberst George Morgan zum Leiter dieser Niederlassung. Dieser rekrutierte mehrere amerikanische Familien, um sich hier anzusiedeln. Der einzige Haken war, dass der spanische Gouverneur von ihnen verlangte, spanische Staatsbürger zu werden, und einige waren darüber nicht allzu glücklich. Also, keine Ahnung wie es jetzt dort ist."

"Vielleicht ist genau das bei Langer Läufer passiert. Sie versuchten, ihn zu einem Bürger Spaniens zu machen", vermutete Ezra und lachte bei dem Gedanken.

"Keine Ahnung, aber mit irgendetwas war er definitiv nicht glücklich so wie es aussieht, das ist sicher", schloss Gabriel.

Als sie sich dem Dorf näherten, sahen sie mehr Gebäude, als von ihnen erwartet. Eine Reihe von Hütten, einige aus Stein, die meisten jedoch aus Baumstämmen, waren in geordneter Weise errichtet worden und standen an einer Straße entlang, die parallel zur offensichtlichen Hauptstraße des Dorfes verlief. Andere waren rund um die Bäume in der Nähe verstreut. Die Hütten eigneten sich gut zur Verteidigung, da sie über Fenster mit Fensterläden und schwere Türen verfügten. Auf der Hauptstraße standen sich zwei Reihen von Gebäuden gegenüber. Einige davon waren aus Stein gebaut. Am auffälligsten war das eineinhalbstöckige Gebäude mit Schindeln auf dem Dach und einem geschnitzten Holzschild, welches an der überdachten Veranda hing mit der Aufschrift „Louis Esquibel,

Händler". Andere Häuser, offensichtlich ebenfalls Geschäfte irgendeiner Art, hatten ähnliche Schilder draußen angebracht, die meisten spanisch beschriftet. Am nahen Stadtrand stand eine große, mit Schindeln gedeckte Konstruktion, mit danebenstehendem Korral und einem breiten Eingangstor, durch das ein Kutschwagen hindurchfahren konnte. Die beiden Freunde lenkten ihre Pferde Richtung Mietstall und stiegen am Tor ab. Sie blickten in das dunkle Innere des Gebäudes, und sahen einen Schmied, der auf seinen Amboss gerade ein Stück heißen Stahl in Form schlug.

Gabriel wartete auf eine Pause des lauten, metallischen Hämmerns und rief: "Hallo!"

Der große Mann am Amboss drehte sich um. Er trug eine Lederschürze, die mit Fett und Dreck verschmutzt war und ihr Bestes tat, den enormen Umfang des Schmiedes zu bedecken. Ein jungenhaftes, breites Grinsen des rotbäckigen Mannes strafte seine Größe und einschüchternde Gestalt fast als Lüge, als er antwortete: "Hallo! Was brauchen Sie denn?"

"Unsere Pferde müssen beschlagen werden und wir müssen noch ein weiteres kaufen. Haben Sie welche zu verkaufen?", fragte Gabriel und führte seinen großen Hengst in das dunkle Innere.

Der Hüne ließ das Stück heißen Stahl in die Wasserwanne fallen, legte seinen Hammer auf den Amboss und zog seine Handschuhe aus. Er trat auf die beiden Männer zu, schaute sich die Pferde an und sagte: "Das ist machbar! Es dauert ein paar Stunden oder so, und kostet einen Dollar pro Pferd!" Er blickte Gabriel mit einem breiten Grinsen an: "Und Sie werden im Umkreis von hundert Meilen keine andere Schmiede finden!"

"Und haben Sie irgendwelche Pferde zu verkaufen?"

"Hab' ein Paar da drüben im Korral. Schauen Sie sie an und machen Sie mir ein Angebot!", antwortete er und griff nach den Zügeln des großen Rappen. "Ich werde mit dieser Schönheit anfangen!" Er rieb mit einer liebevollen Hand über Ebenholzes Hals, griff dann nach dem Sattelgurt, um den Hengst abzusatteln, bevor er mit dem Beschlagen begann. Er hatte nur einen kurzen Blick für Gabriel und Ezra übrig, als die beiden zum Korral gingen, um sich die Pferde anzuschauen.

3

NEU MADRID

Die beiden Freunde gingen wie beiläufig die Hauptstraße von Neu Madrid entlang und sahen sich die Läden, Händler und anderen Gebäude an. "Schau dort!", rief Ezra. "Das ist eine Kirche! Sehen wir sie uns an!" Er zeigte auf einen großen Steinbau am Ende der Hauptstraße. Das Gebäude schien die Grenze des Dorfes zu markieren. Mit einem hohen Glockenturm und massiven, geschnitzten Türen konnte es die steinerne Struktur mit jeder Kirche in den Städten im Osten aufnehmen. Als sie sich näherten, sahen sie auf dem Kirchhof ein Schild mit der Aufschrift „Katholische Kirche der Unbefleckten Empfängnis." "Junge, wenn diese Franzosen einen Job machen, dann machen sie ihn richtig! Das ist ein wunderschönes Kirchengebäude."

"Das ist es, aber wurde es von den Franzosen oder von den Spaniern gebaut?", fragte Gabriel. Und auf das Schulterzucken von Ezra hin fügte er hinzu: "Im Moment würde ich lieber einen Ort finden, wo ich etwas zu essen bekomme. Ich bin überrascht, dass du noch keine Taverne erschnuppert hast."

"Oh, das habe ich sehr wohl! Gleich da drüben, das Schindelgebäude mit dem Schild auf dem Mamá Luna's Buena Comida steht."

Als sie sich an den einzigen verfügbaren Tisch setzten, kam eine breit lächelnde, matronenhafte Frau mit einer Schürze über ihrer fülligen Körpermitte zu ihnen: "Wir haben Gazpacho und *Pringá* mit Gemüse und *Migas canas!*" Obwohl sie auf Spanisch sprach, erkannte Gabriel die Gerichte und er sagte: "Sie müssen aus Andalusien sein!" Die Augen der Frau weiteten sich überrascht und ihr Lächeln wurde breiter, als sie sich leicht verbeugte und sagte: "*Sí, señor ¿Y Usted?*"

Gabriel schüttelte den Kopf. "Nein, wir kommen aus dem Osten, nicht von so weit weg wie Sie. Und wir nehmen Ihr *Pringá* und wahrscheinlich noch mehr, danke!"

Sie verbeugte sich leicht und lächelte: "*Sí, señor.*" Dann beugte sie sich näher heran, senkte ihre Stimme und fügte hinzu: "Seien Sie vorsichtig, *Señor*! Die Männer am Ecktisch sind böse, und sie mögen Männer wie ihn nicht." Sie nickte zu Ezra hinüber. "Sie werden Ärger machen, aber bitte tun Sie hier drin nichts."

Gabriel lächelte, nickte und sagte: "Machen Sie sich keine Sorgen, *mamá*, das werden wir nicht." Er beobachtete sie, während sie zurück in die Küche huschte. Ezra beugte sich vor und fragte: "Was hat sie gesagt? Ich konnte sie nicht so gut verstehen."

Mit einem leichten Nicken in Richtung des Tisches der Unruhestifter flüsterte Gabriel: "Könnte Ärger geben." Kaum hatte er gesprochen, stand einer der Männer auf. Er war ein bärtiger Typ, der Gabriels Größe entsprach, aber mindestens dreißig Pfund schwerer war als er, und machte sich auf den Weg zu ihrem Tisch.

Er lehnte sich auf den Tisch, starrte Gabriel an und knurrte: "Wir erlauben den Leuten nicht, ihre Sklaven mit hierher zu bringen!"

Gabriel blickte den Mann direkt an, drehte sich um, um die

anderen Tische zu betrachten, und wandte sich dann wieder dem Rädelsführer zu. "Oh, aber ich sehe hier niemanden mit Sklaven, Sie etwa?"

"Was ist das?" bellte er, stand aufrecht und zuckte mit dem Daumen in Richtung Ezra.

"Er ist kein Sklave." Mit Blick auf Ezra fragte er: "Das bist du nicht, oder?"

"Ah, ich bin nur ein Sklave meiner Begierden und Wünsche, und im Augenblick tobt mein Appetit", antwortete Ezra grinsend. Dann sah er den Mann an, der sie anstarrte, und fragte: "Was ist mit Ihnen, Herr? Sind Sie an einem so schönen Ort wie diesem mit so großartigem Essen nicht wenigstens ein bisschen hungrig?"

"Ich rede nicht mit dir!", knurrte der Unbekannte und drehte sich dann wieder zu Gabriel um. "Jetzt schaffen Sie diesen Neger hier raus, oder ich werfe euch beide raus!"

Gabriel grinste den Mann an, dann spannte er den Hammer der Gürtelpistole, die er unter dem Tisch hielt, ein Geräusch, das dem Angeber nicht unbemerkt blieb: "Ich schlage vor, Sie kehren an Ihren Tisch zurück und essen zu Ende, und wir werden dasselbe tun. Ich habe Mamá Luna versprochen, kein Blut auf ihrem Fußboden zu vergießen, und ich denke, es wäre das Beste, wenn Sie mir erlauben würden, mein Versprechen zu halten, nicht wahr?"

Die Augen des großen Mannes hatten sich geweitet, und er trat zurück, als er das unverkennbare Klicken des Hammers hörte, der gespannt wurde. Er knurrte vor sich hin, als er versuchte, wieder zur Ruhe zu kommen: "Ich kümmere mich später um euch zwei!" und kehrte zu seinem Tisch zurück. Gabriel stellte übertrieben seine Pistole zur Schau, die er unter dem Tisch hervorholte und wieder in seinen Gürtel steckte, obwohl er wusste, dass der Tisch voller Schurken zusah.

Die vier Männer gingen, bevor Gabriel und Ezra mit ihrer Mahlzeit fertig waren, und als Mamá Luna an ihren Tisch kam, fragte Gabriel: "Mamá, gibt es einen anderen Ausgang? Es scheint, dass diese Herren auf uns warten, und wir würden dieses Treffen lieber verschieben, denn wir müssen noch einige Vorräte kaufen, bevor wir Ihre schöne Stadt verlassen."

"*Sí, sí.* Sie können durch die Küche gehen", antwortete sie lächelnd und deutete auf die Küche und die Hintertür, "und der Laden des Händlers ist gleich nebenan. Sie können gerne durch die Hintertür gehen. Viele Gäste tun das die ganze Zeit."

"*Gracias, mamá!*", antwortete Gabriel, und sie verließen schnell die Taverne.

WÄHREND GABRIEL die verschiedenen Dinge für ihre Bestellung auflistete und sich mit dem Verkäufer im Geschäft des Händlers befasste, beobachtete Ezra die Umgebung aus dem Fenster und behielt die Tyrannenbande im Auge. Als die Bestellung vollständig und die Lieferung der Waren an den Mietstall arrangiert war, überprüften Gabriel und Ezra die Ladungen in ihren Pistolen und gingen durch die Tür zu ihrer ungewollten Verabredung. Sie warteten vor der Tür des Händlers im Schatten des überhängenden Verandadachs auf die Schleicher, damit diese sie entdecken konnten und sie mussten nicht lange warten.

"Da sind sie!", rief einer der Männer, der kleinste der Gruppe und die übliche Art von Mitläufer, einer, der von der Aussicht auf eine Rangelei begeistert war, aber nur selten daran teilnahm. Die anderen drei Männer drehten sich um und der große Mann, der zuvor ihr Sprecher gewesen war, rief mit erhobener Hand: "Stehen bleiben!", als er auf sie zu stampfte.

Gabriel und Ezra traten entspannt von der Veranda auf die Straße und standen Schulter an Schulter, während sie darauf warteten, dass sich die anderen ihnen näherten. Als sie sich in etwa drei Metern Distanz befanden, zogen beide Männer ihre

Pistolen und richteten sie auf Höhe der Taille als Bedrohung aus. Die Gegner blieben stehen und begannen, nach den Waffen, die sie hatten, zu greifen, wurden aber von Gabriel aufgehalten: "Nicht!"

Die sechs Männer standen sich gegenüber, bis der große Mann sagte: "Sie können uns nicht alle erwischen!"

Bevor sie sich bewegen konnten, bot ihnen Gabriel wieder Einhalt: "Oh doch, wir können! Wenn Sie sich diese Pistolen genauer ansehen, werden Sie sehen, dass jede von ihnen zwei Läufe und zwei Zündschlösser hat. Das bedeutet, dass wir für jeden von Ihnen eine Kugel haben!" Er hielt inne, um die Wirkung seiner Worte auf die bedrohliche Bande einwirken zu lassen. "Aber wir werden Folgendes tun. Ich lasse Ezra hier meine Pistole halten, während Sie", auf den Führer der Gruppe zeigend, "und ich die Sache unter uns regeln."

Der große Mann brummte vor sich hin: "Ist mir recht! Und ich werde es genießen, deine Fleischhülle zu Brei zu schlagen!" Er schob die Ärmel hoch und enthüllte seine muskulösen Unterarme.

Gabriel grinste und reichte Ezra seine Pistole, dann entledigte er sich seiner Jacke, ließ sie zu Boden fallen und trat mit ausgebreiteten Händen von seinem Freund weg, immer den großen Mann im Auge behaltend. Plötzlich brüllte das Biest auf und stürmte los, die Arme tief, aber weit ausgestreckt, in der Erwartung, sie um Gabriel schlingen und mit einer Bärenumarmung Knochen brechen zu können. Er war überrascht, als Gabriel leicht nach links trat und den Hünen über seine Hüfte warf, so dass er hart auf sein Gesicht in den Dreck fiel. Gabriel bewegte sich zurück und wartete, bis der Bär aufstand, und war erstaunt, wie wendig dieser war, als er wieder aufsprang und abermals angriff.

Gabriel stand solide und als der Mann sich näherte, packte er seinen Kragen, ließ sich nach hinten fallen und nutze das Gewicht des Schlägers. Gabriel stemmte seine Mokassins in den Unterleib des Angreifers und fegte ihn über seinen Kopf hinweg abermals in den Dreck der Straße, Gesicht voraus. Dieses Mal stand der Rabauke nicht so schnell auf. Gabriel stand grinsend da und sagte: "Meine Güte, wie ungeschickt du bist! Du fällst immer wieder hin!"

Damals war es die Art der Männer, sich gegenüberzustehen und sich gegenseitig zu verprügeln, bis man k.o. geschlagen oder anderweitig unfähig war weiterzumachen. Aber das Training, das Stonecroft während seines Aufenthalts in England erhalten hatte, hielt ihn immer in Bewegung und ermöglichte es ihm, das Gewicht, die Größe und die Unerfahrenheit des Gegners effektiv gegen ihn einzusetzen. Nun näherte sich der Raufbold langsam, hielt seine Hände vor sich und Gabriel urteilte zu Recht, dass er bereit war, Faustschläge zu wagen. Gabriel hob die Hände defensiv hoch und balancierte auf den Fußballen, wobei er seinen Gegner beobachtete. Als der große Mann seinen Arm für einen Rundumschlag spreizte, duckte sich Gabriel einfach darunter durch und vergrub seine Faust tief in dem ziemlich schlaffen Bauch des streitsüchtigen Biestes, was jenem sofort den Wind aus den Segeln nahm. Gabriel setzte sofort mit einem Handkantenschlag in den Nacken des Mannes nach, der abermals im Straßenschmutz landete.

Gabriel trat zurück und ließ den Tyrannen langsam aufstehen, aber diesmal zögerte der Mann nicht, sondern griff beim Aufrichten an. Er fing Gabriel mit seinen Pranken und warf ihn auf die Straße. Rittlings auf ihm sitzend, knurrte der Mann: "Jetzt zerschlage ich dir deine hübsche Visage!" Er lehnte sich zurück und spreizte seine fleischigen Arme, um auszuholen und sein Opfer mit einem Haken zu zerschmettern, aber diese Gewichtsverlagerung ließ Gabriel gerade genug Spielraum, damit er seinen Rücken wölben konnte. Er hob schnell ein Bein, um den großen Rabauken an der Seite des Kopfes zu erwischen und ihn von sich herunter zu treten. Gabriel wand sich schnell frei, trat zurück und versuchte, zu Atem zu

kommen. Wieder griff der Mann an und überraschte Gabriel
mit einem schnellen Schlag, der es ihm nur gerade ermöglichte, seinen Kopf zu bewegen und den Schlag einzustecken.
Der Kinnhaken warf ihn nach hinten und für einen Moment
sah er Sterne. Als er rückwärts stolperte, setzte der Mann seine
Attacke sofort fort, aber Gabriel, der beim Zurücktreten
versuchte, das Gleichgewicht zu halten, fiel vor seinem
Angreifer hin, so dass dieser ebenfalls stolperte und fiel.

Beide Männer lagen nun auf dem Boden und Gabriel
drehte sich um, bevor der Muskelberg nach ihm greifen
konnte. Er trat ein Knie in die Rippen des Mannes, was einen
Schmerzensschrei auslöste. Er wusste, dass er ihm eine Rippe
gebrochen hatte und sprang flink wieder auf seine Füße und
ließ den Mann ebenfalls wieder aufstehen. Der Feind war nun
vorsichtiger, als er sich näherte, war aber dennoch überrascht,
als Gabriel sich unter seiner rechten Seite hindurch duckte
und mit zwei schnellen rechten Haken dem großen Rüpel die
Nase zertrümmerte und eine Platzwunde über dem linken
Auge beibrachte. Das Blut floss in das Auge des Mannes und
zog eine Spur auf seiner Wange.

Während des gesamten Kampfes hatten die anderen drei
Männer ihren Anführer angefeuert und oft geschrien:
"Schnapp ihn dir, Frank! Bring ihn um, wie du es versprochen
hast!" Aber jetzt, nachdem er mehrere Stürze erlitten hatte und
offensichtlich verletzt war, waren sie verstummt. Aber der Fies-
ling war noch nicht am Ende. Er wischte sich das Blut aus den
Augen und knurrte mit geballten Fäusten und gekrümmten
Fingern vor sich hin. Seine Lippe war aufgeplatzt und bog sich
hässlich über blutige Zähne. Er wankte auf Gabriel zu, aber der
trainierte Kämpfer, der um ihn herumtänzelte, deckte ihn
immer wieder mit Schlägen ein, bevor er sich dann schnell
wieder zurückzog. Die Augen des Mannes schwollen zu, seine
Wange war völlig mit Blut beschmiert, seine Nase war defor-

miert und blutete ebenfalls stark, aber er kam trotzdem noch immer auf Gabriel zu.

Als er sich näherte, ließ Gabriel unerwartet die Hände auf die Seite fallen und wartete. Der Bär von einem Mann zögerte nicht. Er dachte sicher, er sei im Vorteil, aber sein weit ausholender Schlag verschaffte Gabriel den Vorteil, dass er sich von dem Schlag wegdrehen konnte, um nach dem Handgelenk des Mannes zu greifen. Gabriel schlug dessen Arm nach unten, während er gleichzeitig sein Knie nach oben schnellen ließ. Der Arm des Mannes brach knapp unterhalb des Ellbogens. Der Hüne schrie auf und sackte auf die Knie, packte den gebrochenen Arm und blickte Gabriel hasserfüllt, aber auch voller Angst an.

Gabriel ging an Ezra vorbei, hob seine Jacke auf, warf sie sich über die Schulter und nahm die Pistole von seinem Freund entgegen. Er blickte die anderen drei an: "Vielleicht sollten Sie ihn zu einem Arzt bringen oder zu jemandem, der den Arm richten kann. Und beim nächsten Mal? Nun, wenn Sie klug sind, wird es kein nächstes Mal geben." Ezra und Gabriel gingen um die anderen herum und begaben sich zum Mietstall, während sich die Mitläufer an die Seite ihres einst so furchtlosen Anführers begaben.

Ezra sagte: "Jetzt wissen wir, warum Langer Läufer diese Stadt nicht mag."

"Hmm", antwortete Gabriel und entlockte seinem Freund damit ein Lachen, denn beide erinnerten sich an Langer Läufers kurze Antworten.

4

WARNUNGEN

"Es ist nicht gut, ihn als Freund zu haben, aber als Feind ist er noch schlimmer", erklärte der alte Mann. Er saß auf einem Hocker, der oft vom Schmied benutzt wurde, aber noch häufiger von seinem Stammgast und längsten Einwohner von Neu Madrid. Der Alte lehnte sich auf seinen Spazierstock und sah zu, wie der Schmied das Beschlagen des letzten Pferdes vollendete, und fuhr fort: "Er sagt, sein Name sei François Ducharme, genannt Frank. Aber er weiß nicht, dass ich die Familie Ducharme gut kannte, zu der Zeit als ich Handel in Michilimackinac trieb und er ist definitiv keiner von ihnen."

"Also gibt er vor jemand zu sein, der er nicht ist?", fragte Ezra.

"Is' nich' ungewöhnlich. Viele Leute nehmen aus vielerlei Gründen verschiedene Namen an. Aber wenn man den Namen eines anderen annimmt und sich als denjenigen ausgibt, obwohl man nicht diese Person ist, nun, das ist eine andere Geschichte", mutmaßte der alte Mann.

"Was ist so besonders an diesem Namen?", fragte Gabriel,

während er dem Schmied zusah, wie er den letzten Huf des neu gekauften Pferdes, einer Rotschimmelstute, zurechtfeilte.

"Nun, sie waren alle Händler, was man als *coureurs de bois* bezeichnen könnte. Sie wissen schon, diese Kerle, die ins Innere des wilden Landes gehen und mit den Indianern Handel treiben. Sie haben von den Franzosen nie die Lizenz erhalten, als staatlich geförderte Reisende aufzutreten, aber im Norden des Landes sind sie sehr bekannt. Gute Leute, alle von ihnen. Ich glaube, der alte Frank dort stellte sich vor, er wäre wie sie. Er hat mit einigen von ihnen Handel getrieben, aber ich habe gehört, dass er mit einigen der Osage und Kiowa ein paar schlechte Erfahrungen hatte. Ist schon lange nicht mehr draußen gewesen. Er lungert nur in der Stadt herum und macht Ärger."

"Wie verdienen sie also ihren Lebensunterhalt? Betreiben sie Ackerbau, Fischfang oder...", fragte Gabriel.

Der alte Mann kicherte und warf einen Blick auf den Schmied, der zusah und zuhörte, während er den Abfall vom Beschlagen wegräumte. Er erklärte dann: "Viele Leute haben Vermutungen dazu. Es gibt Gerüchte, dass sie Flusspiraten wären, und die meisten Leute wissen, dass diese Kerle Whisky und Gewehre an die Indianer verkauft haben, bis sie verjagt wurden. Jedenfalls haben sie keine reguläre Arbeit wie andere Leute. Sie wohnen in einer Hütte da drüben bei den Bäumen. Die Leute, denen sie mal gehörte, waren von der Tuberkulose weggerafft worden."

"Nun, dieser große Kerl wird für eine Weile nicht viel tun", fügte Ezra kichernd hinzu.

"Verlassen Sie sich nicht darauf. Diese vier sind dafür bekannt, dass andere sich manchmal mit ihnen zusammentun, und sie dürfen die Leute hier nicht glauben lassen, dass sie besiegt werden können. Wenn ich an Ihrer Stelle wäre, würde ich kein Gras unter meinen Füßen wachsen lassen und auch nicht die Sonne über meinem Lager untergehen lassen, wenn

Sie wissen, was ich meine." Der alte Mann zog lange an seiner Maiskolbenpfeife, kratzte dann den restlichen Tabak aus dem Pfeifenkopf und steckte die Pfeife in seine Tasche. "Am besten behalten Sie den Weg hinter sich im Auge und schlafen mit einem offenen Auge!" Der alte Mann stand mit seinem Gehstock auf und wackelte davon.

Der Schmied kicherte: "Dieser alte Mann ist schon ein oder zwei Mal über den Fluss gefahren und durch die Wälder gegangen, und wenn er Ratschläge gibt, tut man gut daran, sie zu beherzigen." Er reichte Ezra das Führungsseil der Rotschimmelstute und wandte sich an Gabriel: "Das macht fünf Dollar für das Beschlagen pro Pferd, wie vereinbart. Wenn Sie einen Sattel brauchen, habe ich einen, den ich Ihnen für 'nen günstigen Preis überlassen kann."

Gabriel grinste, zog seinen Münzbeutel aus seinem Gürtel und ließ zwei Liberty Cap Zehn-Dollar-Goldstücke und eine Fünf-Dollar-Münze in die fleischige Pranke des Schmiedes fallen. Er beobachtete, wie sich das Gesicht des großen Mannes durch ein breites Lächeln erhellte. "Die sind ja enorm hübsch anzuschauen! Und glänzen auch noch so." Er hob die Münzen an und wägte das Gewicht des Goldes ab und grinste wieder. "Und ich danke Ihnen, meine Herren, Jawoll Sir!"

LANGER LÄUFER STAND im Schatten einer bunt gefärbten Esche, die gelben und violetten Blätter lenkten den Blick von der stoischen Gestalt am hohen, geraden Stamm ab. Er trat aus dem Gebüsch, als sich Gabriel und Ezra näherten, und stand so gerade und aufrecht wie seine Lanze neben ihm. Gabriel begrüßte den Mann: "Ho, Langer Läufer !" Er drehte sich in seinem Sattel um und winkte mit dem Arm zu den drei Pferden, die sie hinter sich herzogen: "Wir haben ein Pferd nur für dich!"

Langer Läufer starrte die Tiere an. Zwei waren schwer mit

Packtaschen und Bündeln beladen, aber das dritte Pferd, die Rotschimmelstute, war unbelastet. Er ging zu dem gesprenkelten Pferd und warf ihr einen kritischen Blick zu, während er seine Hand an ihre Nase hielt und wartete, bis sich das Tier an seinen Geruch gewöhnt hatte. Er führte seine Hand an ihrem Hals entlang, fühlte ihre Brust und hob einen Vorderhuf an, ging dann längsseits, hielt eine Hand auf dem Pferderücken und trat hinter sie, um das muskulösen Hinterteil zu betrachten. Er nickte langsam. "Sie ist gutes Pferd, stark, robust. Sie wird mich weit tragen."

"Schön, dass du zufrieden bist mit ihr. Wir haben uns überlegt, durch die Nacht zu reiten. Heute ist Vollmond und das gibt uns genügend Hinweis auf jeden, der uns folgen könnte."

"Hattet ihr Schwierigkeiten?", fragte Langer Läufer.

"Das könnte man so sagen. Irgendein Typ namens Frank Ducharme und seine Freunde waren das Begrüßungskomitee, und sie haben uns nicht sehr willkommen geheißen", erklärte Gabriel.

Langer Läufer blickte finster drein, und Ezra erklärte: "Wir hatten einen kleinen Zusammenstoß, Gabriel und dieser Frank gerieten in ein Handgemenge, und der große Mann verlor."

Langer Läufer nickte und schwang sich auf den Rücken der Rotschimmelstute. "Ihr folgt!", sagte er ihnen, und ohne auf eine Antwort zu warten, trabte er in die Bäume. Sie folgten einer schwach ausgeprägten Wildwechselspur, die nicht mehr als eine leichte Einkerbung im Boden war, und nur durch die schwachen Hufabdrücke des Wildes gekennzeichnet war.

Gabriel vermutete, dass es kurz vor Mitternacht war, als Langer Läufer rittlings auf dem Rotschimmel sitzend zu einem leichten Hügel inmitten einer langen Grasebene deutete. Die Nacht war klar, der Himmel mit Sternen geschmückt und die Milchstraße wölbte sich über ihm. Es war kühl gewesen, aber jetzt hatte die Luft eine Kälte erreicht, die bis unter ihre Hirschlederkleidung kroch und vor kälterem Wetter vorwarnte.

Gabriel bemerkte, dass ein Großteil des Himmels dunkel war von einer schweren Wolkendecke, die die normalerweise leuchtenden Sterne nun verdunkelte. Der große Mond versteckte sich hinter einer Wolke, die nur einen Silberstreif des großen, leuchtenden Himmelskörpers durchschimmern ließ.

Die Männer stiegen aus den Sätteln und lockerten die Sattelgurte. Sie banden die Tiere in Reichweite von reichlich frischem Gras an. Ezra sagte: "Ich werde sehen, ob ich etwas Holz für ein Feuer finde, und wir können uns Kaffee machen. Vielleicht wärmt er uns ein bisschen auf."

"Kein Feuer", sagte Langer Läufer , "Chickasaw in der Nähe."

"Ich dachte, sie seien freundlich?", fragte Gabriel und runzelte die Stirn, als er Langer Läufer ansah.

"Dies ist Quapaw-Land. Quapaw freundlich. Chickasaw überfallen Quapaw. Habe Gruppe Chickasaw gesehen, Gesicht für Krieg bemalt. So viele." Er hielt beide Hände hoch, alle Finger ausgestreckt. "Vielleicht noch mehr. Gut, dass wir nachts reiten. Bald kommt Schnee, Spuren verwischen."

"Schnee? Wann?", fragte Gabriel.

Langer Läufer schaute in den Himmel, dann zu Gabriel: "Morgen."

SIE SAßEN am Ostufer des St.-Franziskus-Flusses, das blasse Grau des ersten Morgenlichts im Rücken. Der Schnee war gekommen, fiel aber leicht und schmolz schnell auf dem warmen Boden. Der kiesige Boden des Flusses war durch das klare Wasser hindurch sichtbar, und die Strömung zeigte sich ungefährlich. Mit nur einem Blick in Richtung der anderen trieb Langer Läufer seinen Rotschimmel ins Wasser und machte sich auf den Weg. Gabriel und Ezra, die die Packpferde anführten, folgten ihm dicht dahinter. Auf ihren Schultern und in den Mähnen der Pferde haftete mehr Schnee als auf dem Boden, die Flocken wurden mittlerweile größer und der Weg vor ihnen war durch schwereren Schnee verdeckt. Auf der anderen Seite des Ufers stiegen die Männer ab, um ihren Pferden eine Chance zu geben, das überschüssige Wasser abzuschütteln. Keines der Tiere schreckte jedoch davor zurück, sich in der dünnen Schneeschicht zu wälzen.

"Schwarzer Fluss, gute Bäume und Deckung für Lager. Sonne dort", sagte Langer Läufer , als er auf den östlichen Himmel zeigte, der den späten Vormittag andeutete, "wir schlagen Lager auf!"

"Klingt gut, Langer Läufer. Wir werden Zeit haben, Schutzwände und ein gutes Lager zu errichten. Was ist mit den Chickasaw?"

"Ihr Land jenseits des großen Flusses, gehen nie weit. Bleiben in Deckung bis nach dem Schnee, dann gehen sie fort."

"Klingt vernünftig. Dann lasst uns aufbrechen, ich habe Hunger und will einen Kaffee!"

BÜFFELGRAS und verstreute Sträucher drängte bald bis an die Baumgrenze heran, und die Aussicht auf Schutz und warmes Essen ließ sowohl Männer als auch Pferde schneller vorankommen. Die vorderen Bäume verbargen die Weiden und Hartriegelbüsche in der Senke und das Ufer des alten Flusslaufs bot zusätzlichen Schutz. Sie stoppten die Pferde in der Nähe einiger umgestürzter massiver Eichen. Zwischen und unter den großen Baumstämmen, von denen sich die Rinde schon lange abgeschält hatte, sowie zwischen den Knopfbüschen und Hartriegel, lockte ein weiches Bett aus Gras die Männer an.

"Das ist ein perfekter Lagerplatz", erklärte Ezra, "Wir müssen nur noch etwas Gestrüpp schneiden, um die Seiten dort und oben aufzufüllen, dann haben wir einen gemütlichen Unterstand!"

"Dann lasst uns anfangen und es hinter uns bringen!", erklärte Gabriel. "Ich kümmere mich um die Pferde und ihr beide könnt mit dem Unterstand anfangen!"

Während Ezra und Langer Läufer den Unterstand für ihr Lager errichteten, rieb Gabriel die Pferde ab, band sie an Pflöcken fest und machte sich ebenfalls an die Arbeit, für ihre Tiere an der Seite der großen Baumstämme einen Schutzwall zu errichten. In kurzer Zeit waren ihre Schutzhütten errichtet und ein Feuer brannte, während die Kaffeekanne fröhlich vor sich hin blubberte und der Geruch von frischem Kaffee ihre Unterkunft erfüllte. Drei schöne, große Barsche, aufgespießt auf Weidenstöcke, hingen über dem Feuer. Haut und Schuppen verfärbten sich braun. In einer Pfanne, die näher auf den Flammen stand, brutzelten Zwiebeln, Blätter des Senfstrauchs und Pilze in Schweinebauchfett. Auf der Seite neben den Männern lagen mehrere Indianerbananen als Dessert.

Nach dem Essen drehte Gabriel eine weitere Runde durch das Lager und kontrollierte die Pferde und die Umgebung. Der höchste Punkt einer Anhöhe direkt hinter ihrem Lager bot nur wenig Aussicht, aber die Ebenen waren eher durch den rasch zunehmenden Schnee verdeckt als durch die Entfernung. Die Männer machten es sich dafür bereit, den Nachmittag und die Nacht in ihren Decken zu verbringen und darauf zu warten, dass der Sturm vorüberzog und jede Spur ihrer Durchreise auf dem Pfad verwischte. Am nächsten Morgen würde es früh genug sein, um ihre Reise wieder aufzunehmen.

5

VERFOLGT

Mit den Ellbogen auf den Knien und eine dampfende Tasse Kaffee in der Hand starrte Gabriel nachdenklich in die Flammen des morgendlichen Feuers. In den frühen Morgenstunden erwärmten sich die Temperaturen so stark, dass der ganze Schnee des Sturms vom Vortag geschmolzen war. Ein klarer Himmel kündigte warmes Wetter an. Der Indianer und sein Rotschimmel waren verschwunden, nachdem er in der Nacht leise aufgestanden war. Gabriel bemerkte, dass seine Spuren anscheinend die des Vortages zurückverfolgten, und vielleicht wollte er einfach nur ihren zurückgelegten Weg überprüfen. Jedenfalls würde seine Abwesenheit ihre Abreise nicht verzögern.

Ezra trat aufrecht aus dem Unterstand und streckte sich, gähnte breit und rieb sich die Augen. Er sah sich um: "Wo ist der Langer Läufer ?"

"Weg!", antwortete Gabriel und nippte an seinem dampfenden Kaffee.

"Das ist alles? Weg?"

"Seine Spuren führen zu unseren alten Spuren zurück, aber

ich bin ihnen nicht allzu weit nachgegangen. Er könnte nachsehen, ob wir verfolgt werden, oder...", antwortete Gabriel mit
einem Achselzucken.

"Hoffentlich gefällt ihm das Pferd, das wir ihm besorgt
haben. Natürlich werden wir es jetzt wahrscheinlich nie erfahren", bemerkte Ezra sarkastisch und schenkte sich Kaffee ein.
Als er sich hinsetzte, fragte er: "Ein bisschen spät dran, um
weiterzuziehen, oder?"

"Ich habe nachgedacht", begann Gabriel, indem er einen
Stock aufhob und anfing, in den Dreck vor seinen Füßen Linien
zu ziehen. "Das hier ist der Mississippi", zeichnete er eine
verschnörkelte Linie von oben nach unten auf seine schmutzige
Leinwand, "und hier ist der Missouri, und hier ist der Arkansas."
Er zeichnete die beiden Linien, um die Hauptzuflüsse des
Mississippi zu kennzeichnen. Sie entsprangen westlich des
größeren Flusses, einer im Norden und der andere weiter
südlich. "Nun, hier ist ein Nebenfluss des Missouri, der Osage
Fluss. Und hier unten", auf das Quellgebiet des kleineren
Flusses weisend, "befindet sich ungefähr der Ort, an dem Chouteau seinen Handelsposten, Fort Carondelet, errichtet hat. Er hat
die Exklusivrechte für den Handel mit dem Stamm der Osage
für etwa fünf oder sechs Jahre, und ich denke, wir sollten uns
dorthin begeben. Vielleicht finden wir jemanden, der in den
Bergen war, so dass wir brauchbare Informationen bekommen
und entscheiden können, wohin genau wir gehen wollen."

Ezra blickte auf die Karte auf dem Boden, hob die Augen
und schaute seinen Freund an. Mit hochgezogenen Augenbrauen, großen Augen und einem Grinsen im Gesicht sagte er:
"Eine so gute Idee wie jede andere, das ist sicher, lass uns das
machen!" Er runzelte die Stirn. "Aber was ist mit Langer Läufer
? Warten wir auf ihn?"

"Wenn wir sicher wüssten, dass er zurückkommt, ja. Aber
das wissen wir nicht, also denke ich mir, dass wir aufbrechen

können, und wenn er uns nicht finden kann, ist er nicht der kluge Pfadfinder, für den ich ihn halte, was meinst du?"

Ezra nickte und stand auf, um mit dem Zusammenpacken zu beginnen.

MIT DEM GRASLAND im Rücken waren die Hügel in allen Farben des Herbstes geschmückt. Die vielen Laubhölzer trugen die Farben Rot, Gold, Orange und Gelb, während andere Baumarten eine Vielfalt von Limonen Grün bis hin zu Violett aufwiesen, eine Farbpalette, die die beiden Freunde bei ihrer Durchreise immer wieder beeindruckte. Nachdem sie das Gewässer überquert hatten, das sie für den Current Fluss hielten, suchten sie einen Lagerplatz auf der Südseite eines langen Bergrückens, der sich einige hundert Meter über den Flussboden erhob. Der lange Grat hatte seinen Ursprung in einem höheren Hügel, der fast fünfhundert Meter über dem Fluss lag und auf einem Fundament aus Steinklippen ruhte, die nur leicht mit Gestrüpp und Reben bedeckt waren. Entlang eines scheinbar trockenen Bachbettes wurden die beiden Reiter von einem Knick im Bachbett und tiefen Schatten angelockt. Gabriel, der abgestiegen war , um die Gegend zu erkunden, schob einige Zürgelbaum Äste, Chinquapin-Eichen und süß duftende Sumach Sträucher zurück. Eine Felswand aus Kalkstein und Dolomit war hinter einem dicken Knäul von Gestrüpp, Reben und einem Dickicht von Trompetenranken sichtbar. Als Gabriel das Gebüsch zur Seite schob, sah er die Öffnung einer Höhle.

Er wandte sich wieder Ezra zu: "Sieht groß genug für uns und die Pferde aus, aber ich mache uns eine Fackel, und wir erkunden sie ein wenig."

"Äh, ich lasse dich allein erkunden. Ich bleibe hier draußen bei den Pferden!", schlug Ezra etwas zaghaft vor. Gabriel sah seinen Freund an: "Du magst immer noch keine engen Räume, was?

"Nö. Wenn ich nicht einmal einen Eingang oder Ausgang und viel Licht sehen kann, wenn ich einmal drin bin, bekomme ich davon eine Gänsehaut!"

Gabriel fertigte eine Fackel aus einigen großen harzbeschichteten Kiefernzapfen und ein paar grünen Weidenzweigen an. Sobald die Fackel in Flammen stand, trat er in den Höhleneingang, der sich in eine Höhle von beträchtlicher Größe öffnete. Stalaktiten und Stalagmiten wuchsen in bauchigen und spitzen Formen und zeigten Schicht um Schicht mineralischer Ablagerungen. Ein kleiner, von einer Quelle gespeister Bach sickerte aus dem Boden, floss unter einen Felsvorsprung und verschwand in einem tieferen Schlund, der nur durch das Geräusch des rauschenden Wassers wahrgenommen wurde. Von dort, wo der Bach der abschüssigen Seite und der Wand der Höhle folgte, stieg der Boden zur anderen Seite hin an und man sah Anzeichen von Kochfeuern anderer, die die Höhle vielleicht vor Jahrzehnten oder auch Äonen genutzt hatten. Er hob seine Fackel, um die Kalksteinwand zu untersuchen, und war überrascht, alte Petroglyphen von Strichmännchen mit Lanzen, Tiere, die wahrscheinlich Bisons und Elche oder Hirsche darstellten, zu sehen. Es waren grobe Zeichnungen von Hütten aus Baumrinden und Pferden, zusammen mit geometrischen Mustern, die Gabriel als Embleme für Blitze, Gewitterwolken, Flüsse und mehr interpretierte. Als er auf den hinteren Teil der Höhle zuging, fiel ihm eine andere Zeichnung ins Auge, und er beugte sich nahe heran, um das Bild besser zu sehen. Es war unverkennbar ein Mammut mit langen Stoßzähnen und großen Ohren. Er schüttelte verwundert den Kopf und als er sah, wie der Rauch aus seiner Fackel tiefer in die Höhle eindrang, folgte er dem Luftzug in einen anderen Zweig der großen Höhle. Nach ein paar Abzweigungen und Kurven sah er einen Lichtschacht, der einen weiteren Ausgang andeutete. Mit ein wenig Anstrengung drang er durch das hier wuchernde Gestrüpp und die Reben und fand sich bald darauf auf einem schmalen Felsvorsprung etwa sechs Meter über dem Bachgrund wieder. Der Sims verlief um die Felswand und fiel schließlich bis zum Bachbett ab. Obwohl er schmal war, war er für die Pferde begehbar. Er lief den Grat hinunter, um hinter Ezra aufzutauchen und freute sich sehr, dass Langer Läufer dort stand und sich ihm zuwendete, um ihm zuzuschauen, wie er sich näherte.

Langer Läufer begrüßte Gabriel mit den Worten: "Wir werden verfolgt."

"Oh? Wer und wo?"

"Sechs weiße Männer, ein Tag, vielleicht mehr, hinter uns. Sie haben keine Packpferde, und der Anführer hat einen schlechten Arm, bandagiert, gebunden an Brust." Er demonstrierte die Haltung mit dem eigenen Arm, den er eng an die Brust hielt.

Gabriel blickte auf Ezra, "Frank und seine Freunde aus Neu Madrid."

"Hmm-hmm."

"Lasst uns Brennholz sammeln und in der Höhle dort unser Lager aufschlagen. Viel gutes Wasser und trockener Boden und wir werden außer Sichtweite sein, wenn uns jemand folgt."

"Ich will nicht in einer Höhle gefangen sein!", erklärte Ezra.

"Es gibt einen Hinterausgang, damit du nicht eingesperrt bist. Was glaubst du, wie ich rausgekommen bin, ohne dass du mich gesehen hast?"

"Hm? Oh, richtig. Ich schätze, das bist du wirklich!"

Gabriel schleppte die Rucksäcke, Packtaschen und Sättel in die Höhle, während Ezra die Pferde hütete, sie abrieb und sie weit unter der Höhle am Ufer des Flusses weiden und trinken ließ. Als Ezra mit den Pferden zurückkam, hatte Gabriel das Feuer entfacht, der Kaffee war aufgebrüht und er bereitete die

Pfannen für den Rest der Mahlzeit vor. Langer Läufer war entlang des Flusses auf die Jagd gegangen, in der Hoffnung, einen Hirsch oder Elch zu finden, der Wasser trinken wollte.

Als er in die Höhle kam, hatte er die Hinterkeule eines Elchs über der Schulter. Er ließ sie nahe dem Feuer fallen. "Quapaw-Lager in der Nähe, alter Mann, alte Frauen, kleine Kinder. Gaben Fleisch."

Gabriel warf einen Blick auf Ezra und zurück auf Langer Läufer : "Und weiter?"

"Ihr Dorf wurde angegriffen. Krieger getötet, Frauen und ältere Kinder von Osage entführt."

"Osage? Ich dachte, sie seien freundlich?", fragte Gabriel.

Langer Läufer kicherte: "Osage freundlich, wenn es sein muss, aber sie kämpfen immer und nehmen Gefangene und mehr. Sie sind zu fürchten. Sie sind groß." Er deutete mit der Hand die Größe der Osage an. Dabei hielt er seine Hand weit über dem Kopf.

Gabriel wusste, dass die Osage ein ansehnliches Volk waren, wobei die meisten erwachsenen Männer über Eins Achtzig groß waren, einige sogar über zwei Meter. Sie waren auch als ein attraktives Volk bekannt, gut gebaut und ansehnlich gekleidet. Sie rasierten einen großen Teil ihres Kopfes, so dass am Scheitel ein, wie manche es nennen würden, Irokese oder eine Skalplocke zurückblieb und ein einzelner Zopf am Rücken herunterhing. Osage waren auch dafür bekannt, dass sie sich die Ohrläppchen für große Ringe oder andere Verzierungen aufschnitten und dass die Ohrläppchen dadurch manchmal fast bis zu den Schultern hingen. All dies ging Gabriel durch den Kopf, als er darüber nachdachte, was Langer Läufer berichtet hatte.

"Brauchen sie Hilfe?", fragte er mit Blick auf Langer Läufer.

"Quapaws stolze Leute, würden nicht fragen. Sie haben niemanden, der ihnen hilft, und ohne Hütten und Krieger wird der Winter alle töten." Er schaute sich in der riesigen Höhle um und sagte: "Das", auf die Höhle hinweisend, "wäre eine gute Winterunterkunft für sie."

Gabriel stimmte zu und fragte dann: "Könnten wir die Gefangenen von den Osage zurückholen?"

Langer Läufer runzelte die Stirn über Gabriels Frage. "Vielleicht."

Ezra starrte seinen Freund an: "Bist du verrückt? Wir sollen uns zu dritt mit einer ganzen Kriegstruppe von Giganten anlegen? Warum?"

"Er sagte 'vielleicht'. Das bedeutet nicht, dass wir es tun werden. Lass uns zu Abend essen, darüber nachdenken, vielleicht mit dem Quapaw sprechen und uns dann entscheiden."

Ezra schüttelte den Kopf: "Ich weiß nicht, wie du das machst. Hier sind wir mitten im Nirgendwo, ein Haufen Freibeuter auf den Fersen, und als ob das noch nicht genug Ärger ist, suchst du noch nach mehr! Warum bleibe ich bei dir? Hm? Sag mir, warum?" Er setzte sich auf den Boden, hob die Schultern an, streckte die Handflächen nach oben und schüttelte den Kopf.

"Du liebst die Aufregung, und da wir Freunde sind, machen wir alles gemeinsam", antwortete Gabriel grinsend.

6

KOPFGELD

"Na, wenn das nicht Frank, der Möchtegern-Franzose ist, dann bin ich der Onkel eines Affen!", erklärte ein schmuddeliger Mann, der sich in der einzigen Taverne an der Hauptstraße von Neu Madrid an die Theke lehnte. Er lachte, als er seinen Krug anhob: "Auf Frank, den besten Schwimmer des Mississippi!"

Einige der Gäste im Gasthaus lachten und hoben ihre Becher mit einem herzhaften "Ho!" an, als sie den Inhalt hinunterstürzten. Viel davon lief den Männern unbemerkt über die Lippen und auf die Brust, während sich die verschüttete Flüssigkeit mit den anderen Flecken auf ihrer Vorderseite ihrer Kleidung vermischte. Der späte Nachmittag war erst der Beginn des Besäufnisses in der Taverne. Die erwartete Menge an Gästen hatte sich noch nicht versammelt, so dass jede Entschuldigung für das Trinken gern verkündet und angenommen wurde und jeder sich anschloss.

Frank und seine Anhänger hielten direkt in der Türöffnung inne, als sie von dem Säufer am Tresen begrüßt wurden, aber die Anerkennung trieb sie vorwärts. Sie griffen nach Bechern, die für sie auf dem Tresen standen. "Frenchy! Ich dachte, du wärst schon längst tot!", rief Frank, als er sich einen Becher schnappte. Er nahm einen Platz neben dem Mann ein, der ein geflecktes Kopftuch im Stil eines Zigeuners oder Piraten um seinen Kopf gebunden hatte. Sein locker sitzendes Hemd war vorne offen und enthüllte einen dicken Fleck schwarzen Haares, der mit dem langen, schwarzen Vollbart verschmolz. Seine Augen waren voller Bösartigkeit und Unheil und sein Lächeln reichte nicht über seine leicht geöffneten Lippen hinaus. Der Kolben einer Steinschlosspistole war hinter seiner Schärpe zu sehen, ebenso wie der Griff eines Messers mit Scheide.

"Ach, du kennst uns Flusspiraten! Man muss schon viel töten, um uns zu erledigen!" Er schaute auf den bandagierten Arm in der Schlinge und dann auf Franks Gesicht. "Was ist mit dir passiert?"

"Hatte einen Unfall", knurrte der große Mann, stürzte den Inhalt des Bechers hinunter und donnerte ihn zum Nachfüllen auf den Holztresen.

"Unfall? Hah, eher ein Zusammentreffen mit einem Mann namens Gabriel", erklärte Eichhörnchen, der kleine schlangenartige Gehilfe, der neben dem größeren Frank stand. Er trat schnell zurück und duckte sich, bevor Franks großer Arm ihn mit einem Schwinger erwischen konnte.

Der bärtige Mann am Tresen runzelte plötzlich die Stirn, senkte seine Stimme: "Sagte er Gabriel?"

"Ja! Junger Welpe. Aber groß genug und er überraschte mich, bevor ich mich verteidigen konnte", knurrte Frank und schlürfte noch mehr von seinem Bier.

"War er mit einem Neger unterwegs?", fragte Frenchy, schaute dabei finster drein und lehnte sich verschwörerisch zu Frank. Frank schaute ihn an und fragte: "Ja, warum?"

Frenchy sah sich im Raum um und deutete dann auf den Tisch in der Ecke: "Lass uns reden."

Sobald die Männer saßen, lehnten sie sich nach vorne, die

Ellbogen auf den Tisch gelegt, und Frenchy begann: "Wir",
seinem Partner zunickend, einem schmierig aussehenden Typ
mit strähnigen schwarzen Haaren, fleckigem Schnurrbart,
Augen, die nicht aufhörten, sich zu bewegen, und einem breit
gestreiften Hemd und einer Cordhose, "befanden uns auf dem
Kielboot von Jacob Langdon. Erinnerst du dich an ihn?" Auf
ein Nicken von Frank hin fuhr er fort: "Wir erfuhren von einem
Gabriel Stonecroft und seinem Sklavenfreund. Stonecroft
geriet in ein Duell und tötete einen wichtigen Mann, und jetzt
ist ein Kopfgeld auf ihn ausgesetzt."

"Wie viel?" fragte Frank interessiert.

"Zuerst sagten sie fünfhundert Dollar, aber ich hörte, wie
der Neue mit dem Kapitän darüber sprach, und es gibt weitere
tausend Dollar, wenn der Alte den Kopf von Stonecroft in
einem Eimer bekommt!"

"Fünfzehnhundert Dollar! Das ist eine hübsche Summe,
soviel ist sicher", sabberte Frank drauf los.

"Und so wie der Kerl geredet hat, ist der alte Mann stink-
reich und könnte sogar noch mehr geben!"

"Aber wie sammeln wir die Belohnung ein? Kennst du
diesen alten Mann, der die Belohnung auszahlt?", fragte Frank
und berechnete bereits seinen Anteil und noch mehr.

"Sollte nicht schwer sein. Er ist in Philadelphia, und ein
bisschen Herumfragen sollte uns ganz einfach verraten, wer
uns so viel Geld anbietet."

"Hm, ja, das könnte hinhauen. Hast du Freunde in Philadelphia?"

"Ich kenne einige Jungs, die sicher von einer Belohnung
wissen würden", antwortete Frenchy grinsend.

"Und sie hatten ein paar schöne Pferde, kauften einen
Haufen Vorräte und Handelswaren und der Schmied sagte, sie
bezahlten ihn mit glänzenden neuen Goldmünzen! Wir
könnten all das bekommen, dann mit einigen Indianern gegen
Felle und dergleichen tauschen, und wer weiß, was wir noch

alles ergattern könnten", erklärte Frank grinsend. Er lehnte sich zurück, um sein Bier zu trinken. Die anderen lachten, und Eichhörnchen lehnte sich zu Frank hinüber: "Und da Bucky ihnen bereits auf der Spur ist, sollten wir keine Schwierigkeiten haben, sie zu finden!"

"Du meinst, ihr habt schon jemanden hinter ihnen hergejagt?", fragte Frenchy hoffnungsvoll.

"Hmm. Der beste Fährtenleser diesseits des Mississippi! Du erinnerst dich doch an Bucky Ledbetter, nicht wahr?"

Frenchy nickte und sein Gesicht verzog sich zu einem breiten Grinsen. Er lehnte sich zurück auf seinem Stuhl und winkte zum Gastwirt, damit er ihnen weitere Getränke brachte.

DIE BANDE RITT durch die Nacht und trafen sich gegen Vormittag des zweiten Tages mit Bucky Ledbetter.

"Ein anderer Mann hat sich ihnen angeschlossen. Ein Indianer, vermute ich, aber er reitet eines ihrer Pferde. Sie reiten nach Nordwesten. Ich glaube, sie wollen nach Fort Carondelet, dem neuen Handelsposten, den Chouteau errichtet hat. Sie scheinen es auch nicht eilig zu haben", berichtete Bucky, nachdem er sein Pferd neben dem Weg angehalten hatte, um mit Ducharme zu sprechen.

"Wissen die, dass du ihnen folgst?", fragte Frank.

"Keiner weiß, wann Bucky jemand folgt, dass weißt du!", erklärte der Fährtenleser und machte keinen Hehl aus seiner Abscheu über die Beleidigung.

"Ja, ja, das sagst du", antwortete Frank, drehte sich dann zu Frenchy um, "wir werden den Rest des Tages weiterreiten!" Erhob seine Augen zum wolkigen Himmel. "Es sieht aus, als könnte es stürmen, also werden wir früh genug rasten, um einen Unterstand zu schaffen, bevor es losgeht. Wir werden morgen die Zeit einholen."

Frenchy, der zustimmend nickte, schlug vor: "Wie wäre es,

wenn Bucky voraus geht, damit gehen wir auf Nummer sicher, dass wir sie im Sturm nicht verlieren?"

"Gute Idee!", antwortete Frank, "Bucky, du hast den Mann gehört! Bleib dicht an ihnen dran, damit du sie nicht verlierst, aber nicht zu nah. Wenn du etwas anstellen musst, um sie auszubremsen, gut, aber schreck sie nicht auf!"

"In Ordnung, ich verstehe!", antwortete Bucky, riss sein Pferd herum und brach im Galopp auf. Er schaute in den Himmel und schätzte die Wolken als bereit ein, den Schnee am späten Nachmittag über die Gruppe hereinbrechen zu lassen. Er wollte sich einen guten Unterschlupf suchen um abzuwarten, unabhängig davon, was Frank oder sonst jemand befahl. Die Spuren der fünf Pferde waren leicht zu verfolgen und er ritt fast eine halbe Stunde lang im Galopp. Als sein großer brauner Wallach zu schäumen begann, verlangsamte er schließlich sein Tempo und ritt auf einem parallelen Pfad in den dichteren Bäumen weiter.

Am nächsten Nachmittag, nachdem sich herausgestellt hatte, dass die Wolken kaum noch Schnee in sich trugen, entdeckte Bucky, wie der Indianer ihren zurückgelegten Weg überprüfte. Er stieg von seinem Reittier ab und stellte sich neben den Kopf des Pferdes, streichelte seinen Hals und sprach leise in sein Ohr. Mit einer Hand an den Nüstern, um es zu beruhigen, hielt Bucky die Zügel fest und das Pferd ruhig und still neben sich. Er beobachtete, wie der Indianer sich seinen Weg durch die Bäume bahnte, immer auf der Suche nach Verfolgern. Bucky wusste, dass seine Spuren nicht gefunden werden würden, da er klug genug war, sich von den Pfaden fernzuhalten und niemals direkt in den Spuren seiner Beute zu reiten. Indem er sich am Rande eines Pfades aufhielt, konnte er seine eigenen Spuren leichter tarnen und unbemerkt bleiben.

Als der Indianer vorbeigeritten war, schaute sich Bucky nach einem benötigten Unterschlupf um und entdeckte einen umgestürzten Baum mit genügend Platz darunter. Es war ein guter Rastplatz für ihn und sein Pferd. Sie würden ein warmes und unentdecktes Lager während einer wahrscheinlich wieder verschneiten Nacht haben. Frank und die anderen waren darauf bedacht, ein Kopfgeld zu bekommen, aber er kannte Frank auch als einen, der versuchen würde, das meiste davon selbst zu behalten. Wenn Bucky eine Gelegenheit sähe, sie alle bis zum erhofften Zahltag zu schlagen, würde er nicht zögern, das Los seines Lebens zu verbessern.

7

RAUCH

Die Kugel pfiff, als sie von der Höhlenwand ein-, zweimal abprallte, bevor sie in der Dunkelheit verschwand. Eine niedrige Rauchwolke kroch langsam vom mit Gebüsch bewachsenen Eingang in die Höhle. Bucky Ledbetter hatte Gabriel und seine Begleiter bis zur Höhle verfolgt. Obwohl sie versucht hatten, ihre Anwesenheit und den Eingang zu verdecken, malte der Vollmond einen schattenhaften Wegweiser und Spuren in den reichen Lehmboden im Bachbett unterhalb der Kalksteinklippe, wo sich die Höhle befand.

Er sammelte all das kleine trockene Gestrüpp, das er unter dem verworrenen Dickicht aus Knopfbüschen und Hartriegel in der Nähe finden konnte, stapelte es nahe dem Eingang und zündete es an. Als es anfing zu brennen, warf er etwas Grün darauf, um mehr Rauch zu erzeugen. Während er das Feuer mit seiner Decke an fächerte, grinste er, denn die dicke graue Wolke zog in die Höhle, als wäre sie der Schornstein einer Feuerstelle. Obwohl er schlau und weise war, was das Überleben in der Wildnis und die Spurensuche betraf, machte er sich zu wenig Gedanken über die Bewegung des Rauchs, der doch immer mit einem Luftstrom zog. Der einzige Grund, warum der Rauch in den Eingang einer Höhle gezogen wurde, war, weil er an anderer Stelle wie bei einem Schornstein auch wieder austreten konnte. Er aber grinste nur und dachte, er würde die Männer in der Höhle ausräuchern und sie leicht töten können, sobald sie ins Freie kamen.

Er bewegte sich über ein trockenes Flussbett, einen Stapel Steine und alte Baumstämme, die vor langer Zeit durch die Wucht einer Sturzflut hierher geschwemmt worden waren, in seine Deckung zurück. Er kauerte sich hin, legte den Schaft seines langen Gewehrs auf einen verfaulten Baumstamm, richtete ihn auf dem schwarzen Schlund der Höhle und wartete. Der Rauch schien sich zu verziehen, und er glaubte, Bewegung zu sehen. Seine Begierde nach dem Kopfgeld veranlasste ihn, übereilt zu schießen, wobei die Kugel des Kalibers .54 in die Kalksteinhöhle raste und dort mehrfach von den Wänden abprallte. Aber es gab keine andere Bewegung, keine Rufe, kein Gewehrfeuer. Er kicherte. *Vielleicht hat der Rauch sie getötet und alles, was ich zu tun habe, ist, ihre Leichen aufzusammeln!*

Der erste Hauch von Rauch weckte Gabriel sofort auf. Ihr Kochfeuer war schon lange erloschen und nichts als die feuchte Luft der Höhle sollte er zum Atmen spüren. Das nervöse Tänzeln der angebundenen Pferde holte ihn aus seinen Decken. Er stieß Ezra mit dem Fuß an und hörte ein geflüstertes "Ich bin wach!"

"Ich zünde uns ein paar Fackeln aus diesen Kiefernzapfen an. Du lädst alles auf!", befahl Gabriel.

"Wo ist Langer Läufer?", fragte Ezra, während er hektisch an den Steigbügelgurten zog.

"Er ging mitten in der Nacht. Er sagte, er bleibe nicht gerne in der Höhle, wolle die Sterne sehen oder so etwas, ich weiß nicht, wo er ist, aber er ist weg."

Die Fackeln flackerten auf, so dass die Pferde ein paar
Schritte zurückschreckten, aber als sie durch die vertrauten
Stimmen der Männer hörten, beruhigten sie sich wieder und
folgten ohne Zögern, während Gabriel sie alle zum hinteren
Ausgang führte. Kurz bevor sie die Öffnung erreichten, hörten
sie Schreie aus der Höhle, aber die Worte waren abgehakt. Als
Gabriel in die klare Luft des frühen Morgens trat, leuchtete das
graue Licht auf den schattigen, aber schmalen Pfad an der Felswand hinunter. Er warnte Ezra: "Ich bringe Ebenholz hinunter
und komme für die Packpferde wieder hoch. Die Spur auf dem
Sims ist zu schmal, um mehrere Tiere auf einmal runter zu
bringen."

Innerhalb weniger Augenblicke waren alle Pferde am Fuß
der Klippe, und Gabriel schlug vor: "Lass sie uns hier anbin-
den, dann trennen wir uns und schauen, wer auf uns schießt!"

Die hintere Öffnung der Höhle befand sich über dem Bett
eines kleineren fließenden Baches, der den größeren Lauf am
vorderen Eingang speiste. Gabriel durchkreuzte den Einschnitt
im Boden und schlich zwischen die Bäume auf der anderen
Seite, so dass Ezra auf der Vorderseite des Grats über der
Haupthöhle bleiben konnte. Beide Männer bahnten sich heim-
lich ihren Weg durch die Bäume und das Gestrüpp. Sie hatten
lediglich das schwache Licht der Morgendämmerung zur
Verfügung. Nichts rührte sich. Das übliche schimpfende
Geschnatter der Eichhörnchen fehlte, die Singvögel waren still,
und keine Brise bewegte die bunten Blätter, die sich an den
Ästen festhielten, bevor der Mangel an Lebenssaft ihren Halt
brechen würde.

Die leisen Bewegungen der Mokassins auf dem Waldboden
verrieten nicht das langsame Vorrücken der Schatten zwischen
den grauen und braunen Stämmen der Bäume. Nur die Stille
der Tiere im Wald verriet, dass etwas außergewöhnlich war.
Der von Ezra gewählte Weg war einfacher und kürzer, aber er
war ungeschützter, falls er dem möglichen Schützen frontal

gegenüberstehen sollte. Er hockte sich hin, hielt sich das Gewehr über die Brust, bewegte seine langen Beine wie eine räuberische Spinne und war genauso leise wie diese. Nach jedem Schritt beobachtete er das gegenüberliegende Ufer, bevor er einen weiteren machte. Er hielt sich versteckt hinter den Ulmen mit den großen Ästen, den Sykomoren und Hickorys. Die Farbe seiner speckigen Wildlederkleidung, sein dunkler Hut und seine dunkle Haut verschmolzen gut mit der Dunkelheit des Waldes, denn das Licht drang hier kaum durch das dichte Blätterdach.

Gabriel bewegte sich wie ein Puma im Wald, jeder Schritt vorsichtig bemessen, jeder Tritt berechnend und erst ausgeführt, nachdem er mit seinen Mokassins nach einem Zweig, Stein oder einem Geräusch erzeugenden Hindernis getastet hatte. Aber es war nicht nur ein stilles Heranschleichen, es war das Anpirschen des sicheren Todes für die Beute. Die geschmeidige blonde Gestalt war über seine Jahre hinaus erfahren und schlich durch die Bäume und das Gestrüpp wie einer der ansässigen Jäger. Als er sich leise der Deckung am hinteren Ufer des Baches näherte, gab es nichts, was sein Anschleichen verraten könnte, es sei denn, Gabriel würde einen Fehler im Urteilsvermögen haben oder eine ungeschickte Bewegung machen. Er konzentrierte sich auf seinen Widersacher, und mit dem sechsten Sinn eines erfahrenen Waldbewohners bewegte er sich so natürlich, als hätte er sein ganzes Leben mit solchen Anstrengungen verbracht. Er hielt inne, lauschte, aber das einzige Geräusch war das gluckernde Rieseln des Baches, der von der Höhle kam und auf der Suche nach dem nächstgrößeren Wasserlauf dahinfloss.

Er sah niemanden beim Durchforsten des hinteren Ufers des Bachbetts und auch in der Umgebung der Höhlenmündung entdeckte er nichts. Gabriel suchte jede Ansammlung von Gestrüpp ab, jeden Felsen, jeden Baumstamm - alles und jedes, was einem Schützen, der auf die Höhle blickte, Deckung bieten könnte - aber es gab keine Bewegung, nichts, was auf einen möglichen Attentäter hindeutete. Ezras Sichtlinie war eine völlig andere, aber er konnte auch keine Anzeichen für einen Angreifer erkennen.

Plötzlich jedoch bemerkte Ezra eine Bewegung und begann, sein Gewehr nach oben zu ziehen, dann jedoch erkannte er Gabriel, wie dieser von einem Baum zum anderen huschte und wahrscheinlich einen anderen Aussichtspunkt suchte, von dem aus er nach dem Schützen suchen konnte. Beide Männer beobachteten, warteten und lauschten. Ezra gab den schrillen Schrei eines Nachtfalken ab, trat hinter seiner Deckung vor und bot sich selbst als Ziel für den Schützen an, aber nur für einen kurzen Augenblick. Nichts geschah. Niemand bewegte sich oder schoss. Die Männer begannen sich zu entspannen, dann hörten sie plötzlich das Donnern von Hufen. Sie blickten auf das untere Ende des Hügels und sahen die vertraute Gestalt von Langer Läufer auf dem Rotschimmel, der im Trab vom Ufer des kleinen Stromes her kam.

Sie konnten ihn nicht warnen, ohne sich selbst zu verraten, aber sie machten sich bereit, den Schützen zu sehen, der die Höhle ausgeräuchert und in den Eingang der Höhle geschossen hatte. Aber es gab immer noch keinerlei Bewegung und Langer Läufer wurde langsamer, als er sich der Höhle näherte und das schwelende Gestrüpp am Eingang sah. Als keine Schüsse fielen, trat Ezra heraus, rief ihrem Freund zu, "Ho! Langer Läufer!", und ging den Abhang hinunter. Gabriel suchte das Gebiet noch einmal kurz ab, und da er nichts sah, kam auch er von den Bäumen näher und trat auf den Indianer zu.

Ezra erklärte Langer Läufer den Rauch und das Gewehr-feuer, worauf dieser antwortete: "Ich habe frische Spuren gese-hen. Ein Pferd, lief schnell", dabei stand er in seinen Steigbügeln und wandte sich dem größeren Fluss zu und zeigte in eine Richtung. "Dort, stromabwärts. Ich konnte Pferde nicht erkennen, also kam ich, um nachzusehen."

Jede Spur erzählt eine Geschichte. Sei es, wie schnell sich das Pferd bewegt oder mehr über das Pferd selbst. Die Länge seines Schrittes, die Breite der Spuren, die Größe der Hufe, die Hufeisen und ihre Abnutzung und mehr, so dass jede Spur einzigartig ist und ein guter Fährtenleser viel über das Pferd und seine Last erzählen könnte. Langer Läufer fügte hinzu: "Ich habe diese Fährte vor zwei Tagen überquert. Er folgt uns."

"Gehört er zu der Gruppe, die uns gefolgt ist?", fragte Gabriel.

"Vielleicht. Ich sehe die Gruppe nur aus der Ferne, keine Spuren. Sie kommen näher."

"Hast du gestern Abend unsere zurückgelegte Route überprüft?", fragte Ezra.

"Nein, bin bei Quapaw geblieben."

Ezra und Gabriel sahen einander an, dann Langer Läufer: "Da ist nicht zufällig eine Frau dabei, die dir gefällt, oder? Ich dachte, du sagtest, alle jungen Frauen und älteren Kinder seien verschleppt?", bemerkte Gabriel und schaute den Mann seitlich an.

Langer Läufer blickte finster drein: "Keine Frau. Nur alte Leute, kleine Kinder."

"Hast du mit ihnen darüber gesprochen, dass wir helfen wollen, die Gefangenen zurückzuholen?", fragte Gabriel.

"Ja, sagten, wir können helfen."

Ezra blickte seinen Freund an: "Siehst du? Selbst wenn du es nicht versuchst, schaffst du es immer, uns in Schwierigkeiten zu bringen!" Er schimpfte weiter vor sich hin, als er auf die angebundenen Pferde zuging: "Los, bringen wir es hinter uns!"

8

BEUTEZUG

"Ich bin Steht Allein!", erklärte der grauhaarige Mann. Er war in eine Decke gewickelt, die eine Schulter bedeckte und am Boden entlang schleifte. Seine perlenbesetzten Mokassins waren darunter sichtbar, ebenso wie sein Arm und seine Schulter. Er trug einen silbernen Reif über dem Bizeps und auf der Schulter waren schwarze kreisförmige Tätowierungen. Seine Augen blitzten die Drei an, aber es war nicht zu erkennen, ob es Hass, Angst oder Entschlossenheit waren, die in dem dunklen Blick mitschwangen. Seine muskulösen Wangen bewegten sich mit dem Kiefer, und er sprach mit zusammengebissenen Zähnen. Hinter ihm wurde die Arbeit niedergelegt, als sich die verbleibenden Menschen des Stammes zu den Besuchern hingezogen fühlten, die angeführt wurden von dem Tamaroa Indianer, der sich als Freund erwiesen hatte. Eine teilweise fertiggestellte, mit Rinde bedeckte Hütte stand wie ein fleischloses Skelett im Hintergrund. Sie war der einzige Beweis für die Bereitschaft des Stammes, das wiederaufzubauen, was von ihrem einst starken Volk nun noch übriggeblieben war. Es gab noch andere Quapaw, die weiter nach Norden gegangen waren, um sich den

Fox- und Sauk-Stämmen anzuschließen, aber diese hier waren geblieben und entschlossen, an den alten Traditionen ihres Volkes festzuhalten.

Gabriel trat zurück, hielt einen Zügel in der linken Hand und hob die rechte Hand, mit offener Handfläche dem Führer zugewandt: "Ich bin Gabriel, und das", er nickte zu Ezra, der nun neben ihm stand, "ist Ezra, mein Freund."

Der Anführer, anscheinend der Häuptling des dezimierten Stammes, blickte von Gabriel zu Ezra und gab ein einfaches Brummen von sich, um die Vorstellung zu würdigen. Dann fragte er: "Ihr werdet hinter denen her sein, die unsere Frauen entführt haben?" Er hatte einen finsteren Ausdruck auf seinem Gesicht, und in seinen Augen zeigte sich Misstrauen. Seine geballte Faust und sein angespannter Kiefer zeigten seine Skepsis. Er wartete auf eine Antwort.

"Unser Freund, Langer Läufer, hat gesagt, dass dies eine gute Sache wäre, und wir stimmen ihm zu. "Warum helft ihr uns?", fragte der Häuptling.

Ezra schlurfte mit den Füßen auf dem Boden und senkte seine Augen. Er erregte Gabriels Aufmerksamkeit durch seine hochgezogenen Augenbrauen und einer hilflosen Geste mit offenen Händen. Ezra bat seinen Freund es dem Stammesführer zu erklären. Gabriel richtete seine Aufmerksamkeit auf den Häuptling: "Wir wollen mit den Quapaw befreundet sein, und wir glauben, dass das, was diese anderen getan haben, falsch ist. Deshalb wollen wir helfen."

Der Häuptling schielte auf den großen jungen Mann und seinen dunkelhäutigen Freund und zog dabei leicht die Lippe hoch. Er drehte sich zu Langer Läufer um und fragte: "Gehst du mit ihnen?"

Langer Läufer nickte langsam und fragte dann: "Wirst du mit uns gehen?"

Der Gesichtsausdruck des Häuptlings änderte sich; statt misstrauisch zu sein, sah er Langer Läufer an, als hätte er eine

Herausforderung ausgesprochen. Der Häuptling ließ seine Decke fallen und griff nach einem Köcher, der in der Nähe lag, schob ihn über seine Schulter und hob seine Lanze auf: "Wir gehen!"

DIE BEIDEN FREUNDE ließen ihre Packpferde bei den Quapaw im Dorf zurück und ritten nun hinter Langer Läufer und Steht Allein. Obwohl die Indianer schweigend ritten, ließen sich Ezra und Gabriel genug zurückfallen, um sich miteinander zu unterhalten. Ezra fragte: "Glaubst du, dass dieser alte Mann eine Hilfe oder eher ein Hindernis sein wird?"

Gabriel kicherte: "Dieser alte Mann hat wahrscheinlich mehr als nur einen Anteil an Kämpfen gesehen. Diese Lanze hat eine Handvoll Skalplocken und seine Narben beweisen, dass er gekämpft und auch gesiegt hat. So wie ich informiert bin, lassen die meisten Stämme der Prärie ihre Krieger sich das Recht verdienen, Federn zu tragen. Diese Markierungen und Kerben auf den Federn erzählen die Geschichte seiner Siege, also werde ich nicht derjenige sein, der ihm sagt, dass er nicht mitkommen kann."

Ezra nickte und fragte dann: "Hat Langer Läufer viel über die feindlichen Krieger gesagt, wie viele es sind und so weiter?"

"Nein, aber er ist sich sicher, dass wir die Gefangenen zurückholen können, also bin ich bereit, es zu versuchen. Hast du die langen Gesichter der alten Frauen im Dorf gesehen? Sie sind ein trauriges Volk, und ich denke, wir müssen das tun, also..."

"Hmmhmm, und jedes Mal, wenn du zum Nachdenken kommst, kriegen wir Ärger", erklärte Ezra kopfschüttelnd.

Die Indianer hatten angehalten und warteten, bis die beiden Freunde an ihre Seite kamen. Langer Läufer wies auf die Spuren auf dem Boden hin: "Sie campierten in der ersten Nacht hier."

"Wie viele Krieger haben sie?" fragte Gabriel und sah sich die Überreste des Lagers an - ein Feuer, einige Zweige, die als Unterlage verwendet worden waren, Pferdeäpfel und Knochen eines Hirsches.

"So viele, vielleicht noch mehr", erklärte Langer Läufer und hielt beide Hände mit ausgestreckten Fingern hoch.

"Und wie viele Gefangene?"

"Sechs Frauen, ein Mädchen, drei Jungen", antwortete Langer Läufer. Der Häuptling nickte leicht, während er zuhörte.

"Ist das bei den Osage üblich?" fragte Ezra den Häuptling.

Steht Allein blickte finster drein: "Das sind keine Osage, das sind Abtrünnige. Ausgestoßene! Ihr Anführer ist Mörder Seiner Feinde, er ist ein Osage-Ausgestoßener!"

"Warum wurde er ausgestoßen?", fragte Gabriel.

"Er kämpfte mit seinem Vater, und als seine Mutter versuchte, den Kampf zu beenden, tötete er sie", erklärte Steht Allein. Der Ruf des ´Mörders Seiner Feinde´ war bei den verschiedenen Stämmen und Dörfern gut bekannt und er wurde oft erwähnt. Er war auch dafür bekannt, die Dörfer seines eigenen Volkes zu überfallen, wobei er keinerlei Loyalität gegenüber irgendeinem Stamm zeigte. Diejenigen, die sich um ihn versammelt hatten, waren Männer von ähnlicher Art und ähnlichem schlechtem Ruf. Sie waren die schlimmsten von allen Indianern. Zwar hat jeder Stamm seine eigenen Bräuche und Gesetze, aber alle verlangten Respekt vor den Anführern, den Ältesten und den Regeln des Stammes. Jeder im Stamm hatte die Freiheit, seine eigenen Entscheidungen zu treffen. Wenn diese Entscheidungen aber die Menschen des Stammes gefährdeten, wurde sofort und hart mit ihnen umgegangen. Sogar die höchste Strafe, die Todesstrafe wurde verhängt, oder sie wurden verstoßen und aus dem Stamm zu vertrieben und für ihr Volk als tot erklärt.

Isoliert und allein zu sein, veranlasste die Ausgestoßenen

oft dazu, sich zum Überleben zusammenzuschließen, aber die Natur der Abtrünnigen trug wenig dazu bei, ihren egoistischen und zerstörerischen Weg zu bessern.

"Also, dann sind das nicht alles Osage-Krieger?", fragte Gabriel.

"Es gibt Kickapoo, Kiowa, Kansa, Chickasaw und andere. Ihre Zahl und Stärke wachsen. Es heißt, Mörder Seiner Feinde glaubt, er könne dieses Land regieren und wird alle töten, die sich widersetzen. Er hat gesagt, dass die Anführer der Osage, die mit dem weißen Händler Chouteau Frieden schließen, Verräter ihres Volkes wären. Er hat geschworen, alle zu töten, die sich ihm widersetzen!", erklärte Langer Läufer.

"Wie lange führt dieser Mörder Seiner Feinde schon diese Bande von Abtrünnigen an?", fragte Gabriel.

"Zwei, drei Sommer", antwortete Langer Läufer und schaute zur Bestätigung auf Steht Allein. Der alte Häuptling nickte und fügte hinzu: "Er hat drei weitere Dörfer meines Volkes zerstört. Diejenigen, die er gefangen nimmt, benutzt und zerstört er, er lässt keinen am Leben." Der Häuptling sah Gabriel an und fuhr fort: "Mörder Seiner Feinde ist ein großer Krieger, aber dennoch ein armer Mann. Er ist groß, größer als jeder andere Mann, und keiner kann sich ihm im Kampf entgegenstellen. Deshalb trägt er den Namen `Mörder Seiner Feinde'."

"Oh? Wie groß ist er denn?", fragte Gabriel, ohne sicher zu sein, ob er es wissen wollte.

Langer Läufer trat zurück und gestikulierte, dass Gabriel das Gleiche tun solle. Als sie nebeneinander standen streckte Langer Läufer seinen Arm hoch und hielt seine Hand fast einen Fuß über Gabriels Kopf: "Er steht so hoch." Er legte seine Hände an die Seiten von Gabriels Schultern und fuhr fort: "Und seine Schultern sind so breit." Er hielt seine Hände mindestens eine Handbreit von Gabriels Schultern entfernt.

Gabriel hatte seinen Hals verdreht, um zu sehen, wo Langer

Läufer seine Hand über dem Kopf platziert hatte, dann schaute er auf beide Seiten, auf die Hände neben seinen Schultern. Dann schaute er Ezra an: "Das ist mächtig groß!"

"Alle Osage sind groß, dieser Mann noch mehr", fügte Langer Läufer hinzu und schwang sich wieder auf seine rote Schimmelstute.

"Nun, nach dem, was du sagst, haben wir einen Kampf vor uns. Also, was glaubst du, wie schnell können wir sie einholen?"

"Morgen nach Einbruch der Dunkelheit!", antwortete Langer Läufer und bewegte sein Pferd vorwärts, um die Verfolgung wieder aufzunehmen.

In der klaren Nacht zogen die Männer weiter in die Dunkelheit und nutzten die Himmelslaterne, den Mond, um sich zu orientieren. Die Abtrünnigen taten nichts, um ihre Spuren zu verwischen, da sie offensichtlich glaubten, niemand könne oder würde ihnen folgen. Kurz nach Mitternacht rief Gabriel seine Begleiter dazu auf, eine Rast einzulegen. "Unsere Pferde brauchen frisches Gras und Ruhe, und wir auch!" Er blickte zu Langer Läufer, der von seinem Kundschafter Posten weit vor ihnen zurückgekehrt war, und fragte: "Wie nahe?"

"Einen Tag, vielleicht weniger. Sie bewegen sich nicht schnell, sie werden bald Halt machen."

"Irgendeine Spur der Gefangenen?"

"Ja." Langer Läufer entschied sich, nicht mehr dazu zu erklären, was Erklärung genug war. Als er schwieg, verstand man, dass das, was er vorgefunden hatte, nicht gut war. Wahrscheinlich war einer der Gefangenen getötet worden und vielleicht noch mehr. Gabriel beschloss, nicht weiter zu drängen, sondern beschäftigte sich mit der Pflege seines großen Rappen. Er rieb ihn mit trockenem Gras ab und sprach leise mit ihm. Der Mann und sein Pferd hatten vom ersten Tag an, an dem das Tier zu ihnen nach Hause gekommen war, eine besondere Beziehung entwickelt. Obwohl Gabriel schon sechzehn Jahre alt gewesen war und einen Wachstumsschub durchmachte, hatte er immer noch einen Schemel gebraucht, um auf den langbeinigen schwarzen Hengst steigen zu können. Jetzt, obwohl das Pferd etwas mehr als ein Meter Sechzig Stockhöhe hatte, war Gabriels Wachstum dem seines Pferdes gleichgekommen, und er konnte sich leicht auf den großen Rappen schwingen. Aber mehr als das, konnte das Pferd die Bedürfnisse seines Herrn spüren, und Gabriel verstand Ebenholz genauso. Ob Gabriel nach ihm rief oder einfach nur pfiff, das Pferd reagierte sofort auf seinen Ruf. Der große Hengst war immer wachsam und sensibel gegenüber jeder Gefahr für sich oder seinen Reiter, und er würde keinen anderen Reiter als Gabriel akzeptieren.

NACH EINEM FRÜHEN Start und durch das harte Tempo, dass sie durch den Tag hielten, mussten sie bald versuchen, im Wald und somit außer Sichtweite zu bleiben. Die vier Verfolger kamen gut voran. Langer Läufer kundschaftete voraus und kehrte an den Rand des dichten Waldes zurück, um auf die anderen zu warten. Auf seine erhobene Hand hin kamen sie vorsichtig näher und hörten ihm zu: "Sie schlugen ihr Lager auf. Ich glaube, sie planen, die Gefangenen zu benutzen." Sein düsterer Gesichtsausdruck verriet seine Besorgnis und sogar seinen Hass über die mögliche Misshandlung der Gefangenen.

"Es ist früh am Tag, um das Lager aufzuschlagen, also muss etwas geschehen", stimmte Gabriel zu. "Wo ist ihr Lager?"

Auf Gabriels Frage trat Langer Läufer zurück, um in der Erde vor ihm eine Skizze zu malen. Die anderen versammelten sich um ihn herum, als er begann. "Fluss", sagte er, als er eine breite Bogenlinie in den Schmutz zog. "Klippe, sehr hoch, am Rande des Flusses." Er zeigte auf die Außenkante der breiten

Kurve. "Hier!" Er zeigte auf die Spitze der Klippe, "viele Bäume, überall auf den Hügeln." Er zog mehrere Linien, die die Bäume darstellten. "Und hier", sagte er und zeigte auf das, was ein Kamm des hohen Hügels darstellen musste, "Rand vom Fels, Lager unten. Offen, flach, dann Bäume. Hier", zeigte er weiter vom Lager entfernt, "niedriger Platz zwischen den Hügeln." Er zog eine Linie, die bis zur niedrigen Seite des Felsrandes reichte. "Gut zum Näherkommen, dichte Bäume."

Nachdem er seine grobe Karte fertiggestellt hatte, lehnte er sich auf seinen Hüften zurück und sagte: "Ich werde näher auskundschaften und dich mitnehmen!" Er zeigte auf Gabriel. "Wir planen einen Angriff. Ihr beide", auf Steht Allein und Ezra zeigend, "wartet hier!" Er stieß seinen Stock in seine Zeichnung, dort wo er die kleine Senke eingezeichnet hatte und deutete damit an, dass diese Senke für ihr Heranschleichen genutzt werden sollte.

Gabriel schaute Ezra und den Häuptling an und nickte dann Langer Läufer zu: "Klingt gut für mich." Er drehte sich wieder zu Ezra und dem Häuptling um und sagte: "Wir werden nichts unternehmen, bis wir zurückkommen und den Plan erklären. Da wir gegenüber so vielen in der Unterzahl sind, wird jeder von uns eine große Aufgabe zu erfüllen haben, um diese Gefangenen zurückzuholen."

Der Häuptling blickte von Langer Läufer zu Gabriel und nickte: "Ja, wir warten. Wir alle tun, was wir tun müssen, um die Frauen und Kinder zurückzubekommen oder Mörder Seiner Feinde wird sie umbringen!"

"Ich denke, da sind wir uns alle einig, Häuptling."

9

DIE FELSWAND

Sie ritten lautlos durch den Wald und hielten sich zwischen den Hügeln in der Ebene auf. Mit einer langen, kammartigen Kuppe zwischen ihnen und dem Lager der Abtrünnigen schlängelten sie sich durch den dichten Wald und bewegten sich zum Scheitelpunkt des Zuges. Langer Läufer stieg vom Pferd und machte Zeichen, dass es ihm die anderen gleichtun sollten. Als Gabriel an seine Seite kam, zeigte Langer Läufer in eine Richtung und flüsterte: "Das Ende des Felsvorsprungs dort", dann drehte er sich leicht und deutete erneut: "Lager dort, unterhalb höchstem Punkt des Felsvorsprungs. Wir gehen nach oben und schauen auf das Lager hinunter!" Gabriel nickte, zog seinen mongolischen Bogen aus der Scheide, hängte sich den Köcher über den Rücken und spannte Die Bogensehne schnell auf den Bogen, während Langer Läufer die anderen anwies, auf ihre Rückkehr zu warten.

Gabriel gab die Führung an Langer Läufer. Die beiden bewegten sich schnell und leise durch die Bäume und kletterten auf den langen Grat des Felsens. Von der Kante wegbleibend liefen die beiden bis zu dem Punkt oberhalb des Lagers, ließen sich dann auf den Bauch fallen und krochen näher an die Kante heran. Der Rand des Felsens war etwa dreißig Meter über der Senke, und das Lager war nicht mehr als fünf Meter von der Unterkante der Klippe entfernt, so dass Gabriel und Langer Läufer etwas weniger als zwanzig Meter über dem Lager waren. Mit einem kleinen Feuer in der Mitte versammelten sich die Abtrünnigen an einem Ende des Lagers, während die Gefangenen jeweils zu zweit zusammengebunden waren und am gegenüberliegenden Ende auf der Erde saßen. Die Krieger faulenzten herum, mindestens drei schliefen auf ihren Decken, und einer schien Wache zu stehen. Dieser Krieger lehnte sich aber an einen Baum und schenkte niemandem und nichts Aufmerksamkeit. Gabriel zählte elf Krieger, fünf Frauen, ein Mädchen und zwei Jungen. Er sah Langer Läufer an: "Eine Frau und ein Junge fehlen!"

"Tot!" war seine knappe Antwort.

Gabriel kroch von der Kante zurück, stand dann auf und ging auf das andere Ende der Felskante zu. Er suchte das obere Ende des Grats ab, überprüfte die mögliche Deckung am Rand des Felsplateaus, und suchte einen Weg nach unten zwischen dem Ende des Plateaus und dem Rand der Klippe. Weit unten verlief der Fluss. Er kehrte zu Langer Läufer zurück und forderte ihn auf, mit ihm zu den anderen zurückzukehren.

Nachdem sie dort angekommen waren, glättete Gabriel einen Fleck Erde mit seinem Mokassin und begann, den anderen seinen Plan zu veranschaulichen. Dabei fragte er Langer Läufer oft nach seiner Meinung. Schließlich wurde beschlossen, dass Ezra sich so nah wie möglich über die abschüssige Seite des Berges an das Lager heranschleichen sollte, während Langer Läufer und Steht Allein sich von der anderen Seite, wo die Gefangenen gefesselt saßen, nähern sollten. Gabriel würde zum Rand des Felsvorsprungs zurückkehren und den ablenkenden Angriff starten, während die beiden Indianer versuchen würden, sich die Gefangenen zu

schnappen. Ezra würde die Feinde ins Kreuzfeuer nehmen und
wäre damit am verwundbarsten, aber er zeigte sich kaum
besorgt.

Nachdem alle zugestimmt hatten, banden alle, bis auf
Gabriel, ihre Pferde fest und begannen, sich zu den vorgese-
henen Positionen vorzuarbeiten. Gabriel lenkte sein langbei-
niges schwarzes Pferd durch die Bäume und um die Spitze des
Felsvorsprungs herum. Dabei blieb er weit hinten in den
Bäumen unterhalb der Erhebung des Bergrückens, um sicher-
zustellen, dass kein Lärm über den Felsen in das Lager unterhalb des Felsvorsprungs dringen würde. Als er glaubte, auf
gleicher Höhe mit dem Lager zu sein, stieg er ab und überprüfte die Ladungen bei all seinen Waffen. Dann stopfte er
beide Sattelpistolen in seinen Gürtel neben der Pistole mit
dem Wechsellauf, schnappte sich seine Ferguson-Flinte und
machte sich auf den Weg zu seiner ersten Schussposition. Er
führte Ebenholz näher an den Rand des Felsens und band ihn
mit einem Pflock am Boden fest. Er bückte sich und schlich
langsam zu seiner ersten Deckung. Bevor er sich hinter den
Felsen fallen ließ, stellte er sich seinen Kampfpfad vor, jeder
Punkt war sorgfältig berechnet und jeder Schritt geplant. Er
wollte, dass die Überraschung überwältigend war und deren
Wirkung die Abtrünnigen glauben ließ, dass es viele Schützen
gab.

Er ging hinter dem ersten Felsen in Position, schaute sich
vorsichtig um und suchte sich sein erstes Ziel aus, den wachha-
benden Krieger. Sein zweites Ziel war der liegende Krieger, der
mit weit aufgerissenem Mund tief schlief und dabei so laut
schnarchte, dass Gabriel sein Sägen hören konnte. Er wartete
und lauschte auf das Signal von Ezra, dass die anderen in Position waren. Von den Bäumen an der Talseite des Lagers kam
der perfekt nachgeahmte Pfiff des Pirols von Ezra, der damit
ihre Bereitschaft signalisierte.

Gabriel zog langsam den Hammer seines Ferguson-

Gewehres zurück und setzte damit den Abzug in Position. Dann, vorsichtig zielend und den Finger auf den hinteren Abzug gestützt, löste er seinen ersten Schuss aus. Das große Gewehr donnerte und spuckte Rauch und Feuer und jagte die große Bleikugel in die Brust des Wachmanns, der zusammensackte und auf den Boden fiel. Gabriel war in Bewegung; als er an Ebenholz vorbeilief, schob er das Gewehr in die Lederhülle und zog eine der Sattelpistolen, brachte sie in Anschlag, und spannte den Hammer, als er hinter den zweiten Felsen glitt. Im gleichen Augenblick nahm er den sich langsam rührenden Schläfer ins Visier und drückte ab. Er erzielte einen Treffer und die Kugel durchbohrte die Brust des Mannes unterhalb der Kehle und stieß ihn zurück auf den Rücken, wo er liegen blieb, um nie wieder aufzuwachen.

Er spannte schnell das zweite Schloss der außergewöhnlichen Pistole und schwang den Lauf auf einen anderen Mann zu, der in der Nähe eines Baumes versuchte, einen Pfeil abzuschießen, aber die Bleikugel aus dem zweiten Lauf der Sattelpistole drang in seine Seite ein und zog ihre Bahn durch die Mitte des Mannes. Der Aufprall hob ihn auf die Zehenspitzen, bevor er schließlich auf das Gesicht fiel. Gabriel rammte die Pistole zurück in seinen Gürtel, erhob sich und rannte zur nächsten Position. Während er sich bewegte, hörte er den Schuss eines Gewehrs von unten, und er wusste, dass Ezra seinen Tribut forderte. Die Schreie der Krieger waren eine Mischung aus Kriegsgeschrei und Alarm, aber jeder einzelne Schrei trug zur Verwirrung der Abtrünnigen bei.

Gabriel spannte das erste Schloss an der zweiten Pistole und fiel neben einer verkümmerten Zeder auf ein Knie. Von diesem neuen Aussichtspunkt aus sah er einen anderen Krieger hinter einem Baum nahe dem Fels Rand in Deckung gehen, aber aus dieser Position war es ein leichter Schuss und Gabriel schickte den ersten Todesboten, um diesen zwischen Hals und Schulter des Mannes zu vergraben. Die Kugel zerstörte seine Organe und er erstickte an seinem Blut. Eine Bewegung rechts von ihm erregte Gabriels Aufmerksamkeit und er drehte sich schnell, gerade rechtzeitig um zu sehen, wie ein Mann einen Pfeil auf ihn richtete. Er feuerte zu schnell für einen tödlichen Schuss, aber es reichte aus, um den Schusshand des Mannes zu ruinieren, da die Kugel den Knochen in seinem Arm hinter seinem Handgelenk zerschmetterte.

Wieder erhob sich Gabriel, kehrte zu dem wartenden Ebenholz zurück, schwang sich in den Sattel und steckte dabei die Sattelpistolen in ihre Halfter zurück. Er grub seine Fersen in die Flanken des Hengstes und dieser sprang vorwärts zum Ende des Felsrandes und zum Weg darunter. Ebenholz reagierte sofort und glitt mit den Hinterläufen schleifend und mit den Vorderhufen sich in den Boden stemmend, um das Rutschen zu verlangsamen, den steilen Pfad hinunter zur anderen Seite der Klippe. Gabriel zog seine zweiläufige Pistole, spannte den Hammer und drehte Ebenholz in Richtung der Baumgrenze. Er sprang ab und ließ die Zügel fallen, um den Rappen am Boden festzubinden, während er sich näher an das Lager heranpirschte. Ein Krieger drehte sich bei dem Geräusch um und schwang sein Gewehr auf seinen Angreifer zu, aber er wurde vom ersten Schuss der Gürtelpistole getroffen, und eine rote Blüte erschien auf seiner Brust. Der Abtrünnige blickte nach unten, als ihm das Gewehr aus den Fingern glitt, dann gaben seine Knie nach und er sackte ins Gras.

Gabriel war im Laufschritt, drehte die Läufe der Pistole für den zweiten Schuss. Er spannte den Hammer, drehte sich um, um ein Ziel zu suchen, und wurde dabei von der Schulter des großen Osage getroffen. Mörder Seiner Feinde war durch die Bäume gerannt und erwischte Gabriel in der Mitte. Er hatte seine Schulter gesenkt, um ihn um den Bauch zu packen. Mit seinen massiven Armen um Gabriel geschlungen schrie der Indianer seinen Kriegsschrei, und mit zwei langen Schritten kam er zur Kante der Klippe. Er stieß erneut seinen Kriegsschrei aus, hob Gabriel über seinen Kopf und warf ihn wie eine Stoffpuppe über die Klippe in Richtung des Flusses darunter.

Der Schock des Aufpralls hatte Gabriel die Luft aus den Lungen genommen. Er versuchte, seinen Tomahawk oder sein Messer zu erreichen, aber seine Arme waren seitlich eingeklemmt. Der Schrei des Indianers erschreckte Gabriel, aber als er durch die Luft geschleudert wurde, konnte er seinen eigenen Schrei der Überraschung nicht zurückhalten. Er stürzte kopfüber und wusste sofort, dass er von der Klippe geschleudert worden war. Er sah Baumwipfel, Wasser, Felsen und Himmel, und er versuchte, seinen Sturz zu kontrollieren, aber vergeblich.

Plötzlich krachte er durch Äste und Zweige eines Baumes oder vielmehr von mehreren Bäumen und prallte an den größeren Ästen ab. Er versuchte, sein Gesicht zu schützen, aber jeder Zweig schlug ihn und riss an ihm, als ob die Bäume von einem Monster bewohnt wären, das seine Vernichtung suchte. Blätter schlugen auf ihn ein und Äste zerrten an ihm, und dennoch fiel er weiter. Einen Augenblick später war er frei, dann schlug er auf Felsen und Erde unter ihm auf. Er versuchte zu atmen, aber er fiel in die Dunkelheit, und alles war schwarz und still.

EZRA, der hinter einer hohen Eiche in Deckung ging, suchte sich sein erstes Ziel aus und ließ den Ruf des Pirols erklingen. Bei der Eröffnungssalve von Gabriel drückte auch Ezra seinen Schuss ab und ließ den Krieger, der den Gefangenen am nächsten war, zu Boden fallen. Er schnappte seine doppelläufige Pistole aus seinem Gürtel, spannte sie, und brachte sie in Anschlag. Dann ging er zu einem anderen Baum hinüber und zielte auf einen jüngeren Krieger, der auf die Gefangenen zugegangen war. Bevor er jedoch einen Schuss abfeuern konnte, pfiff ein Pfeil durch die Bäume und spießte den jüngeren

Krieger so auf, dass nur noch die Federn am Schaft zu sehen war, als er zu Boden fiel.

Ezra suchte sich rasch ein anderes Opfer aus, lehnte sich an einen Baum, um seinen Lauf zu stabilisieren, und drückte einen weiteren Todesschuss ab, wobei er sein Ziel knapp über dem Ohr erwischte und dessen Schädel explodieren ließ. Der Krieger daneben wurde von den Körperteilen erwischt. Der zweite Krieger drehte sich schnell um und suchte in den Bäumen nach dem Schützen, wurde jedoch von einem Pfeil von Langer Läufergetroffen, der ihn unter dem Arm traf und seine Brust durchbohrte, so dass der Mann noch einen Schritt machte bevor er nach vorne fiel und dabei seinen Bogen unter sich zerbrach. Ezra sah, wie der Häuptling und Langer Läufer die Fesseln der Gefangenen zu zerschneiden begannen, und er wandte sich den Kriegern zu und suchte nach jedem, der zu den Gefangenen zurückkehren könnte. Aber der von Gabriel verursachte Krawall hatte ihre Aufmerksamkeit erregt und sie kämpften gegen den Geist auf dem schwarzen Pferd, der immer wieder den Tod über die Abtrünnigen brachte. Ezra hatte einen Blick auf die Gefangenen geworfen, von denen die meisten nun unter der Führung von Steht Allein zu den Bäumen aufbrachen, als er plötzlich einen Schlag gegen seine Hüfte spürte und nach unten blickte, um einen Pfeil aus seiner Hüfte herausragen zu sehen. Er suchte nach seinem potenziellen Angreifer und sah, wie dieser nach dem Gewehr eines toten Abtrünnigen in der Nähe griff. Ezra feuerte einen tödlichen Schuss ab, der den Mann mit einem Ächzen auf sein Gesicht fallen ließ.

Ezra stieß seine Pistole zurück in seinen Gürtel, griff nach unten, um den Schaft des Pfeils abzubrechen, und humpelte zurück in die Bäume. Schnell lud er Pistole und Gewehr nach, dann nahm er seinen Hut und faltete ihn zusammen, um eine Unterlage für die Mündung seines Gewehrs herzustellen. Im Stehen benutzte er das lange Gewehr als Krücke, den Gewehrkolben auf den Boden und das gepolsterte Ende der Mündung unter dem Arm. Es war eine grobe Krücke, aber er brauchte sowohl sein Gewehr als auch etwas, das ihm half, sich zu bewegen. Er machte sich wieder auf den Weg dorthin, wo die Pferde angebunden waren, denn er wusste der Weg würde lang sein für ihn. Aber er würde es schaffen, selbst wenn er kriechen müsste.

10

GENESUNG

Bei jedem Schritt schossen Schmerzimpulse sein Bein hinunter und seine Seite hinauf. Aus der Wunde lief immer noch Blut und er kämpfte um jeden Schritt. Er wusste, dass er zu viel Blut verlor und wahrscheinlich ohnmächtig werden würde, bevor er die Pferde erreichte, falls die anderen überhaupt sein Pferd zurückließen. Er strauchelte und fiel, stolperte über seine eigenen Füße, schützte aber sein Gewehr, als er zu Boden stürzte. Er stöhnte und zog sich hoch, um sich an einen Baum gelehnt zu setzen. Als Ezra auf den Pfeilstumpf hinunterblickte, sah er, dass seine Hüfte und sein Hosenbein mit Blut getränkt waren.

Vorsichtig berührte er den Schaft, knirschte mit den Zähnen und hielt den Atem an, um den Schmerz zu lindern. Als er daran zog, bemerkte er, dass die Pfeilspitze offenbar in einem Knochen steckte. Da er sie nicht herausziehen konnte, ließ er sich gegen den Baum fallen, atmete tief ein und sah sich nach etwas um, das den Blutfluss stoppen konnte. Er dachte, er hätte etwas gehört, holte tief Luft und zog sein Gewehr über die Beine, wobei er schnell die Ladung prüfte und langsam den Hammer zurückzog, um den Abzug zu betätigen. Da war es wieder – das weiche Auftreten von jemand oder etwas, das sich durch die Bäume bewegte. Er lauschte, zog sich so nah wie möglich an den Baumstamm zurück. Die Schritte waren unregelmäßig, aber er konnte mehr als nur eine Person ausmachen. Es war entweder ein vierbeiniges Tier oder zwei Personen, und er war sicher, dass es zwei Personen waren. Dann sah er Bewegung und duckte sich. Er sah die Beine von zwei Menschen, das erste Beinpaar gekleidet mit langen Fransenbeinlingen über Mokassins und das zweite Paar Beine war nackt über den Mokassins. Langsam hob er sein Gewehr an seine Schulter und wartete darauf, dass die beiden näherkamen oder ihm zumindest Möglichkeit zu einem direkten Schuss gaben.

Dann hörte er den Ruf des Pirols, denselben Ruf, mit dem er Gabriel signalisiert hatte, aber er wusste, dass es nicht Gabriel war, da seine Wildlederhosen keine Fransen an den Seiten hatten. Er zögerte einen Moment, dann antwortete er auf den Ruf mit seinem eigenen, und die Beine kamen wieder auf ihn zu. Er hob sein Gewehr, legte den Finger auf den dünnen hinteren Abzug, holte Luft, ließ ein wenig heraus und wartete dann. Als sich die Figuren näherten, drückte er langsam den Abzug, aber das Flüstern "Gabriel?" ließ ihn innehalten. Er atmete erleichtert aus und antwortete: "Nein, Ezra!"

Langer Läufer trat aus den Bäumen hervor, gefolgt von einer Frau, die einen Bogen mit einem gespannten Pfeil hielt. Langer Läufer trug seine Lanze und Ezra erkannte den Pfeilköcher an der Taille der Frau als den des Tamaroa Kriegers. Er kam an Ezras Seite und betrachtete die Wunde: "In Knochen?"

Ezra nickte: "Ich suchte nach etwas, um die Blutung zu stoppen, bevor ich wieder weiter gehen wollte."

Langer Läufer sagte: "Dies ist Bleicher Otter, gut mit so was", und nickte in Richtung der Wunde. Er sah die Frau an: "Sie heilt ihn. Ich werde wiederkommen."

Sie blickte von Langer Läufer zu Ezra, nickte und übergab den Bogen und den Köcher. Ohne ein Wort an Ezra zu richten, machte sie sich auf den Weg in die Bäume und suchte nach dem, was sie brauchen würde. Innerhalb weniger Augenblicke kehrte sie mit einem Arm voller Pflanzen zurück, die sie neben Ezra fallen ließ. Sie kniete nieder, entrindete ein paar Weidenzweige und zeigte Ezra, dass er auf der Rinde kauen sollte. Er nickte, nahm ein paar Stücke in den Mund und begann zu kauen. Sie schnappte sich ein paar Steine, einen größeren und etwas flachen, und begann dann, die Pflanzen zu zermahlen und zu einem Wickel zu zerdrücken.

Während sie arbeitete, schaute Ezra zu und dachte, dass er einige der Pflanzen als Bienenmelisse und Kornblume erkannte, aber mindestens eine der anderen Pflanzen erkannte er nicht. Er sah die Frau an und betrachtete ihre Gesichtszüge. Sie war hübsch, mit einem einzigen langen Zopf, der ihr den Rücken herunterhing, einer breiten Stirn über dünnen Augenbrauen und Augen, die Konzentration und Mitgefühl zeigten. Ihr dreieckiges Gesicht mit den schmollenden Lippen und der zierlichen Nase war gut proportioniert und attraktiv. Ihr Wildlederkleid hatte nur minimale Perlenverzierungen und es passte sich ihren Kurven recht gut. Er lächelte über seine erste Schlussfolgerung, dass sie ziemlich hübsch war, aber er machte schnell wieder ein ernstes Gesicht, als sie zu ihm aufblickte und ihn anstarrte. Sie deutete auf die Äste und dass er weiter kauen solle. Er nickte, nahm eine weitere Portion und begann, mehr von den dünnen Streifen zu kauen. Als er darüber nachdachte, bemerkte er, dass der Schmerz in seiner Hüfte nachgelassen hatte, wahrscheinlich wegen der Weidenrinde.

Als sie ihren Wickel fertig hatte, zwang sie ihn, sich auszustrecken und auf die rechte Seite zu rollen, um ihr den Zugang zur Wunde zu ermöglichen. Dann hielt sie inne und begann, das Bein der Hose abzuschneiden. Ezra protestierte, aber ihr finsterer Blick erstickte seinen Protest im Keim, und er legte seinen Kopf auf seinen gebeugten rechten Arm, während sie weitermachte. Sie entfernte die Messerscheide von seinem

Gürtel und hielt sie ihm an den Mund und deutete, dass sie den Pfeil herausschneiden würde. Kaum hatte er das Leder zwischen den Zähnen, spürte er den stechenden, brennenden Schmerz, als sie in die Wunde schnitt. Er biss in das Leder, um einen Schrei zu ersticken, und spannte jeden Muskel in seinem Körper an. Dann atmete er langsam aus und fiel in eine Bewusstlosigkeit.

Rhythmisches Schlagen und dumpfe Schmerzen weckten Ezra auf. Er sah die Mähne und den Kopf des Pferdes vor sich und fühlte die Fesseln an seinen Knöcheln, die ihn auf dem Pferd festhielt. Er war sehr überrascht, eine Frau hinter sich zu spüren, die ihre Arme um seine Taille gelegt hatte und ihn sicher hielt. Er sah sich gerade genug um, um zu erkennen, dass sie sich auf einem Pfad im Wald befanden, dann fiel er wieder in die schwarze Leere des Nichts. Als er das nächste Mal erwachte, lag er auf dem Rücken, mit einer Decke zugedeckt, und blickte auf das Gerippe einer mit Rinde bedeckten Hütte über ihm. Er schaute sich um und sah andere Decken und Gewänder, die im ganzen Innenraum verteilt waren, sowie einige Felle, einen Pfeilköcher, ein paar Lanzen und einige Kleidungsstücke aus Hirschleder. Er blickte auf seine nackte Brust hinunter, hob dann die Decke an und sah nur einen breiten Verband an seiner Hüfte, aber keine Kleidung. Er zog die Augenbrauen hoch, senkte die Decke und griff nach einer weiteren, die er sich unter den Kopf schob, dann legte er sich wieder hin. Er war schwach, aber der Schmerz schien geringer, und er wusste, dass er gesund werden würde, aber sein Verstand begann vor lauter Fragen zu rasen. In diesem Moment wurde die Decke am Eingang zurückgeschoben und die Frau, die ihn im Wald verarztet hatte, kam in die Hütte, und ein Lächeln zeigte sich auf ihrem Gesicht, als sie sah, dass Ezra wach war.

Sie kniete neben ihm nieder, setzte sich auf ihre Fersen und begann, auf Französisch oder einer ähnlichen Sprache zu sprechen, nur um von Ezra mit erhobener Hand gestoppt zu werden. Er schüttelte den Kopf: "Englisch, ich kann nicht viel Französisch. Ein wenig Spanisch, aber das ist alles."

Sie runzelte die Stirn, dann stand sie lächelnd auf und verließ die Lodge, um nach ein paar Augenblicken mit einer anderen Frau hinter sich zurückzukehren. Die ältere Frau blieb stehen, als Bleicher Otter ihren Platz neben Ezra wieder einnahm, und sagte: "Ich spreche Englisch." Dann zeigte sie auf Bleicher Otter und sagte: "Sie möchte wissen, wie du dich fühlst? Hast du Schmerzen?"

"Äh, nun, ich glaube, ich fühle mich gut. Etwas schwach, aber nicht allzu schmerzerfüllt", antwortete er leicht mürrisch. "Aber ich muss wissen was mit meinem Freund Gabriel ist. Ist er hier?"

Blasser Otter runzelte die Stirn und sah die ältere Frau an, als sie übersetzte, dann rasselte sie eine Antwort runter, die schnell als "Ihr Freund ist nicht hier" interpretiert wurde. „Langer Läufer ging auf die Suche nach ihm, ist aber noch nicht zurückgekehrt."

"Wie lange bin ich schon hier?", fragte Ezra alarmiert.

"Zwei Tage", kam die Antwort.

Er runzelte die Stirn, dachte darüber nach und murmelte: "Zwei Tage Reise, zwei Tage hier. Wo steckt er? Ich muss aufstehen und ihn suchen!" Er warf die Decken zurück und erschreckte Bleicher Otter und die andere Frau, aber als er versuchte, aufzustehen, bemerkte er, dass er ja unbekleidet war, und der Schmerz in seiner Hüfte zwang ihn zurück auf die Decken. Nachdem er seine Blöße bedeckt hatte, fragte er: "Wie bald? Wie bald werde ich wieder reiten können?"

Blasser Otter hielt drei, dann vier Finger hoch und neigte den Kopf zur Seite, um Unsicherheit anzuzeigen. Sie sprach wieder, und ihre Übersetzerin sagte: "Sie wird deinen Verband wechseln, also bleib ruhig liegen, während sie an der Wunde arbeitet." Blasser Otter warf die Decke zur Seite, kicherte, als

Ezra danach griff, um sich zu bedecken, dann begann sie mit ernstem Gesichtsausdruck, aber mit einem kleinen verschmitzten Lächeln, das an den Mundwinkeln zog, den Verband und den Umschlag aus Pflanzenbrei abzunehmen.

Es war Schlamm. Schlamm und Schlick und Felsen. Mit einem offenen Auge konnte Gabriel sehen, wie sich seine Finger unter dem Schlamm bewegten, als er versuchte, seine Hand zu sich zu ziehen. Das Sonnenlicht reflektierte auf den plätschernden Wassermassen des Gasconade-Flusses und ließ ihn blinzeln, um sehen zu können. Er atmete tief ein, schmeckte Schlamm auf seinen Lippen und zuckte bei dem stechenden Schmerz in seiner Seite zusammen. Er würgte, hustete, stöhnte vor Schmerz und versuchte, seine Hände und Knie unter seinen Körper zu ziehen. Das Wasser drang durch seine Wildlederhose, oder besser durch das, was von ihr übrig geblieben war. Als er sich auf seine Hände stützen konnte, schaute er auf seine Brust, um die Ledertunika zu sehen, die in Fetzen in den Schlamm darunter hing. Der Riemen des Köchers kreuzte seine Brust und er fühlte den straffen Lederstreifen, der seine Tunika einschnürte. Er atmete tief ein und zuckte wieder zusammen, als er seinen Körper einer mentalen Untersuchung unterzog und glaubte, dass jedes Glied und jeder Teil seines Körpers schmerzten. Als er seine Hände aus dem klebrigen Schlamm zog, rollte er sich zur Seite und setzte sich auf, streckte die Beine von sich und schob dabei die Füße ins Wasser. Kratzer und Schnitte, von denen einige noch bluteten, zeigten sich durch die Fetzen des Hirschleders. Die Wunden bedeckten seine Beine und Arme. Er tastete am ganzen Körper nach Anzeichen für gebrochene Knochen und schlussfolgerte, dass nur ein paar Rippen gebrochen waren. Er legte seine Hand an sein Gesicht, wo er einen losen Hautstreifen fühlte, der seitlich an seinem Kopf hing, und fühlte vorsichtig nach dem tiefen Schnitt, durch den ein Streifen seiner Kopfhaut abgerissen worden war. Er sah sich um und suchte nach irgendetwas, das ihm verraten würde, wo er war und was ihm in seinem Zustand helfen könnte.

Vor ihm machte der Fluss eine weite Biegung, plätscherte gegen die Sandbank unter ihm und bewegte sich Richtung Süden weg. Hinter ihm erhob sich eine Granitklippe, die mehr als zweihundert Meter über ihm aufragte, mit nur ein paar Büscheln von Gestrüpp, die sich an karge Spalten klammerten. Auf dem schmalen Ufer neben ihm und im Schatten der Klippe wuchs eine Ansammlung von Hartriegel in Rot und Gelb und zwei hoch aufragende Eschen mit dicken, leuchtend gelben Kronen. Eine kleinere Platane stand allein mit ihrem gesprenkelten Stamm und den großen Blättern, jetzt braun und golden verfärbt und darum kämpfend sich noch etwas länger an den Ästen zu halten. Ausgehend davon, wo er saß, vermutete Gabriel, dass er den Sturz wegen der dicken Blätter der großen Esche überlebt hatte, aber der Baum hatte ihm seinen Tribut abverlangt mit jedem Ast und Zweig, der gegen ihn geschlagen hatte. Der Baum hatte gegen seinen Sturz durch dessen Äste protestiert.

Er wankte auf seine Füße und sah sich nach etwas Brauchbarem zum Abstützen um. Er entdeckte ein Paar Pfeile, die aus seinem Köcher gefallen waren, hob sie auf und suchte nach seinem Bogen und weiteren Pfeilen. Er fand ein halbes Dutzend Pfeile und seinen Tomahawk. Vorsichtig tastete er nach dem Messer, das normalerweise in seiner Scheide an einer Schlinge zwischen seinen Schulterblättern hing. Er war erleichtert, es noch an seinem Platz zu spüren. Er setzte seine Suche nach dem Bogen fort und sah ihn schließlich an einem Zweig etwa fünfzehn Meter über dem Boden hoch oben in der goldenen Esche hängen. Mit einem tiefen Atemzug und Entschlossenheit begann er seinen Aufstieg, und nachdem er ein paar Mal mit seinen nassen Mokassins abgerutscht war, holte er schließlich den Bogen zurück, erleichtert, ihn unbeschädigt vorzufinden.

Wieder auf dem Boden, trat er von der Klippe zurück und schaute nach oben, um die Oberfläche des Granitmonolithen nach einem möglichen Weg nach oben abzusuchen. Da er keinen möglichen Weg sah, überblickte er die weite Biegung am Fuß der Felsklippe auf der Suche nach einer möglichen Route um den Monolithen. Die einzige Möglichkeit, die er sah, befand sich am linken Ende. Er schaute an sich und seiner Kleidung herab, um sich auf den Marsch vorzubereiten. Doch zuerst musste er sich um die schlimmsten Schnitte kümmern und vielleicht seinen Brustkorb bandagieren, um die gebrochenen Rippen zu stützen. Er sah sich um, ging dann durch die Bäume und das Gestrüpp, schnitt einige Weidenzweige ab und suchte das Ufer ab in der Hoffnung, dass etwas Brauchbares angeschwemmt worden war. Er war nicht weiter als zehn Meter an der Wasserlinie entlanggegangen, als seine Augen etwas Glänzendes entdeckten. Als er sich bückte, um es zu untersuchen, war er erfreut, seine doppelläufige Pistole teilweise im Schlamm begraben, aber ansonsten intakt vorzufinden. Nicht, dass ihm das etwas nützen würde, denn das Pulverhorn und der Beutel mit den Kugeln hingen am Knauf seines Sattels irgendwo im Wald oberhalb der Klippe.

11

WIEDERSEHEN

Es gab keinen Weg um die Felswand herum, die sich über die gesamte Länge der Flussbiegung erstreckte. Flussaufwärts türmte der Fluss das Wasser gegen die Felswand auf, bevor er der dahinter liegenden Kraft nachgab und in Richtung Süden bog. Äonen von Schlamm, Schlick und Treibholz wurden angeschwemmt und gegen die Felswand geschichtet. Dies gab den Bäumen einen Halt, damit sie hochwachsen und die Erde mit tief tauchenden Wurzeln halten konnten. Stromabwärts, wo die Kraft des Wassers tapfer gegen den Kalkstein drückte, nur um ihn als unnachgiebig zu empfinden, trug der Fluss alles wie Erde, Sand und Samen mit sich um die Biegung herum, um weiter stromabwärts einen Platz zum Anschwemmen der Fracht zu finden.

Als Gabriel entdeckte, dass er auf der halbmondförmigen Sandbank gestrandet war und keine Möglichkeit hatte, die hoch aufragende Felswand zu erklimmen, wandte er seine Aufmerksamkeit anderen Möglichkeiten zu. Er stand am Rand des Wassers und beobachtete, wie sich die Strömung drehte und wendete, als sie an seinen Füßen vorbeifloss. Er hatte eine Idee und wandte sich wieder dem Haufen grauen Treibholzes zu. Er stand da und starrte den Stapel an, wissend, dass er etwas brauchte, um seine Wunden zu verbinden, Nahrung, Wärme und Waffen. Er hatte den Bogen und die Pfeile, aber Wasser würde den tierischen Klebstoff ruinieren, der das Horn, Holz und die Sehnen zusammenhielt. Durch den Blutverlust verlor er an Kraft und die Zeit war sein Feind. Als er sich noch einmal umsah, begann er mit der Arbeit, um seinen Plan in die Realität umzusetzen.

Er zog seine zerfetzten Wildlederkleider aus und legte die zerlumpte Tunika flach hin. Ein Teppich aus großen und etwas klebrigen Platanenblättern würde als Polster auf der Tunika dienen. Er legte den ungespannten Mongolenbogen und den Pfeilköcher auf die Blätter, wickelte das Bündel fest ein und schob es in ein Bein der Wildlederhose. Das zweite Bein hatte er in Streifen geschnitten, die er dazu nutzen wollte, das Bündel fest zuzubinden und es an der Oberseite eines großen Treibholzstammes zu befestigen. Gabriel war ein starker Schwimmer und er war zuversichtlich, dass er die Biegung des Flusses und die Stromschnellen schaffen würde. Seine Sorge galt den Waffen.

Er studierte die Strömung, brachte den Stamm und das Bündel an die Uferseite der Biegung und schob das Treibholz in das zurückgestaute Wasser der Sandbank. Er hielt sich an den Streifen aus Wildleder und dem Baumstamm fest, sprang nach vorne und schob den Stamm in die stärkere Strömung. Er streckte sich hinter dem schmalen Behelfsfloß aus, paddelte und schob den Stamm vor sich hin, wobei er versuchte, den Rand der Strömung zu erreichen, die von der Felswand weggedrängt wurde. Wasser spritzte ihm ins Gesicht und er schnappte nach Luft. Er griff nach dem Aststummel am Stamm, den er als Halt nutzte und trat gegen die Strömung an, um dem Stamm seine gewählte Richtung aufzuzwingen. Immer wieder stürzten die Stromschnellen über dem Baumstamm zusammen, trafen ihn voll ins Gesicht, erwischten ihn,

als er nach Luft rang, und füllten ihm den Mund mit Flusswasser. Er spuckte, rang nach Luft, trat und schwamm, wobei er die
Strömung spürte, wie sie sich an der Felswand vorbeizwang.
Nun kam der schwierigste Teil, bei dem sich das Wasser wie
ein aufgerolltes Seil um sich selbst drehte, und alles, was an
der Oberfläche trieb, hinunterzog. Gabriel schob und trat mit
den Beinen im Wasser und benutzte einen Arm zum Paddeln.
Er zerrte an dem Aststummel, fühlte, wie er ihm entglitt,
kämpfte darum, den Baumstamm wieder einzufangen, als die
starke Strömung ihn aus seinem Griff riss.

Wildwasser spritzte und zerrte an ihm, während er um
Luft kämpfte. Als er sah, wie die Felswand auf ihn zugerast
kam, streckte er die Hand aus und kraulte so tief wie möglich
mit seinem Arm im Wasser. Er trat hektisch mit den Beinen
um sich, durchpflügte das Wasser und kämpfte. Er warf einen
kurzen Blick auf den Baumstamm, als dieser weggerissen
wurde. Als er in der starken Strömung um sein Leben
kämpfte, stieß sein Fuß gegen einen Felsen, schrammte die
Haut auf und unterbrach seinen Rhythmus. Er drehte sich
auf die Seite, streckte sich erneut und zog sich an den Rand
der Strömung. Doch als der Fluss am Rande der Klippe in
einen Wasserfall mündete, wurde Gabriel unter den Felsen
gezogen. Er stürzte durch die Stromschnellen, kämpfte, trat
um sich und konnte nicht atmen. Mit offenen Augen sah er
Luftblasen, Wildwasser, Trümmer, Felsen, und trotzdem
kämpfte er weiter. Es war ihm wegen der Stromschnellen
nicht möglich, die Oberfläche zu bestimmen. Dann plötzlich
Luft, gesegnete Luft und ruhig fließendes Wasser. Er blickte
auf den weniger als drei Meter entfernten Baumstamm, der
sanft auf dem glatten Wasser schaukelte und dessen Bündel
immer noch darauf festgebunden war. Er schwamm zum
Stamm hinüber, klammerte sich an das Holz und zog ihn ans
Ufer, um ihn gerade so weit hochzuziehen, dass er sich in den
Sand fallen lassen und nach Luft schnappen konnte. Er

drehte sein Gesicht der Sonne zu und badete in deren Wärme.

Er setzte sich auf und betrachtete seinen nackten Körper und die offensichtlichen Wunden. Der Kratzer an seinem Fuß und Schienbein war unangenehm, aber nicht allzu schlimm. *Das wird einen Bluterguss hinterlassen!* dachte er. Dann fühlte er nach dem tiefen Schnitt an seiner Kopfhaut und seine Hand kam blutig zurück. Ein weiterer langer Schnitt an seinem linken Oberschenkel blutete und einer an seinem rechten Unterarm blutete ebenfalls. Der Rest der Schrammen, Kratzer und Schnitte, die von seinem Sturz herrührten, waren nun durch sein Schwimmen im Fluss gespült worden. Sie bluteten kaum. Er war erleichtert, weil er wusste, dass sie schnell heilen würden. Aber die anderen Wunden mussten verarztet werden.

Er griff nach dem Bündel mit seinem Bogen und band es los, behielt aber die Lederstreifen in der Hand. Er freute sich, dass das Bündel im Innern kaum Feuchtigkeit angesammelt hatte. Er wusste, dass sein Bogen und seine Pistole unbeschädigt waren. Er holte seine Mokassins aus dem Bündel, fertigte aus dem Hirschleder einen Lendenschurz an und behielt die restlichen Teile, um seine Wunden zu verbinden, sobald er die Pflanzen für einen Wundwickel gefunden hatte.

Nach einer raschen Erkundung seiner Umgebung zog er sich in die Bäume zurück, spannte seinen Bogen und plante seine Route, während er ging. Zuerst wollte er zum Lagerplatz der Abtrünnigen zurückkehren und hoffentlich Ebenholz dort finden. Er war zuversichtlich, dass das Pferd sich nicht von einem anderen einfach mitnehmen lassen würde, aber es könnte sein, dass er nicht in der Nähe geblieben war und allein oder anderen Pferden folgend durch die Wildnis wanderte. Er war ein Hengst und könnte von einer rossigen Stute auf Abwege geführt werden. Gabriel kicherte bei dem Gedanken und ließ dann einen Pfiff erklingen, mit dem er das Pferd oft herbeirief. Er wartete, lauschte, aber da war nichts anderes als

die üblichen Geräusche des Waldes, ein schnatterndes Eichhörnchen, das ihn beschimpfte, weil er in sein Territorium
eingedrungen war, ein kreisender Falke, der seinen widerhal-
lenden Schrei erklingen ließ, oder das Knarren von dürren
Bäumen, die an anderen noch stehenden Stämmen rieben.

Als er die Rückseite des Hügels mit der Felskante hinauf-
kletterte, entdeckte er eine Goldrutenpflanze und schnappte
sich eine Handvoll davon. Ein Stück weiter fiel ihm ein Wege-
rich ins Auge, und auf seinem Weg durch das Dickicht pflückte
er einige davon. Er betrachtete den Schnitt an seinem Oberschenkel und die Wunde an seinem Unterarm. Dann tastete er
nach der Wunde an seiner Kopfhaut. Er blieb unter einer
großen Eiche stehen und setzte sich auf einen Haufen frisch
gefallener Blätter. Er hob ein paar Steine auf und begann, aus
den Blättern und Wurzeln der Pflanzen einen Brei für einen
Wickel zu machen.

In kürzester Zeit waren sein Oberschenkel, Arm und Kopf
mit Wickeln voller Pflanzenbrei überzogen, die mit Flicken aus
Hirschleder bedeckt waren und Lederstreifen an ihrem Platz
gehalten wurden. Er war mit seiner Handarbeit zufrieden,
fühlte sich aber nicht wohl mit seinem Kopfverband, den er
mit einem Streifen aus Hirschleder an Ort und Stelle hielt. Der
Streifen verlief unter seinem Kinn und er hatte ihn mit einem
Knoten neben seinem Ohr fixiert. Er dachte, er müsse
aussehen wie ein Mädchen mit einer neuen Haube auf dem
Kopf auf dem Weg zur Kirche, aber zumindest waren die
Wunden gesäubert und bedeckt, und die Blutungen war
gestillt. Er stand auf und machte sich wieder auf den Weg,
wobei er aufmerksam auf jedes mögliche Anzeichen von
Abtrünnigen oder seinem Pferd achtete.

Als er sich dem Kamm des Hügels und dem Ende der Felskante näherte, befand er sich wieder auf vertrautem Boden
und pfiff abermals nach Ebenholz. Immer noch keine Spur von
ihm. Er lief durch die dünner stehenden Bäume bis zum Rand

der Felsklippe und bewegte sich dann auf demselben Weg, den er genommen hatte, bevor der große Osage ihn erwischte und ihm einen Flug nach unten beschert hatte. Nach einigen Augenblicken hörte er etwas, das ihn dazu veranlasste, neben einer großen Eiche anzuhalten und einen Pfeil in den Bogen zu spannen. Ein Schatten bewegte sich und dann trat Ebenholz ins Freie, Ohren nach vorne, als er Gabriel direkt anblickte. Mit einem Zügel hinter sich herziehend war der Hengst nicht mehr als zwanzig Meter von der Stelle entfernt, an der er am Tag zuvor am Boden festgebunden worden war. Gabriel grinste, steckte den Pfeil zurück in seinem Köcher und ging zu Ebenholz. Mit ausgestreckter Hand sprach er leise zu seinem vierbeinigen Freund, der etwas zurückwich, als er Gabriel ansah. Er erkannte die Stimme, aber da er Gabriel noch nie in nacktem Zustand gesehen hatte und dieser sehr weiß aussah, war er sich bei dem Herrn nicht allzu sicher, ob es wirklich Gabriel war. Aber der Hengst stand da und wartete, und als Gabriel näherkam, weiter mit ihm sprach und ihn dann am Kopf kraulte, trat er wieder nach vorne und nahm die Streicheleinheiten gerne an.

Gabriel überprüfte seine Ausrüstung, sah den Schaft des Ferguson-Gewehrs, die Kolben der Sattelpistolen, sein Horn und seine Tasche am Knauf hängen. Er zog den Sattel vom Hengst herunter und ließ ihn auf den Boden fallen. Dann schnappte er sich eine Handvoll Gras, rieb den treuen Freund damit ab und redete dabei die ganze Zeit mit dem Rappen. Dann nahm er sich die Zeit, alle seine Waffen zu säubern und neu zu laden, wobei er die eine Wechsellaufpistole in das Band seines Lendenschurzes steckte und die andere in die Pistolenhalterung am Sattel. Dann sattelte er Ebenholz wieder auf.

Er stieg auf und ritt langsam den schmalen Pass zwischen dem Fels Rand und der Klippe hinunter, achtete auf jedes Anzeichen von Abtrünnigen, glaubte aber, dass diejenigen, die überlebt hatten, wenn überhaupt noch welche lebten, längst

fort waren. Bussarde, Krähen, Kojoten, ein Dachs und ein Viel-
fraß waren mit den Kadavern der toten Feinde beschäftigt. Sie
kämpften miteinander um die Beute und schenkten Gabriel
keine Beachtung, als er am Rande der Lichtung stand. Er
suchte in der Nähe nach Spuren und fand die von drei Pferden,
die in südöstlicher Richtung den Grad des bewaldeten Hügels
hinuntergeritten waren. Gabriel glaubte, dass es sich dabei um
den Rest der Abtrünnigen handelte.

Ohne eine Spur vom Verbleib der Gefangenen oder seinen
Freunden zu haben, lenkte Gabriel Ebenholz zu dem Ort, an
dem die anderen ihre Pferde festgebunden hatten. Dort angekommen, stieg er ab, um die Spuren zu überprüfen und sah,
wo sich mehrere Pferde versammelt hatten. Wahrscheinlich
hatte man zusätzliche Reittiere von den feindlichen Kriegern
genommen und sich auf den Weg zurück ins Dorf gemacht. Er
stieg in den Sattel, um der Spur zu folgen, hob seine Augen zur
Sonne und rechnete aus, wie viel Tageslicht für seine Ritt
dorthin noch übrigblieb.

"ICH HABE SIE GEFUNDEN! Ihn und den Neger! Sie haben auch
eine Rothaut dabei", erklärte Ledbetter, als er am Kochfeuer
stand. Frenchy und Frank saßen über dem Feuer und hörten
sich den Bericht ihres Spähers an.

"Und wo hast du sie gefunden?", fragte Frank, der sich an
dem Mann rächen wollte, der ihn zum ersten Mal in einem
Kampf besiegt hatte.

"Etwa einen Tagesritt nach Norden. Sie waren in einer Art
Höhle, bis ich sie dort ausräucherte!"

Frank sprang auf seine Füße: "Ich dulde es nicht, dass du sie
durch irgendeine Aktion vorwarnst!", rief er und fuchtelte
drohend mit einem Finger.

"Ich habe sie nicht vorgewarnt. Du hast gesagt, ich solle sie ausbremsen, wenn ich könne, und ich dachte, ich könnte sie vielleicht verletzen oder ihnen Angst einjagen. Aber sie entkamen und ich habe mich zurückgezogen, aber als ich zur Höhle zurückkam, sah ich sie in ein Dorf von Rothäuten reiten."

"Ein Indianerdorf? Wozu denn das?", knurrte Frank.

"Woher soll ich das wissen? Sie taten es einfach, das ist alles. Wahrscheinlich wegen des Indianers, der bei ihnen war."

"Wir sind nicht bereit, es mit einem ganzen Dorf aufzunehmen!", warf Frenchy ein. "Wie wär's, wenn wir Bucky weiter auskundschaften lassen, damit er auf sie aufpasst? Wir können etwas näher heranrücken und warten, bis die Chancen besser für uns stehen."

Frank setzte sich wieder hin, dachte nach und nickte dann: "Ja, guter Gedanke, Frenchy. Wir werden alle ein wenig näher zusammenrücken. Auf diese Weise weiß Bucky, wo wir sind, und er kann uns Bescheid sagen, sobald sie das Dorf verlassen haben."

"Aber was, wenn sie sich entscheiden, bei den Rothäuten zu überwintern? Ich weiß von Burschen, die den ganzen Winter über eine schöne, warme Squaw suchen und dort den ganzen Winter ausharren", jammerte die unter dem Spitznamen Eichhörnchen bekannte falsche Ratte.

"Überlass das Denken denjenigen unter uns, die wissen, wie es geht!", schimpfte Frank. "Außerdem sind die nicht lange genug bei den Rothäuten gewesen, um eine Squaw gefunden zu haben, die sie in ihre Hütte lässt!" Er sah sich nach den anderen um und fügte dann hinzu: "Schlaft ein wenig. Wir brechen gleich morgen früh auf!"

12

DORF

S ie trafen sich auf dem Weg. Der normalerweise stoische Langer Läufer grinste, als er auf seinem Pferd um Ebenholz ritt und die fast nackte Gestalt im Sattel betrachtete, die eine Fülle von weißer Haut zeigte, wie sie Langer Läufer noch nie gesehen hatte. Er kicherte und lächelte, als er seinen Freund, den "Weißen Mann" ansah.

Gabriel versuchte, nicht zu lachen, scheiterte aber, und er schüttelte den Kopf und sagte: "In Ordnung. Du hattest deinen Blick, jetzt lass uns ins Dorf gehen!"

Langer Läufer führte den Weg an, hielt sich aber kurz auf einer leichten Anhöhe zurück, die einen guten Blick auf die sanften Hügel bot, die den Gasconade-Fluss säumten. Er hob den Arm und zeigte auf das entfernte Tal: "Die, die folgen, warten dort."

Gabriel schaute überrascht auf seinen indianischen Begleiter und dann in die Richtung, in die er zeigte. Da war nichts, was auf ein Lager hindeutete, kein Rauch, keine Lichtung, nichts. "Hast du sie gesehen?"

Er nickte, ohne zu sprechen.

"Wie viele?", fragte Gabriel.

"So viele!" Er streckte eine Hand mit ausgestreckten Fingern aus, "und ein anderer, der Spuren sucht. Einer sehr groß, einer kurz, einer sieht aus wie Wiesel, noch zwei andere."

"Der Große... war sein Arm bandagiert oder in einer Schlinge, ungefähr so?" Gabriel demonstrierte es mit dem Arm dicht an der Brust gehalten.

"Ja."

"Und du sagst, sie warten? Wie lange sind sie schon da?"

"Ja, warten. Eine Nacht, einen Tag, aber nicht weggehen", antwortete Langer Läufer.

"Nun, wenn sie auf mich warten, will ich sie nicht in das Dorf der Quapaw führen. Vielleicht gehe ich besser nicht dorthin." Dann blickte er auf seine nackten Beine hinunter und fügte hinzu: "Aber ich brauche ein paar Wildlederhosen. Glaubst du, im Dorf gibt es jemanden, der mir ein Paar machen kann?"

"Ja, Frauen, die befreit wurden,, können machen. Alte Frauen machen gern. Dorf jetzt besser. Krieger auf Jagd, wenn Osage kommt nun zurück in Dorf. Frauen bauen viele Hütten."

"Und Ezra? Du sagtest, er sei von einem Pfeil getroffen worden. Geht es ihm gut?"

Langer Läufer kicherte: "Ja, aber gute Frau kümmert sich um ihn. Vielleicht bleibt er lange Zeit."

"Oh, es ist also eine Frau, die ihn ans Bett gebunden hat, ja? Ich hätte es wissen müssen!"

SIE WARTETEN, bis sich die Dunkelheit eingestellt hatte, bevor sie sich dem Dorf näherten. Sie benutzten die Bäume als Deckung und führten ihre Pferde leise ins Lager, nachdem sie von einer der Krieger aufgehalten hatte, sie dann aber passieren ließ. Trotzdem blieb das Näherkommen von Langer Läufer, gefolgt von Gabriel, nicht unbemerkt. Der sehr blasshäutige Mann erregte Aufsehen unter denen, die die Kochfeuer hüteten oder bei Fackelschein an den Hütten arbeiteten. Alle drehten sich um, einige schnappten nach Luft und zogen sich rasch zurück, da er der Figur ähnelte, von der oft in ihren alten Erzählungen gesprochen wurde. Andere zeigten auf ihn, kicherten und lachten, während Gabriel den Kopf hängen ließ und nicht in der Lage war, seine blasse Haut zu bedecken, die an den meisten Stellen kaum je Sonnenlicht sah.

Es wurde auf die Hütte, die Ezra beherbergte, gezeigt, und Gabriel band Ebenholz neben der mit Rinde bedeckten Hütte an. Als er am Eingang kratzte, wurde er von Blasser Otter empfangen, die ihn hereinließ. Sie legte ihre Hand an den Mund und versuchte, ein Kichern zu unterdrücken, als er vorbeiging, aber sie scheiterte, sehr zur Freude von Ezra, der sich nun auf seine Decken stützte.

"Da bist du ja!", fügte er dann kichernd hinzu, "Weißer Mann! Kein Wunder, dass die Frauen lachen. Sogar im Mondlicht musst du für sie wie ein Gespenst aussehen! Und diese Haube! Wie gerne würden die Frauen der High Society dich jetzt sehen!"

"Schon gut, schon gut, genug gelacht auf meine Kosten, auch wenn es irgendwie schon lustig ist. Ich könnte mir schon vorstellen, dass ich so auf einen dieser schicken Tänze gehe", kommentierte er und lachte über sich selbst. "Aber es ist schön zu sehen, dass du so gut aussiehst." Er drehte sich zu Blasser Otter um, "und das unter so aufmerksamer Fürsorge!"

Jetzt war Ezra an der Reihe, aufgezogen zu werden, aber er grinste und sagte: "Du kannst mir nicht vorwerfen, dass ich auch mal ein wenig von der Aufmerksamkeit haben wollte, die du sonst immer zu bekommen scheinst!"

"Oh, das tue ich nicht. Aber wir haben ein viel größeres Problem", antwortete der jetzt wieder ernste Gabriel. "Diese Männer, die uns verfolgt haben, sie sind nicht allzu weit weg, und ich glaube, sie wissen, dass wir hier sind. Im Dorf, meine ich."

"Glaubst du, das sind noch mehr von den Kopfgeldjägern?", fragte Ezra, der nun aufrecht saß und sich zu seinem Freund beugte, der sich neben ihn hingesetzt hatte.

"Was anderes fällt mir nicht ein. Ich kann mir nicht vorstellen, dass diese Type Frank so rachsüchtig sein könnte, uns den ganzen Weg bis hierher zu verfolgen, aber wer weiß?"

"Erinnerst du dich an den alten Mann, der sich mit uns im Mietstall unterhalten hat, als wir auf den Schmied warteten? Sagte er nicht, dass Frank und seine Männer dafür bekannt waren, mit einigen Flusspiraten gemeinsame Sache zu machen? Und was wäre, wenn einige der Piraten, die wir auf dem Ohio bekämpft haben, zufällig nach Neu Madrid gekommen wären und den alten Frank über das Kopfgeld informiert hätten?"

Gabriel starrte seinen Freund an, senkte die Augen und überlegte: "Ich schätze, es ist möglich, denn einige von denen auf dem Kielboot sind entkommen."

"Hmmhmm, und ich würde wetten, dass die anderen beim alten Frank zu den gleichen Piraten gehören, die deinen Kopf auf dem Fluss haben wollten!", vermutete Ezra.

"Macht Sinn, denke ich. Nun, ich muss mir ein paar Hirschlederklamotten besorgen, bevor ich irgendwohin gehe. Langer Läufer sagte, er würde eine der alten Frauen finden, die mir ein oder zwei Sets machen könnte. Haben wir unsere Rucksäcke hier drin?", fragte er und sah sich um. "Ich habe noch ein weiteres Set, das die Frau der Delaware in Pittsburgh für uns gemacht hat, aber ich brauche noch mindestens eine weitere Hose und Hemd."

"Zieh dir auf jeden Fall etwas an, bevor du diese Leute glauben lässt, sie seien von einem Geist heimgesucht worden!", schlug Ezra lachend vor.

. . .

DIE ALTE FRAU, die für Ezra übersetzt hatte, kam in die Hütte,
warf Ezra und Gabriel einen flüchtigen Blick zu und sprach mit
Blasser Otter in ihrer Sprache. Die junge Frau lächelte, antwortete und blickte zu Gabriel. Die alte Frau sprach: "Sie sagte, ich
soll dir meinen Namen sagen. Ich bin als Tinogkukquas, Vogel
oder Spottdrossel bekannt, weil ich verschiedene Sprachen
spreche. Ich werde Blasser Otter helfen, sich um dich zu
kümmern!" Sie zeigte auf Gabriel: "Du legst dich jetzt auf
Decken, und ich werde dir neue Verbände anlegen!" Sie sprach
mit Autorität und ging mit einem Ausdruck auf Gabriel zu, der
ihn an seine Mutter erinnerte, als er noch ein Kind gewesen
war. Ohne ein Wort zu sagen, legte er sich auf die Decken und
streckte die Arme hinter dem Kopf verschränkt aus, während
Ezra und Blasser Otter zusahen und kicherten.

Tinogkukquas entfernte schnell die Verbände und die Brei-
umschläge und nickte, als sie die Wickel betrachtete. Zweifellos erkannte sie die Pflanzenmischung. Mit einem Blick in
Gabriels Gesicht beendete sie die Entfernung der anderen
Verbände. Sie wandte sich rasch seinem Kopf zu, um den tiefen
Schnitt in seiner Kopfhaut zu untersuchen, und berührte ihn
vorsichtig. Dann schnappte sie sich Gabriels Messer aus seiner
Scheide und schnitt das baumelnde Stück Kopfhaut mit einem
blitzschnellen Schnitt ab, was ihn zusammenfahren ließ. Er
sah Ezra an: "Das ist das erste Mal, dass ich von einer Frau skalpiert werde!"

Spottdrossel lachte und übersetzte für Blasser Otter, und
beide Frauen kicherten über die Bemerkung. Spottdrossel
benutzte Blasser Otters Werkzeuge und Utensilien, um
Gabriels Wunden zu reinigen und zu verbinden. Bald stand sie
auf und nickte zufrieden mit dem Kopf, bevor sie ihn aufstehen
ließ. Gabriel runzelte die Stirn, gehorchte aber, und die Frau
zog eine Schnur aus ihrer Tasche und begann, ihn für neue
Hirschlederkleidung und Mokassins auszumessen. Er hob die
Arme, streckte die Beine aus und stand so still wie möglich,

während sie stupste und knuffte. Als sie fertig war, setzte er sich hin.

Langer Läufer und Steht Allein kamen in die Hütte, begrüßten die Männer und setzten sich den beiden Freunden gegenüber. Langer Läufer begann: "Wir wissen, dass Männer, die euch folgen, in der Nähe sind, aber sie bewegen sich nicht. Kundschafter für sie beobachtet Dorf, aber ich weiß nicht, ob er dich sieht", sagte er und nickte Gabriel zu. "Du", mit dem Kinn auf Ezra zeigend, "war hier, bevor sie kommen."

"Als du mir von diesen Männern und dem großen Mann mit dem schlechten Arm erzähltest, wusste ich, wer sie sind, und sie *sind* hinter mir her", erklärte Gabriel. "Ich will das nicht über dein Volk bringen, also werde ich gehen. Wenn es dir recht ist", er nickte Steht Allein zu, "dann bleibe ich heute Nacht und morgen, aber morgen Nacht werde ich gehen!"

Langer Läufer blickte auf Steht Allein, und der alte Häuptling begann: "Wir sind nicht gekommen, um dir zu sagen, dass du gehen sollst, wir sind gekommen, um zu sagen, dass wir mit dir kämpfen werden. Ihr habt viel für unsere Leute getan, um die Gefangenen zurückzubringen, und wir müssen euch helfen."

"Häuptling, ich fühle mich geehrt, dass ihr dies tun wollt, aber dein Volk hat bereits viel gelitten. Der Winter steht vor der Tür und ihr habt viel zu tun, um euer Dorf auf die Kälte vorzubereiten. Ihr braucht euch nicht auf einen Kampf einzulassen, der nicht euer Kampf ist. Ich werde gehen und diese Männer werden folgen, und dein Volk wird nicht hineingezogen werden!"

Ezra sprach mit leiser Stimme: "Ich bin nicht sicher, ob ich bis morgen Abend bereit bin. Es ging nicht nur darum, einen Pfeil rauszuziehen. Er steckte im Knochen fest, und sie", er nickte zu Blasser Otter hinüber, "musste ihn herausschneiden. Das war schlimmer als die Pfeilwunde. Aber egal was passiert, du lässt mich hier nicht zurück!"

"Wie können wir helfen?", fragte Langer Läufer.

"Ich weiß nicht so recht, Langer Läufer, aber lass mich darüber nachdenken, und es könnte einen Weg geben. Ich bin nicht darauf erpicht, mich mit diesen Jungs zu treffen, und wenn ich einen Weg finde, von hier wegzukommen, ohne dass sie es wissen, dann werde ich den Weg gehen. Aber im Moment weiß ich nicht wie. Wenn du irgendwelche Ideen hast, lass es mich wissen."

"*Wab wàwàckèci*, du bist ein Freund der Quapaw", erklärte Steht Allein, als er sich zum Abschied erhob. Auch Gabriel stand auf, streckte seinen Arm aus, um mit dem Häuptling die Unterarme zu umfassen, und schaute ihm nach, als er und Langer Läufer die Hütte verließen. Er setzte sich wieder hin und fragte Spottdrossel: "Wie hat er mich genannt?"

"'Weißer Puma. Es ist eine Ehre, vom Häuptling einen Namen zu erhalten. Er erzählte den anderen, dass du wie ein Löwe gekämpft hast, und nachdem sie dich heute Abend gesehen haben ...", lachte sie und zeigte auf seine weißen Beine, und die anderen schlossen sich dem Gelächter an. Es fühlte sich gut an zu lachen, und Gabriel versuchte, sich an das letzte Mal zu erinnern, als er das Lachen der anderen ebenso genossen hatte wie sein eigenes. Ihm fiel kein solcher Moment ein. Es war viel zu lange her, und es würde wahrscheinlich noch viel länger dauern, bis sie wieder lachen würden.

13

FLUCHT

S pottdrossel hielt Gabriel das Bündel hin und erklärte: "Die gehörten meinem Mann. Ich habe sie für dich repariert. Er war ein guter Mann, aber die Abtrünnigen töteten ihn bei dem Angriff."

Gabriel nahm das Bündel an: "Ich fühle mich geehrt, Spott-drossel, und ich danke dir." Er entfaltete das Oberteil, sah die beiden Perlenstreifen, die sich über die Schultern spannten, und schaute Tinogkukquas, an: "Die sind ausgezeichnet! Du leistest gute Arbeit." Er hatte einige der Handelswaren ausge-wählt, die sie in Pittsburgh und Neu Madrid gekauft hatten, und überreichte ihr das kleine Bündel, das einen Metallspiegel, einen Kamm und eine Bürste, eine Dose Zinnoberrot und einige Handelsperlen enthielt. Bei jedem üblichen Handel zwischen den Eingeborenenstämmen würde dies als ein Vermögen betrachtet werden, und Spottdrossels Augen waren weit aufgerissen. Sie blickte von den Waren zu Gabriel und er sah, wie sich Tränen bildeten und ihre Wange herabrollten. Sie war sprachlos und wandte sich ab, um zu gehen, bevor es ihr noch peinlicher wurde.

"Ich glaube, das hat ihr gefallen, nicht wahr?", bemerkte

Ezra. Er stand und stellte seine Hüfte auf die Probe. Er zuckte
bei jedem Schritt zusammen, ging aber im Inneren der mit
Rinde gedeckten Hütte umher.

"Ja, das hat es. Aber das ist ein feiner Lederanzug, gutes
weiches Hirschleder, und diese Perlenarbeit ist beeindruckend!", antwortete Gabriel. Er hatte die Packtaschen und
Satteltaschen für die Packpferde fertig gepackt und drehte sich
in der Lodge herum, um sicherzugehen, dass er nichts
vergessen hatte. Sein Sattel ruhte in der Nähe des Eingangs
und er kniete auf nur einem Knie nieder, um die Waffen zu
überprüfen. Besonders um den mongolischen Bogen sorgte er
sich, da er wusste, dass jede Feuchtigkeit ernsthaften Schaden
anrichten könnte. Beim Schwimmen im Fluss war so gut wie
alles nass geworden, obwohl der Bogen gut eingewickelt war.
Er untersuchte den Teil aus Horn und die Birkenrindenum-
wicklung und war zufrieden, dass beides in gutem Zustand
und unbeschädigt war. Er steckte den Bogen in seine Hülle und
stellte sich Ezra gegenüber: "So wie du herumhumpelst, denkst
du also wirklich, du solltest versuchen zu reiten? Ich habe
nicht vor, es ruhig angehen zu lassen. Ich plane, nachts schnell
zu reiten, denn das wird das Beste sein, und es wird kein
entspannter Ritt!"

"So wirst du mich nicht los! Außerdem, ich laufe nicht, ich
reite! Und du bist selbst auch nicht so gesund, sondern von
einer Frau skalpiert und so weiter!" erklärte Ezra.

Gabriel musste über seine Bemerkung kichern und gab
dem Flehen seines Freundes nach. Er war erleichtert, da er
diese Flucht wirklich nicht allein unternehmen wollte. Ezra
war immer an seiner Seite gewesen, und die beiden waren wie
Brüder, die einander immer den Rücken freihielten. Gabriel
beugte sich vor, um aus dem Eingang hinauszuschauen und
das verbleibende Tageslicht zu kontrollieren, aber er wollte
sich keinem Wächter zeigen. Er sah Langer Läufer auf sich
zukommen und trat zurück, um den Tamaroa einzulassen.

Langer Läufer warf einen Blick auf Ezra, sprach dann zu Gabriel: "Der Späher der Männer, die euch folgen, war auf dem Hügel", und nickte mit dem Kopf hinter sich zu dem größeren Hügel, der das Dorf beschattete. "Er ist fort."

"Gut, aber wir warten trotzdem, bis es dunkel ist, und gehen dann."

Sie hatten vor Stunden darüber gesprochen und Langer Läufer hatte gesagt, er würde mit ihnen gehen, aber er wollte eigentlich bei den Quapaw bleiben. "Die Frau, Spottdrossel, braucht einen Mann in ihrer Hütte. Es wäre gut für dich, wieder ein Volk zu haben. Und sie könnten einen weiteren guten Krieger gebrauchen, Langer Läufer. Es wäre gut für dich, eine Familie und ein Volk zu haben. Du bist uns ein besonderer Freund gewesen!", fügte Gabriel hinzu.

"Ich kundschafte, aber kehre zurück, bevor du gehst!", erklärte der Krieger, als er sich umdrehte, um die Hütte zu verlassen. Spottdrossel kam herein, als er gerade ging, und sie sprachen kurz miteinander, bevor sie sich Gabriel zuwandte: "Kleiner Dachs und sein Freund werden eure Pferde bringen, sobald es dunkel ist, wie ihr es wolltet."

"Danke, Spottdrossel. Ich freue mich für dich und Langer Läufer. Er ist ein guter Mann", sagte Gabriel.

Die Frau senkte ihre Augen und antwortete leise: "Ja, er ist ein guter Mann, aber er ist nicht Quapaw."

Gabriel grinste: "Aber er ist ein guter Krieger, und du kannst ihn zu einem Teil deines Dorfes und Volkes machen. Du kannst aus ihm einen guten Quapaw machen."

Sie lächelte und nickte, dann begann sie zu gehen, drehte sich aber um und gab Gabriel eine herzliche Umarmung, nickte Ezra zu und verließ schnell die Hütte.

DEN NORDSTERN zu seiner rechten Schulter, führte Gabriel den Weg an, während er und Ezra beide ein beladenes Packpferd hinter sich herzogen. Der Wald war dicht, und die Wärme des Altweibersommers gab den Bäumen einen zusätzlichen Anreiz, an ihren Blättern festzuhalten, während der große Mond seinen silbernen Glanz auf die Vielzahl der Farben um sie warf. Gabriel hatte es immer genossen, in mondbeschienenen Nächten mit den Sternen als Wegweiser zu reisen. Er glaubte, dies sei der Inbegriff der Erfüllung auf ihrer Reise. Die einzigen Geräusche waren das Knarren des Leders, das Klappern der Hufe auf gelegentlichen Felsen und das Knirschen der getrockneten Blätter unter den Hufen. Trotz der vereinzelten Rufe einer großen Horn Eule aus den Schatten, war es eine angenehme Nacht. Obwohl beide Männer schweigend ritten, nahmen sie ihre Umgebung und das Erlebte in sich auf und protokollierten es in ihrem mentalen Tagebuch der Erinnerungen.

Die Nacht verging schnell und sie kamen gut voran. Gabriel schätzte die zurückgelegte Strecke auf fast zwanzig Meilen ein und sie machten nur einmal eine kurze Pause, um ihren Pferden einen Moment Ruhe zu gönnen und selbst etwas Dörrfleisch zu sich zu nehmen. Sie ritten weiter um mehr Wegstrecke hinter sich zu lassen, aber in den dunkelsten Momenten der Nacht, kurz vor der Dämmerung, regte sich im Schatten der Bäume etwas, und Gabriel hielt sein Pferd an, um zu lauschen und in die Bäume zu spähen.

Ein leises Stöhnen kam aus der Nähe eines Hartriegelgebüschs, anders als jedes Tiergeräusch, und beide Männer vermuteten, dass es sich um einen Mann handelte. Ezra flüsterte: "Könnte eine Falle sein!" Während sie im Sattel saßen und lauschten, trat ein Packpferd einen Schritt vor und blies seine Nüstern auf. Ein weiteres Geräusch war nicht zu hören. "Ich weiß nicht", antwortete Gabriel, "aber ich werde es überprüfen!" Er übergab Ezra die Zügel von Ebenholz, schwang sein Bein über den Rumpf des Rappen und trat vorsichtig auf den Boden.

Er spannte den Hahn der Wechsellaufpistole, während er sie in Hüfthöhe hielt, und bahnte sich leicht geduckt langsam seinen Weg durch das Gestrüpp, um zu dem Hartriegelbusch zu gelangen, von dem das Geräusch gekommen war. Mit jedem sorgfältig gewählten Schritt, bei dem er die Blätter und den Untergrund unter seinen Mokassins prüfte, bewegte er sich in den Schatten. Er hörte ein abgehaktes Atmen aus dem unteren Teil des Hartriegelbusches kommen. Er fiel auf ein Knie, schob das nahe Gestrüpp zur Seite und suchte in der Dunkelheit nach Bewegung. Ein leises Stöhnen, kaum wahrnehmbar, ertönte zusammen mit dem Rascheln der Blätter. Es war nicht lauter als eine wuselnde Feldmaus lärmen würde, aber dies war keine Maus. Gabriel sah das Aufblitzen einer Klinge, die das Mondlicht reflektierte, und er rollte sich rasch zur Seite. Das Messer klapperte durch das Gestrüpp und die Felsen.

Er stand auf und sprach: "Begrüßt man so jemanden?"

Ein weiteres Stöhnen, aber jetzt näher. Gabriel bemerkte, dass etwas nicht stimmte. Das war kein Mann, das war eine Frau - eine indianische Frau! Er fiel auf ein Knie und versuchte es mit ein paar Worten des Algonquin-Dialekts, aber es kam keine Antwort. Die Atmung war immer noch abgehakt, aber gleichmäßig. Er ging näher heran, die Pistole bereit, und konnte die Form, die sich nicht bewegte, besser erkennen. Er streckte seine Hand aus und berührte ihren Arm, aber sie reagierte nicht. Er sprach wieder, aber es kam keine Antwort. Er stopfte seine Pistole in seinen Gürtel, streckte beide Hände aus und zog die Frau zu sich heran, hob sie dann hoch und ging mit ihr in seinen Armen zurück zu den Pferden.

Als er sich Ezra näherte, sprach er: "Lass uns hier unser Lager aufschlagen. Es ist ein Platz so gut wie jeder andere, und es gibt hier jemanden, der verarztet werden muss!"

"Was?" fragte Ezra etwas ungläubig und beugte sich vor, um seinen Freund zu beäugen, als der sich mit seiner Last näherte. "Wen hast du denn da?"

"Eine Frau! Und sie ist verletzt."

"Eine Frau?" Er zuckte mit den Achseln und kicherte: "Nur du..." und stieg ab, um ihr Lager aufzuschlagen.

Sie machten ein kleines Feuer unter den langen Ästen eines Ahorns, abgeschirmt durch ihre gestapelten Packtaschen und andere Ausrüstung, und streckten die Frau auf einer Decke in der Nähe aus. Gabriel hatte sie untersucht und eine Pfeilwunde in ihrem Rücken gefunden, aber entweder war der Pfeil herausgefallen oder herausgerissen worden. Der Rest waren Kratzer und kleinere Schnitte vom Kriechen oder Rennen durch Gestrüpp. Er säuberte ihre Wunde, machte einen Wickel und legte einen Verband an, um diesen zu fixieren und lehnte sich zurück: "Das ist alles, was wir tun können, zumindest bis sie zu sich kommt. Sie hat Blut verloren und sie hat einige blaue Flecken und so weiter. Ich weiß nicht, ob sie geschlagen wurde oder nicht. Wir werden einfach abwarten müssen." Er sah Ezra an: "Ist der Kaffee fertig?"

"Hmmhmm, aber sag mir, was sollen wir mit ihr machen?"

"Ich weiß nicht, aber wir können sie nicht einfach zurücklassen, oder?"

"Nein, ich glaube nicht, aber damit du es nicht vergisst, wir haben unsere eigenen Probleme, und wir wissen nicht, wie schnell sie uns einholen", überlegte Ezra laut und stieß mit einem Stock in die heißen Kohlen, wobei er einen Funkenregen in die Zweige über ihnen schickte.

"Nun, der Ärger wird kommen, ob wir ihr helfen oder nicht. Aber..."

"Ich weiß, ich weiß, noch eine Jungfrau in Not, und du hälst dich immer noch für einen dieser Ritter in glänzender Rüstung! Und was macht das aus mir, deinen Knappen?", lachte Ezra.

"Nein, das macht uns beide zu Rittern! Ich bin der weiße Ritter..."

"Und ich bin der schwarze Ritter! Aber Moment mal... In

allen Geschichten, die wir gelesen haben, war der schwarze Ritter immer ein Bösewicht!"

Beide kicherten, nippten an ihrem Kaffee und sahen zu, wie das gedämpfte Licht des Morgens die Wälder um sie herum mit Lichttupfen verzierte. Müde von der langen Nacht der Reise zogen sie Schlaf dem Essen vor, also rollten sie ihre Decken aus, schauten ein letztes Mal nach der Frau, dann legten sie sich zur Ruhe.

14

REKRUTIERUNG

D er Geruch von gebratenem Fleisch ließ Gabriel sofort aufwachen. Ohne sich zu bewegen, schaute er sich im Camp um und sah Ezra auf dem Baumstamm sitzen und die Frau war am Feuer beschäftigt. Mehrere Streifen frischen Fleisches baumelten über den niedrigen Flammen und tropften Saft in das Feuer. Die Kaffeekanne stand unbenutzt auf einem heißen Stein, und Ezra grinste Gabriel an, als dieser sich zu bewegen begann. Er setzte sich auf, streckte sich und blickte in den Himmel, um die Uhrzeit zu beurteilen. Er dachte, es müsse wohl früher oder späterer Nachmittag sein. Sein Magen knurrte, als er das Fleisch roch und einige indianische Kartoffeln in den Kohlen sah.

Er schaute auf, als Ezra ihn ansprach: "Guten Tag, Schlafmütze. Darf ich vorstellen: Honigbär, ein stolzes Mitglied des Osage-Volkes."

"'Honigbär? Ist das ihr Name oder Ihr Spitzname?"

"Das ist mein Name!", antwortete die Frau. "In meiner Sprache ist es Amomakwa, aber ich bin nicht wie der Honigbär des Waldes. Der Bruder meiner Mutter gab mir den Namen, weil ich, als ich klein war, einen Bären aus einem Bienenstock verjagte, weil ich den Honig selbst wollte." Ihre Augen wurden feucht, als sie sich an die Zeit mit ihrem Onkel erinnerte, dann schob sie die Kartoffeln weiter in die Kohlen und sah Gabriel noch immer nicht direkt an.

Gabriel sah Ezra fragend an und sein Freund antwortete auf die unausgesprochene Frage: "Ja, ich weiß. Sie hat mich auch aufgeweckt. Aber das Essen riecht wirklich sehr gut, findest du nicht auch?"

Gabriel rollte sich aus seinen Decken, stand auf, streckte sich und schaute dann auf die Frau hinunter: "Sind deine Leute in der Nähe?"

"Ich weiß es nicht. Als ich von Pawnee entführt wurde, Lager war am Niangua-Fluss, aber sie sicher weitergezogen, vielleicht ins Fort."

"Wie lange warst du bei den Pawnee?", fragte Gabriel

"Zwei Monde, ich entkomme. Ein Mann will mich für seine Frau. Er ist hinter mir her, aber ich töte ihn."

"Ist er derjenige, der dir den Pfeil in den Rücken geschossen hat?"

"Ja", antwortete sie stoisch.

"Warum bist du nicht vor uns weggelaufen?", fragte Ezra.

"Ich war nicht gefesselt. Mein Rücken war bandagiert. Ihr mich nicht verletzt, ihr geholfen. Warum soll ich weglaufen?" Sie sah von einem zum anderen, dann zum Fleisch: "Es ist fertig!"

Beide Männer machten sich an das Essen und verschwendeten wenig Zeit oder Mühe, um die schmackhaften Kartoffeln herunter zu schlingen. Sie waren ein ungewöhnlicher Genuss für die Männer. Die gesamte Mahlzeit war schmackhaft und unvergesslich. Sie lehnten sich zurück, wischten sich die Hände an ihren Hirschlederhosen ab und sahen Honigbär an, als sie ihre Portion beendete. Sie aß mit Manieren, die in jeder zivilisierten Stadt angemessen gewesen wären. Gabriel runzelte die Stirn und fragte: "Also, wo hast du Englisch und solche Tischmanieren gelernt?" und nickte ihr zu, während sie sich die Hände mit Streifen weicher Baumrinde abwischte.

"Die schwarzen Roben kamen vor langer Zeit in mein Dorf, als ich noch sehr jung war. Sie lehrten uns über deinen Jesus und lehrten uns, Französisch und Englisch zu sprechen und wie Weißer zu verhalten. Sie waren viele Sommer bei uns, aber sie gingen, bevor die Spanier kamen", erklärte sie. Gabriel wusste, dass die Franzosen viele jesuitische Missionspriester hatten, die aus den kanadischen Gebieten südlich von Fort Michilimackinac und Detroit gekommen waren, auch noch nachdem die Franzosen nach dem Siebenjährigen Krieg einen Großteil ihres Landes an die Briten abgetreten hatten.

"Was hast du jetzt vor?", fragte Gabriel.

"Ich muss meine Leute finden. Sie müssen wissen, was mit Kriegern auf Kriegspfad geschehen ist."

"Auf Kriegspfad? Ich dachte, du wurdest von den Pawnees gefangen genommen?"

"Ja. Als unsere Krieger die Pawnee angriffen, nachdem Pawnee unser Dorf überfallen hatten. Wir wollten die Gefangenen befreien. Aber wir wurden besiegt, und Krieger wurden getötet. Ich allein überlebte."

"Du meinst, du warst bei den Kriegern, als sie angriffen?", fragte Gabriel skeptisch.

Honigbär richtete sich auf, stolz ihren Rücken streckend und hob den Kopf, eine Hand am Messer im Gürtel: "Ich bin eine Kriegerin des Ni-u-kon-ska-Volkes!"

"Aber ich dachte, alle Krieger der Osage rasieren sich den Kopf, außer der Skalplocke auf dem Rücken?", fragte Gabriel verwirrt und zeigte dabei auf ihr Haar, das locker über ihren Rücken fiel.

"Ich bin Frau und unser Haar ist unsere Krone! Das lehrt

eure Bibel! Aber dies", sie schob ihr Haar zurück und enthüllte stark geschmückte Ohren, die Ohrläppchen durchschnitten und verziert mit goldenen Ringen, Perlen und mehr, "sind die Zeichen einer Kriegerin, die sich im Kampf Ehre erworben hat!", erklärte sie.

Gabriel ließ ein breites Grinsen sein Gesicht erhellen und sagte dann: "Oh, ich glaube dir. Die Art und Weise, wie du das Messer nach mir geworfen hast, obwohl du flach auf dem Rücken lagst und fast bewusstlos warst, zeigte, dass du eine Kämpferin bist!" Sie entspannte sich wieder und senkte den Blick: "Ich bin froh, dass ich dich nicht getötet habe."

Gabriel kicherte: "Das bin ich auch! Also, wie wäre es, wenn du mit uns reiten würdest? Wir sind auf dem Weg nach Fort Carondelet und da du dieses Land kennst, könntest du verhindern, dass wir uns verirren."

Sie blickte von Gabriel auf Ezra und zurück. "Ich werde mit dir gehen!"

"Gut, gut. Wir werden die Packtaschen so umordnen, dass du reiten kannst, aber du musst auch wissen, dass es einige Männer auf unserer Spur gibt, die uns töten wollen. Es besteht also auch eine gewisse Gefahr. Deshalb reiten wir nachts."

"Warum wollen sie dich töten? Seid ihr Feinde?"

Gabriel hielt einen Moment inne, bevor er antwortete: "Das trifft den Nagel auf den Kopf. Ja, wir sind Feinde."

"Wenn das nicht die Wahrheit ist!" murmelte Ezra, als er sich erhob, um die Pferde näher heran zu führen.

DIE DÄMMERUNG hing schwer über dem Wald, als sich die Sonne jenseits der weiter entfernten Baumkronen verbarg. Mit dem gedämpften Licht drängten sie aus den Bäumen und lenkten ihre Pferde nach vorne, um das ruhige Wasser des Niangua-Flusses zu überqueren. Eine Sandbank an der Spitze einer Insel gab den Pferden kurz nach der Hälfte der Distanz Halt, dann lockte eine weitere Sandbank am gegenüber liegenden Ufer die vier Pferden und deren Reiter an. Alle drei stiegen ab und ließen den Pferden genug Bewegungsfreiheit, um das überschüssige Wasser abzuschütteln und sich ein Maul voll grünes Gras zu schnappen.

Honigbär war sehr aufmerksam und fragte Gabriel: "Du hast Köcher Pfeile, aber ich sehe keinen Bogen?"

"Er ist dort - die breite Scheide unter dem linken Steigbügel", sagte Gabriel und zeigte auf die mit Fransen besetzte Scheide. Da das Flusswasser fast die Bäuche der Pferde erreichte, hatte er den ummantelten Bogen über sein Sattelhorn gehalten, um ihn von dem Wasser fern zu halten, aber er schob ihn zurück in die Lederhülle, sobald sie am Ufer waren. Sie runzelte die Stirn, dann sah sie Gabriel an, ihr Gesichtsausdruck ein einziges Fragezeichen.

Er kicherte: "Ich weiß, er ist anders als das, was du gewohnt bist zu sehen. Er ist das, was man einen mongolischen Bogen nennt. Er stammte von einem kriegerischen Stamm weit jenseits des großen Wassers."

Sie hatte die schwarzen Roben von dem großen Wasser sprechen hören, war aber noch nie so weit gereist und stand deren Beschreibungen skeptisch gegenüber. Obwohl sie nickte, bemerkte man dennoch ihre Skepsis. "Wenn wir das Lager aufschlagen, werde ich ihn dir zeigen. Ich lasse dich damit schießen, wenn du kannst."

Sie blickte Gabriel finster an, atmete tief durch und schob die Schultern zurück: "Ich kann jeden Bogen schießen, den auch Mann schießen kann!"

Gabriel kicherte: "Wir werden sehen, wir werden sehen. Vergiss deine Wunde am Rücken nicht!"

. . .

ALS SIE ZUM ersten Mal auf den Fluss Pomme de Terre trafen, befanden sie sich auf einem abschüssigem Steilhang mit Blick auf den Wasserlauf etwa hundertfünfzig Meter tiefer unter ihnen, aber Honigbär führte sie zu einem gewundenen, buschigen Grat, der sie zu einer großen Wiese führte, die sanft in den Wasserlauf abfiel. Bei Tagesanbruch überquerten sie den kleineren Fluss und wollten ihr Lager am anderen Ufer aufschlagen, welches gute Deckung und Gras für die Tiere bot.

"Dies ist der Fluss Pomme de Terre, französisch für Bodenapfel oder Kartoffel. Aber wir nennen ihn den Fluss der großen Knochen, wegen Knochen der großen Tiere mit langen Hörnern, die hier gefunden wurden."

Gabriel sah die Frau an: "Große Tiere mit langen Hörnern?"

"Ja, sie hatten lange Nasen und Hörner neben ihren Nasen. Große Ohren auch, und sie waren größer als die Hütten unseres Volkes. Aber wir kennen nur die Zeichnungen an den Wänden der Höhlen, denn sie waren alle weg als mein Volk hierherkam."

Die Überquerung durch das seichte Wasser war unkompliziert, und jeder reckte, streckte und verbog sich, um die Steifheit nach dem nächtlichen Ritt zu vertreiben. Gabriel zog die Ausrüstung von den Pferden herunter und ließ die Packtaschen unter ein Paar großer Eichen fallen, die guten Schutz boten. Die Blätter, die sich noch immer golden und braun an den langen Ästen festklammerten, würden den Rauch ihres Feuers filtern. Er gab den Pferden eine kräftige Abreibung mit den Händen voller Gras, während Ezra Holz sammelte und das Feuer anzündete. Obwohl nichts über Aufgabenverteilung gesagt worden war, überprüfte Honigbär bereitwillig die Lebensmittel und sortierte heraus, was sie für ihre Vorbereitungen brauchte. Sie gluckste vor Freude, als sie das Maismehl fand, und machte sich schnell an die Arbeit, um Maismehlbrötchen zu backen. Ezra hatte eine Kaffeekanne voll Wasser geholt und sie neben das jetzt knisternde Feuer gestellt.

"Bevor du zu sehr mit Kochen beschäftigt bist, lass mich dir diesen Bogen zeigen!", schlug Gabriel vor.

Honigbär lächelte und stand auf, um an seine Seite zu kommen. Er saß auf einem großen Baumstamm, der vor Jahren seine Rinde abgeworfen hatte. Wahrscheinlich war er im Laufe des Jahrzehnts, welches er hier am Rande der Lichtung gelegen hatte, von vielen anderen auf der Durchreise benutzt worden. Der Lagerplatz war auch von anderen schon genutzt worden, wahrscheinlich von Indianern oder sogar von französischen oder spanischen Entdeckern, und die Überreste alter Feuerstellen waren nicht zu übersehen.

Gabriel zog den Bogen aus dem Lederetui und Honigbär runzelte die Stirn, als sie die nicht bespannte Waffe sah. Die Abdeckung aus Birkenrinde war eng am Bogen anliegend und erweckte den Eindruck, der ganze Bogen sei aus derselben Rinde gebaut worden. Gabriel sah ihren Gesichtsausdruck und sagte: "Nein, das ist nur die Abdeckung, um ihn zu schützen. Unter der Abdeckung ist der Bogen aus dem Horn des Dickhornwidders, aus Holz und Sehnen gefertigt. Die Bogensehne ist aus dem Rohleder des Hinterlaufs eines Pferdes gefertigt." Er reichte ihr den unbespannten Bogen, um ihn genauer betrachten zu können, und sie betastete ihn sorgfältig, drehte ihn um und studierte jedes Detail. Sie hielt ihn hoch. Der nicht bespannte mongolische Bogen hat die Form eines Halbkreises, und sie hielt ihn mit dem offenen Teil des Kreises zu sich hin.

Gabriel schüttelte den Kopf, nahm den Bogen und sagte: "So herum. Aber lass mich erst die Sehne spannen." Er setzte sich hin, stellte je einen Fuß neben die Seite des Handgriffs und zog mit beiden Händen an den Enden des Bogens. Vorsichtig bewegte er sich mit der Sehne auf die Kerben jeweils am Ende beider Seiten zu. Honigbär kicherte, als sie Gabriels Verrenkungen und Gesichtsausdruck beobachtete, während er viel Kraft zum Bespannen der Waffe aufbringen musste. Einmal gespannt, zeigte der Bogen eine völlig andere Form, wobei sich die Bogenschenkel nun vom Griff weg, zur Sehne und dabei weg vom Schützen wölbten.

Er stand auf und spannte einen Pfeil ein, und mit dem Daumenring aus Jade ballte er die Hand zur Faust und zog die Sehne zurück, um den Bogen voll zu spannen. Dann ließ er den Pfeil fliegen. Er flog über die Wipfel der Bäume am äußersten Rand der Lichtung und dann in einem Bogen nach unten, um sich tief ins Gras auf einer etwa zweihundertdreißig Meter entfernten Wiese zu bohren. Honigbär stand wie erstarrt und schaute mit einer Hand über den Augen auf die ferne Wiese, dann drehte sie sich um und sah Gabriel an. Er grinste und reichte ihr dann den Bogen und einen Pfeil. Er zeigte ihr, wie sie ihren Daumen mit dem Daumenring benutzen konnte, bog ihre Finger fest über den Daumen, um die Sehne nach hinten zu ziehen. Er trat zurück und ließ sie einen Pfeil auf die Sehne legen, dann versuchte sie, den Bogen zu spannen. Sie erwartete, dass es nicht anders sein würde, als bei Bögen, die sie gewohnt war, aber der erste Versuch bewegte die Sehne kaum. Sie blickte Gabriel mit großen Augen an, dann wieder auf die Sehne. Sie hob den Bogen wieder an und versuchte, ihn abermals zu spannen, aber es gelang ihr nur, etwa zwei Zentimeter zurückzuziehen. Sie blickte finster drein, senkte den Bogen und entfernte den Daumenring. Sie hob den Bogen wieder an und versuchte es mit ihrem üblichen Drei-Finger-Zug und hatte noch weniger Erfolg als zuvor.

Ezra hatte zugesehen und gesagt: "Fühl dich nicht schlecht. Ich kann auch nicht mit dem Ding schießen. Er kann es nur tun, weil er ihn benutzt, seit er ein Kind war und die dafür nötigen Muskeln entwickelt hat."

Sie schüttelte den Kopf und sagte: "Ich verstehe nicht. Ich habe noch nie jemanden einen Pfeil soweit schießen sehen." Sie nickte in Richtung der fernen Wiese, "und dieser Bogen... "Sie schüttelte den Kopf und ging zum Feuer, während Gabriel auf die ferne Wiese ging, um den Pfeil zu holen. Er war gerade

an einer großen Esche vorbeigelaufen, als ihm eine Bewegung
ins Auge fiel. Er spannte rasch einen Pfeil und schickte die
gefiederte Rakete in die Brust eines jungen Bockes, der gerade
von seinem abendlichen Wasserplatz zurückkehrte. Er grinste
und wusste, dass sie das letzte frische Fleisch für das Abendessen kochten. Das war eine besondere Belohnung, die alle zu
schätzen wussten.

15

OSAGE

Als die Dämmerung ihren Vorhang der Dunkelheit über die Gegend fallen ließ, zog das Trio weiter. Der Dreiviertelmond nahm ab, aber die Wolken, die aufgezogen waren, zeigten den Silberstreif, hinter dem sich der Mond versteckte. Doch der Weg war sicher und Honigbär bekannt, als sie der dämmrigen Wildfährte folgte, die sich durch die Bäume schlängelte. Die Kälte in der Luft warnte vor einem Wetterumschwung, und Gabriel blickte oft zu den Wolken und hoffte auf einen guten Nachtritt, bevor die Wolken ihre weiße Fracht abwerfen würden. Der Wind nahm an Stärke zu und die Männer schlugen ihre Kragen nach oben und verkrochen sich in ihre Wildlederhemden, um der ununterbrochenen Kälte zu entkommen. Während sie in ihren Sätteln schaukelten, dachte Gabriel an die Frau, drehte sich dann in seinem Sattel um, um die Decke hinter ihm loszumachen und mühte sich damit ab. Er band den Rest der Ladung wieder fest und lenkte Ebenholz auf die Frau zu. Er streckte ihr die Decke rüber, die sie freudig entgegennahm und sie um ihre Schultern wickelte. Sie hob den Rand über ihren Kopf und hielt die Decke an ihrem Hals fest. "Wir werden uns bald eine Deckung

suchen, da der Sturm jederzeit losbrechen könnte", sagte
Gabriel, der das unvermeidliche aussprach. Die anderen
nickten zustimmend.

Kaum hatte er gesprochen, da begann es große flauschige
Flocken zu schneien, die langsam zu Boden schwebten und in
den warmen Gräsern verschwanden. Der Wind hatte nachgelassen, der Mond tauchte hinter der großen Wolke auf und
warf ein mystisches Licht auf die Schneeflocken, die von einer
Seite zur anderen tanzten, und den Schein bis zum Boden
reflektierten. Sie bewegten sich in Richtung Norden zum
Osage-Fluss, an dem sie dann nach Westen abbogen und dem
Lauf des Flusses bis zum Ort Fort Carondelet folgten. Das Fort
stand am Zusammenfluss des Kleinen Osage und des Marais-
des-Cygnes-Laufs. Als sie nun durch die Bäume ritten, bahnten
sich weniger Flocken ihren Weg an den verbliebenen Blättern
vorbei und blieben schließlich auf den Schultern der Reiter
und Mähnen der Pferde liegen. Der schlurfenden Gang der
Tiere, das Knarren des Leders und das Auf und Ab der Pferde-
köpfe hatte eine hypnotisierende und beruhigende Wirkung,
welche die Reiter schier wegschlummern ließ. Honigbär hielt
an und bewegte die beiden anderen dazu, abzusteigen und den
Pferden etwas zu trinken zu geben. Die Reiter streckten sich
und nahmen etwas von dem frisch geräucherten Fleisch zu
sich, das sie über Nacht zubereitet hatte. Honigbär hatte einige
Spätherbstbeeren gesammelt und sie nach dem Räuchern
zusammen mit dem Fleisch zerstoßen, um eine Art Pemmikan
Mischung zu machen. Gabriel und Ezra hatten die einheimi-
sche Delikatesse noch nie zuvor gekostet und waren davon
überrascht, aber auch erfreut über den guten Geschmack.

Der Schneefall setzte sich fort und als sich die Nacht weiter
abkühlte, begann sich der Schnee aufzutürmen. Die Pferde
schnaubten bei jedem Schritt und zuckten oft mit den Ohren,
um sich vom Schnee zu befreien. Die Reiter, nun mit ihren
schweren Mänteln und Decken verhüllt, schauten zwischen

hochgeschlagenen Kragen und heruntergezogenen Hüten hervor, um gelegentlich einen Blick auf den Weg zu werfen. Gabriel schaute kurz zurück und sah, dass sich ihre Spuren fast so schnell mit Schnee füllten, wie sie entstanden waren. Er freute sich, denn es würde nun für jeden schwierig sein, ihren Spuren zu folgen.

Da alles um sie herum weiß war und durch den silbernen Filter des Mondlichts gesehen wurde, erschien der Weg vor ihnen fast beleuchtet. Fast schien es, als wäre ihre Reise nicht von dieser Welt. Nichts bewegte sich außer dem Reitertrio. Dies bewies, dass alle Tiere des Waldes mehr Weisheit als der Mensch besaßen, um in einer Nacht wie dieser besser nicht unterwegs zu sein. Der Schnee dämpfte alle Geräusche ihrer Bewegungen, jede Flocke trug zur Tiefe und Stille der Nacht bei. Sie blieben nahe beieinander und wussten, wie leicht es sein würde, verloren zu gehen, wenn man einmal getrennt war und man vielleicht nie wiedergefunden werden würde. Da der Schnee nun über die Sprunggelenke der Pferde reichte und sich noch dramatischer zuzunehmen drohte, ritt Gabriel neben Honigbär nach vorne: "Ich glaube, wir müssen Schutz finden, bevor der Schnee zu hoch liegt, um Feuerholz und dergleichen zu finden."

"Ja. Ich weiß von einem Überhang und einer Höhle nicht allzu weit entfernt. Sie entstand, bevor der Fluss seinen Lauf änderte, und ist groß genug für uns und die Pferde", antwortete Honigbär, ohne anzuhalten. "Wir werden bald dort sein."

"Gut!" Er nickte und schaute himmelwärts. "Diese dunklen Wolken werden bald den Mond verdecken und es wird schwieriger werden, noch etwas zu sehen", erklärte Gabriel und ließ sich zurückfallen, um Honigbär gepflügter Spur zu folgen. Sie nickte und drehte sich wieder um, um den Weg vor ihnen zu beobachten.

Es war am späten Vormittag, als Honigbär in der Nähe einer hohen Klippe anhielt und erschöpft abstieg. Der Schnee reichte ihr fast bis zu den Knien. Sie bewegte sich auf die Klippe zu und Gabriel kam näher heran, immer noch rittlings auf Ebenholz. Das Pferd war ein wenig nervös und blickte auf den dunklen Schlund unter dem Überhang, die Nüstern weiteten sich und die Ohren zeigten nach vorne. Gabriel warf der Frau einen Blick zu: "Irgendetwas stimmt nicht, ihm gefällt nicht, was er riecht. Könnte irgendein wildes Tier sein, oder vielleicht ein Bär."

"Es gab hier schon einmal Bären. Vielleicht riecht er ihren Schlafplatz oder Kot oder etwas anderes. Vielleicht ist da nichts anderes mehr übrig als nur der Geruch, der ihn stört", überlegte Honigbär.

Gabriel stieg ab, um sich Honigbär und Ezra anzuschließen, hatte aber seinen Ferguson-Stutzen aus der Scheide gezogen. Er sah sich nach etwas um, das er als Fackel verwenden konnte. Er sah eine nahe gelegene weiße Kiefer und trat unter sie, um nach ein paar großen Zapfen zu suchen. Ezra hatte einige tote Zweige und kleine Äste abgebrochen und den unter dem Baum verstreuten Schnee weggetreten, um schnell ein kleines Feuer zu entzünden. Gabriel hatte seine Fackel vorbereitet, einen zusätzlichen Zapfen in seine Jacke gesteckt und sich kurzerhand entschlossen, eine der Sattelpistolen mit bereits gespanntem Hahn bei sich zu tragen. Er reichte sein Ferguson-Gewehr an Honigbär weiter und fragte: "Weißt du, wie man damit umgeht?" Als er dann den verwirrten Ausdruck auf ihrem Gesicht sah, demonstrierte er es. "Spann den Hahn mit dem Finger an diesem Abzug. Dadurch wird dieser kleine Abzug hinten eingestellt und dieser Zweite bringt die Waffe zum Schießen! Stell nur sicher, dass ich nicht in der Schussbahn stehe!" Er sah sowohl Ezra als auch Honigbär an: "Ich schaue nur nach um sicherzugehen, dass da nichts drin ist. Falls doch, werde ich mein Bestes tun, um mich raus zu schleichen, ohne irgendetwas zu stören. Aber vielleicht muss ich mir den Weg nach draußen freischießen, wenn ich also angerannt komme, haltet euch bereit!"

Ezra kicherte: "Oh, wir werden schon bereit sein. Wir sind vielleicht auf einem Baum, aber wir werden bereit sein!"

Er steckte den Zapfen an der Fackel in die Flammen, sah, wie er Feuer fing, und machte sich auf den Weg in die Höhle. Die Fackel flackerte ein wenig, aber bald war er unter dem Felsvorsprung und die Schatten tanzten an der Wand entlang. Er leuchtete mit der Fackel den Weg aus und bewegte sich zielstrebig in den schwarzen Schlund der Höhle. Seine Schritte waren sehr leise, er schaute auf seine Füße und betrachtete jeglichen losen Kies oder Steine in der Nähe seiner Sohlen. Ein Bach, der nicht mehr als zwei Handbreit breit war, gluckerte an einer Wand entlang und fand seinen Weg ins Freie und in den Lauf hinter der Höhle. Seine Nasenlöcher füllten sich mit dem bitteren Gestank eines Bären, aber Gabriel musste sicher sein, dass sich keiner mehr in der Höhle befand und setzte seinen Weg fort. Er ging vorsichtig vorwärts und schaute, soweit es der Fackelschein erlaubte. Gabriel hielt Ausschau nach Bewegungen, die in dem Schatten jenseits der Fackel schwerer zu erkennen sein würden.

Er war etwa zwanzig Meter in die Höhle gegangen, als er erstarrte und glaubte, ein Schnüffeln wie das eines Bären gehört zu haben. Er schwenkte die Fackel hin und her und versuchte, über die helle Flamme hinauszusehen und jede Bewegung zu erkennen. Das Brüllen eines wütenden Bären erfüllte die gesamte Höhle und hallte von den Wänden wider. Das Geräusch ließ jeden Nerv Gabriels aufs äußerste angespannt sein und seine Augen weiteten sich. Der gesamte Schlund der Höhle erschien gefüllt mit dem schwarzen Fell des Tieres vor sich. Ein weiteres Brüllen und die Flamme der Fackel zitterte ähnlich wie Gabriels Nerven. Der Bär kam einen schwerfälligen Schritt weit auf Gabriel zu, seine beiden massiven Vorderbeine ausgestreckt und an den Enden waren lange Krallen sichtbar. Gabriel brachte die Pistole Kaliber .54 in Position und drückte ab.

Das Echo des Schusses prallte von den Wänden ab, klang wie drei oder vier Schüsse und die Bleikugel durchdrang das dicke schwarze Fell, löste eine kleine Staubwolke aus, begleitet von einem Ächzen des Bären. Doch er brüllte erneut, kam wieder näher, die Kiefer schnappten, grunzten und knurrten, und Gabriel, der rasch zurücktrat, feuerte durch den zweiten Lauf. Die Stichflamme, die Wolke aus dickem, stinkendem Rauch und der Einschlag des Geschosses ließen den Bären auf alle Viere nach vorne fallen. Aber er kam trotzdem auf Gabriel zu und dieser warf die Fackel auf das Tier, drehte sich um die eigene Achse und rannte zum Ausgang. Als er durch die Öffnung rannte, schrie er: "Er kommt!" und sprang Gesicht voran in den tiefen Schnee.

Ezra schoss zuerst. Seine Kugel erzielte einen Treffer, der den Bären zwischen Kopf und Schulter traf, durch den Muskel bis in die Bauchhöhle pflügte und den Bären zum Stolpern brachte. Er stürzte auf seinen Unterkiefer, doch er erhob sich schnell wieder und suchte nach seinem Angreifer. Dann donnerte das Ferguson-Gewehr in den Händen von Honigbär los. Die Bleikugel, eine tödliche Herausforderung, trat knapp unterhalb der Schnauze in die Brust des Tieres ein. Der Bär röchelte, versuchte zu knurren, stolperte dann und lag bewegungslos im Schnee. Die Stille wurde nur durch das Schnauben und Wiehern der Pferde unterbrochen, denn sie fühlten sich unwohl dabei, in Riechweite des Bären an den Bäumen angebunden zu sein. Ezra ging langsam auf den niedergestreckten Bären zu, die Pistole in der Hand. Er stieß ihn mit dem Fuß immer wieder an, ohne dass sich das schwarze Tier bewegte oder ein Geräusch von ihm zu hören war. Ezra stand aufrecht, blickte zu seinem Freund, der aus seinem verschneiten Grab auferstanden war, und dann zu

Honigbär, die immer noch die Ferguson-Flinte an ihrer Seite hielt, und sagte: "Die Vorstellung ist beendet, Leute!"

Honigbär lachte, Gabriel kicherte und sie standen bei dem großen Kadaver zusammen. Honigbär sagte: "Er ist fett, gut für Fett. Fleisch auch!"

Gabriel kicherte: "Mir gefällt das Aussehen dieses Fells. Würde das nicht einen warmen Mantel ergeben?"

"Zuerst müssen wir ihn aus dem Weg schaffen. Wir sollten ein Feuer in der Höhle machen, um den Gestank loszuwerden, damit die Pferde hineingehen, und uns auch ein warmes Lager schaffen", schlug Ezra vor.

Auf Anweisung von Honigbär schleppten sie den Kadaver an das äußerste Ende des Überhangs und sie übernahm das Häuten und Ausnehmen, während sich die Männer um die Höhle, das Feuer und das Lager kümmerten. Es dauerte eine Weile, bis die nervösen Pferde in die Höhle folgten, aber durch den Rauch des Feuers und die Anwesenheit der Männer beruhigten sie sich bald. Die Männer rieben sie ab und brachten ihnen Gras, das sie unter den größeren Bäumen vor der Höhle gesammelt hatten. Ezra wurde mit dem Kochen beauftragt, während Gabriel das Holz sammelte und sich um die Packtaschen und restliche Ausrüstung kümmerte. Als das Essen fertig war, kehrte Honigbär zurück und trug ein gebündeltes Paket mit Bärenfett, das sie zu Schmalz verarbeiten wollte. Sie ging im weiten Bogen um die Pferde, während diese sie mit großen Augen und misstrauischem Blick wegen des Bärengeruchs beobachteten. Sie sprach leise mit ihnen, als sie vorbeikam, und die Tiere beruhigten sich rasch wieder.

Der Schnee türmte sich weiter auf und am Ende des Tages lag er bereits knietief. Angesichts der dichten Wolkendecke und des abnehmenden Mondes wäre es zu gefährlich weiterzureiten. Zu schnell könnte ein Pferd einen Fehltritt begehen und sich ein Bein brechen. Das schlechte Wetter, das sie zu einer Pause zwang, hielt auch ihre Verfolger auf. Sie sammelten mehr Feuerholz und Gras für die Pferde und beschlossen, sich auszuruhen, aber Honigbär war dazu entschlossen, den Bärenschmalz zu machen und das meiste Fleisch zu räuchern. Sie hantierte also geschäftig weiter und verdonnerte die Männer zur Mithilfe. Während der Wartezeit dazwischen begann Honigbär den beiden eine universelle Zeichensprache beizubringen, welche von den meisten Prärieindianern verwendet wurde. Sowohl Ezra als auch Gabriel lernten und schätzten die Arbeit der Frau. Sie wussten, dass das geräucherte Fleisch und das Fett ihnen sehr zugute kommen würden, aber die Zeichensprache könnte unter Umständen irgendwann am nützlichsten sein.

16

DORF

Der Eingang der Höhle war der aufgehenden Sonne zugewandt und der leuchtende Himmelskörper füllte die dunkle Höhle mit seinen rosa und goldenen Strahlen. Das Trio hatte einen großen Teil der Nacht damit verbracht, das geräucherte Fleisch zu hüten und ihre Zeichensprache zu üben, und die Helligkeit des Morgens erwischte sie noch in ihre Decken gehüllt. Honigbär war die erste, die die restliche Glut unter den Fleischgestellen zu einem Kochfeuer für die morgendliche Mahlzeit entzündete. Ezra ging zum Höhleneingang und streckte sich, die Sonne im Gesicht. Er nahm sich einen Moment Zeit, um in der Wärme der Sonne zu baden und bewunderte das weißgetünchte Tal, die unter dem Gewicht des Schnees gebeugten Bäume, die Farben des von der aufgehenden Sonne bemalten Himmels und die Ankündigung eines klaren Himmels für den Tag.

Gabriel saß neben dem Feuer und wartete darauf, dass das Wasser in der Kaffeekanne ihm durch Blubbern mitteilte, dass es für die gemahlenen Bohnen bereit war. Er dachte über den neuen Tag nach. Gabriel blickte auf, als sich Ezra näherte: "Ich sehe keinen Grund für uns, mit dem Weiterreiten zu warten, bis es dunkel wird. Selbst ein Blinder könnte von hier aus unserer Spur folgen, auch im Dunkeln!"

"Sind wir überhaupt sicher, dass sie uns noch folgen?", fragte Ezra.

Lachend antwortete Gabriel: "Wir können nur sicher sein, wenn sie uns einholen. Dann können wir sie fragen, ob sie hinter uns her sind. Wenn sie Nein sagen, dann ist alles in Ordnung, aber wenn sie Ja sagen, dann stecken wir wohl in einer Zwickmühle, meinst du nicht auch?"

Ezra hob den Kopf und schaute finster drein: "Hat schon einmal jemand Worte wie herablassend, arrogant, skeptisch, hochmütig, eingebildet, großspurig und andere solche Begriffe benutzt, wenn er dich beschreibt?"

"Nur allzu oft, mein Freund, nur allzu oft. Aber natürlich kennen wir beide die Wahrheit, nicht wahr?" bemerkte Gabriel grinsend.

"Pah! Ich fange an zu glauben, dass das die Wahrheit ist!"

Gabriel lachte, goss zwei Tassen Kaffee ein, reichte Ezra eine und fügte hinzu: "Das ist doch nicht dein Ernst, oder?"

Beide Männer lachten jetzt und Ezra wandte sich an Honigbär: "Glaubst du, dass wir heute irgendwann das Fort erreichen können?"

"Ich hoffe, das Dorf meines Volkes zu finden, bevor wir zum Fort gehen. Die Anführer sprachen davon, ihr Winterlager in der Nähe zu errichten, aber dies ist der erste Winter für das Fort, und meine Leute sind, wie soll ich sagen, vorsichtig." Sie hatte in der Pfanne am Rande des Feuers ein Maismehlfladenbrot gebacken und drehte es um, während sie sprach. Sie hob ihren Blick zu Gabriel: "Ich glaube, mein Volk würde dich willkommen heißen."

"Dann packen wir wohl besser zusammen und machen uns auf den Weg. Was sagt ihr?", fragte Gabriel und schaute Ezra abwartend nach einer Antwort an. Nach einem Grinsen und einem Nicken seines Freundes tranken sie ihren Kaffee aus, schnappten sich ein heißes Stück Maismehlbrot und ein paar Stücke Pemmikan und machten sich an die Arbeit.

HONIGBÄR GAB die Führung an Gabriel ab, nachdem ihr Pferd im tiefen Schnee gestolpert war. Es hatte die meiste Zeit des Vormittags die Spur für die anderen gepflügt und war erschöpft. Als sie Gabriel signalisierte, die Führung zu übernehmen, stieg sie ab. Der frische Schnee war immer noch mindestens knietief vor ihrem Pferd und sie lief in den Spuren des großen Rappen, um ihr Pferd zu schonen. Bald schon war sie müde und schwang sich wieder auf den Fuchs und setzte sich auf der Decke, die den Packsattel bedeckte, in Position. Es war nicht der bequemste Platz, aber es war besser als zu Fuß zu gehen, und sobald sie sich gegen die weichen Packtaschen lehnte, hatte sie ein gewisses Maß an Komfort. Kaum hatte sie sich auf ihrem Sattel niedergelassen, hielt Gabriel an und hielt seine Hand hoch, um die anderen zu stoppen. Noch immer zwischen den Bäumen stehend, lehnte sich Gabriel am Hals Ebenholzes herunter und blickte durch die halbkahlen Äste auf eine Gruppe von Indianern, allesamt Krieger, die vom Fluss gekommen waren und sich lautlos durch den tiefen Schnee bewegten. Offensichtlich waren sie entweder auf einer Jagdexpedition oder einem Raubzug. Honigbär war abgestiegen und stand nun neben dem großen Hengst und spähte zu den Kriegern an. Sie wandte sich Gabriel zu: "Das sind Pawnee. Es ist ein Kriegszug und sie suchen sicher nach meinem Dorf." Sie sprach leise, aber die Beunruhigung war in ihrer Stimme und ihrem Verhalten deutlich zu spüren.

"Sie sind Feinde meines Volkes. Sie kommen in dieser Zeit und in der Zeit, wo alles grün wird, um unsere Dörfer zu überfallen und Gefangene zu machen. Sie haben eine Zeremonie namens Morgenstern-Ritual, bei der sie junge, gefangene

Frauen opfern, damit sie guten Boden und gute Ernten haben",
erklärte Honigbär.

"Es waren die Pawnee, die dich gefangen genommen haben,
nicht wahr?" fragte Gabriel.

"Ja, die sind von der gleichen Gruppe. Das war Häuptling
Messer, der sie anführte. Er ist seit vielen Jahreszeiten ihr
Häuptling, aber seine Leute sind nicht glücklich. Das Ritual ist
seine Art, sein Volk dazu zu bringen, ihm zu folgen."

"Wenn du Opfer sagst, meinst du damit, dass er ein Ritual
hat, bei dem er die Frauen tatsächlich tötet?", fragte Ezra und
runzelte die Stirn.

"Ja, sie wird mit vielen Pfeilen getroffen, der Schamane
schneidet ihr in die Brust, so dass sie stark blutet, und die
Männer halten sie über dem Boden, so dass ihr Blut einen
Großteil des Landes bedeckt."

"Das ist barbarisch!" erklärte Ezra, "Ich meine, opfern? Das
können wir nicht zulassen!"

"Wer bringt uns jetzt in Schwierigkeiten?", fragte Gabriel
grinsend, aber beide Männer wussten, dass sie sich einig
waren, alles zu tun, um den Raubzug zu stoppen. Gabriel
schaute Honigbär an: "Glaubst du, wir können vor ihnen in
deinem Dorf sein?"

Einen Moment lang dachte sie nach und blickte dann zu
Gabriel auf: "Ich weiß nicht genau, wo das Dorf im Moment
liegt. Ich glaube, es wird in der Nähe des Forts sein, aber es
könnte auch überall sein."

Gabriel betrachtete die Reihe der Krieger, die sich in den
Bäumen bewegten, zählte sie schnell und dachte nach. "Sie
haben über zwanzig Krieger dabei und das Element der Überraschung auf ihrer Seite. Aber auch wir besitzen den Vorteil
der Überraschung. Aber erzähl mir zuerst, wie sie euer Dorf
normalerweise angreifen, Honigbär." Honigbär überlegte kurz:
"Sie lenken mit ein paar Kriegern ab und greifen dann das
andere Ende des Dorfes an. Ein oder mehrere Krieger nehmen

die Frauen gefangen, während die anderen kämpfen. Dann drehen sie um und fliehen."

"Das habe ich mir gedacht. Das habe ich mir gedacht..." Er erklärte seine Taktik für den kommenden Kampf. "Honigbär, du hast bereits bewiesen, dass du schießen kannst, also überlasse ich dir eine der doppelläufigen Sattelpistolen und eines der zusätzlichen Gewehre, auf deren Mitnahme mein Vater bestanden hat. Ezra, du nimmst das andere Extra-Gewehr, deine beiden Pistolen und deine eigene Flinte. Und mit dem, was ich auch noch an Waffen habe, glaube ich, dass wir sie davon überzeugen können, dass ihr Handeln falsch ist. Einverstanden?"

Sowohl Ezra als auch Honigbär nickten zustimmend, als sie wieder auf ihre Pferde stiegen. Gabriel führte sie an und sie begannen, den Pawnee zu folgen. Sie nutzten dabei die Spur der Krieger durch den tiefen Schnee aus. Er beugte sich oft über den Hals von Ebenholz, um den vor ihnen liegenden Weg zu beobachten . Gabriel achtete darauf, dass sie der Gruppe nicht zu nahekamen und sich nicht durch Geräusche verrieten.

Es war eine Herausforderung, dicht hinter den Kriegern zu bleiben und nicht entdeckt zu werden. Die niedrigen, sanften Hügel, die größtenteils mit kahlen Bäumen bedeckt waren, trugen wenig dazu bei, dass sie nicht gesehen wurden. Bei jedem Anstieg musste Gabriel zu Fuß zum Kamm gehen, den Weg vor ihnen sorgfältig beobachten und das Gelände nach Spähern absuchen, die möglicherweise zurückgelassen worden waren. Es war möglich, dass diese zurückgeschickt wurden, um ihrer Angriffstruppe den Rücken frei zu halten. Gelegentlich mussten sie im dichteren Wald stehen bleiben, die offenen Wiesen meiden und ihre eigene Spur im Schnee bahnen, was die Pferde ermüdete.

Sie näherten sich einem weiteren Kamm und Gabriel stieg abermals ab, um sich auf den Weg nach oben auf den Hügel zu machen. Als er sich dem Rand näherte, fiel er auf die Knie, schaute vorsichtig über die Kante und sah, dass die Pawnee am Rande der Bäume auf der anderen Seite einer kleinen Wiese angehalten hatten. Sie waren abgestiegen und hatten sich zwischen den Bäumen versammelt. Anscheinend gönnten sie ihren Pferden vor dem Angriff eine kurze Rast. Gabriel blickte weiter entfernt in das Tal und sah die dünnen Rauchspuren, die sich in der klaren Luft nach oben kräuselten. Er drehte sich um und winkte den beiden anderen, an seine Seite zu kommen. Er zeigte Honigbär den Rauch und sagte: "Ich glaube, das könnte dein Dorf sein."

Sie nickte zustimmend, dann sah sie die Pawnee an, "Ja", sagte sie und zeigte mit dem Kinn auf die Krieger unten, "und sie werden bald angreifen!"

Gabriel schaute Honigbär an und zeigte auf eine Senke im Gelände. Diese würde ihr zwar Deckung geben würde, aber war auch bedeckt mit nicht gebahntem Schnee. "Glaubst du, du könntest durch den Einschnitt da drüben gehen und es bis zum Dorf schaffen, um sie zu warnen?"

Honigbär schaute sich die Lage des Geländes an, berechnete ihre Route und sagte: "Ich werde gehen!" Sie machte sich wieder auf den Weg zu den Pferden. Gabriel nahm dem Pferd die Packtaschen und Ausrüstung ab und sagte zu Honigbär: "Ezra und ich werden das tun, was wir geplant haben, also stell sicher, dass deine Leute wissen, dass wir auf ihrer Seite sind." Gabriel grinste, während er sprach.

Er reichte ihr die Sattelpistole und erteilte ihr eine kurze Lektion über die Waffe, dann legte er ihr ein Pulverhorn und einen Beutel über die Schultern, reichte ihr das zusätzliche Gewehr und sagte: "Wir sehen uns bald!"

Sie hob den Kopf und blickte von Gabriel zu Ezra und wieder zurück: "Ja!", antwortete sie, drückte dann die Fersen an die Flanken des Rotfuchses und ritt zwischen die Bäume.

Gabriel blickte Ezra an: "Sieht aus, als hätten wir eine Menge Arbeit vor uns, mein Freund." Er beugte sich vor, um die zusätzliche Ausrüstung zu holen, und machte sich auf den Weg zum kastanienbraunen Wallach, der ihnen ebenfalls als Packpferd diente. Ezra folgte ihm mit einer weich gepolsterten Packtasche in der Hand und sagte: "Wir müssen unseren Pferden etwas von der Last aufpacken, da es sonst mehr ist, als ein einzelnes Packpferd bewältigen kann."

"Hmm", antwortete Gabriel und tat wie vorgeschlagen. Nachdem die Ausrüstung festgezurrt war, ging er zurück zum Kamm, um zu sehen, was die Pawnee vorhatten, und glitt schnell wieder nach unten. Er stand auf und machte sich auf den Weg zu Ebenholz. Über seine Schulter sagte er: "Sie ziehen los. Ich glaube, der Angriff steht kurz bevor."

"Dann machen wir uns besser auf die Jagd!", erklärte Ezra, als er sich in den Sattel seines kastanienbraunen Pferdes schwang.

Als sie den Hügel erklommen hatten, waren die letzten der Krieger in die Bäume geritten und umrundeten die Spitze des Hügels, der sie vom Dorf trennte. Obwohl die dicken Bäume von Schnee und Kälte entblößt waren, gaben sie den Pawnee immer noch Deckung. Sie befanden sich etwa dreihundert Meter vom Dorfrand entfernt und Gabriel sah, wie sich zwei Krieger von den anderen entfernten, die in den Bäumen stehen geblieben waren.

Gabriel drehte sich um und flüsterte Ezra zu: "Sie werden die Ablenkung sein. Ich glaube die Pferdeherde steht auf der anderen Seite des Dorfes. Wahrscheinlich wollen sie die Osage glauben machen, dass die Reiter hinter den Pferden her sind."

Ezra stand mit seinem Pferd neben Gabriel und Ebenholz. Sie befanden sich oberhalb eines leichten Abhangs hinter der feindlichen Kriegertruppe. Während sie zusahen, wählten sie ihre Schusspositionen aus für den Zeitpunkt, wenn sie den Angreifern in Richtung des Dorfes folgen würden. Sie zogen ihre Gewehre aus den Lederhüllen, legten sie über die Sattelknäufe und kontrollierten die Munition. Nach einer schnellen

Überprüfung ihrer Pistolen waren sie bereit. Aber Gabriel sah, dass sie noch einen Moment Zeit hatten, also zog er den mongolischen Bogen aus der Scheide und spannte eher ungeschickt die Sehne. Es war sein erster Versuch, dies auf dem Rücken des Pferdes zu tun. Ezra lachte: "Es ist gut, dass du das nicht tun musst, wenn jemand angreift. Dann wärst du schnell tot!"

17

PAWNEE

D ie Krieger auf Beutezug konzentrierten sich auf die breite Lücke zwischen den Bäumen, die den Eintritt in das Winterlager der Osage ermöglichte. Eine leichte Erhebung links von einem breiten baumbestandenen Hügel überblickte die vielen Rindenhütten, den Bach am Westrand und den Dorfplatz. Zwischen dem Osage Fluss und dem Lager des Volkes waren die Bäume dick, wenn auch meist kahl und ohne Blätter.

Gabriel und Ezra waren weniger als fünfzig Meter hinter den feindlichen Kriegern, als Gabriel plötzlich eine Idee hatte. Er lehnte sich zu Ezra hinüber und flüsterte: "Während sie auf das Ablenkungsmanöver warten, werde ich durch diese Bäume schleichen und sehen, ob ich selbst für eine Ablenkung sorgen kann." Er zeigte auf ihre linke Seite: "Du arbeitest dich durch diese Bäume und vielleicht können wir sie empfindlich treffen, bevor sie zu viel Schaden anrichten!"

Ohne auf eine Antwort zu warten, schob Gabriel sein Gewehr in die Scheide zurück, hängte seinen Köcher an seinen Sattelknauf und spannte einen Pfeil ein. Dann stieß er seine Fersen in die Seiten von Ebenholz und galoppierte durch die

Bäume. Ezra, der über die schnelle Planänderung seines Freundes zuerst fassungslos war, beobachtete ihn nur eine Sekunde lang untätig und lenkte dann seinen Fuchswallach in die Bäume, um die Krieger von der Flanke her anzugreifen.

Das übliche Donnern der Hufe wurde durch den tiefen Schnee und den darunter liegenden Blätterteppich gedämpft. Gabriel legte sich tief auf Ebenholzes Hals, ritt im Zickzack durch die Bäume und blickte seitwärts, um die Position der Krieger zu überprüfen. Er wusste, dass sie bald zum Angriff übergehen würden, und er wollte dann in der Nähe ihrer rechten Flanke sein. Er erinnerte sich an die Darstellungen der mongolischen Krieger, wie sie mit dem mächtigen Bogen in die Schlacht zogen und rittlings von einem laufenden Pferd aus schossen. Er hatte volles Vertrauen in Ebenholz, aber er war sich seiner eigenen Kompetenz nicht sicher, da er nie versucht hatte, vom Pferd aus zu schießen, geschweige denn von einem galoppierenden Pferd. Er wusste aber auch, dass der Mensch nicht immer die Kontrolle über all seine Lebensumstände hat.

Sein Kurs hatte ihn parallel zu den Pawnee gebracht und ein kurzer Blick durch die Bäume zeigte, dass sie in Bewegung waren. Mit seinen Knien lenkte er Ebenholz näher an die Krieger heran, während diese ihre Kriegsschreie ertönen ließen und ihre Pferde zum schnellen Galopp Richtung ihrer Beute antrieben. Gabriel bewegte sich weniger als zwanzig Meter entfernt auf Höhe ihrer Flanke auf die freie Ebene. Er erhob sich, zog den Bogen bis zum Anschlag und schickte seinen ersten Pfeil auf die Jagd. Schnell spannte er einen weiteren auf die Sehne, zog zurück und ließ ihn fliegen. Er sah, wie beide Pfeile ihr Ziel trafen, der erste Pfeil warf einen Krieger vom Pferd. Der Zweite vergrub sich in der Seite eines anderen Kriegers, der nach vorne sackte und seine Hand verfing sich in der Mähne seines Pferdes.

Sie fielen über das Dorf her, schrien und brüllten ihre Kriegsrufe, die sich mit dem Lärm der Schüsse und den

Schreien der Frauen und Kinder vermischte. Ebenholz wich einer der Hütten aus, wobei er Gabriel fast aus dem Sattel warf, aber er griff nach der Mähne, richtete sich wieder auf und fand ein anderes Ziel. Schnell ließ er den Pfeil los, griff dann nach dem Zügel, um Ebenholz zum Stehen zu bringen. Er hängte den Bogen an das Sattelhorn, sprang vom Pferd auf die Füße, das Gewehr in der Hand, dann spannte er den Hahn. Er ging auf die Knie und verfolgte einen berittenen Pawnee durch sein Visier. Er drückte ab und senkte rasch das Gewehr. Gabriel drehte den Abzugsbügel, öffnete den Verschluss und lud nach. Er schloss den Verschluss, hielt nach seinem nächsten Ziel Ausschau, gab Pulver in die Zündpfanne und feuerte schnell wieder. Er schickte einen weiteren Pawnee ins Jenseits.

Aus dem Augenwinkel sah er eine Bewegung, schnappte sich die Sattelpistole und drehte sich um, als ein Pfeil an seinem Kopf vorbeischwirrte. Er schoss und traf den angreifenden Krieger voll in die Brust. Die Kugel vom Kaliber .54 riss ein massives Loch in den Rücken des Mannes, nachdem sie die Wirbelsäule getroffen hatte. Der Krieger rutschte vom laufenden Pferd und stürzte höchstens zwei Meter von Gabriels Füßen entfernt in den Schnee. Er suchte nach einem anderen Ziel, aber die feindlichen Krieger waren tiefer ins Dorf vorgedrungen. Er schwang sich zurück auf den Rücken von Ebenholz, nahm sich die Zeit, Gewehr und Pistole nachzuladen, und machte sich dann auf den Weg zum Nahkampf.

Zwei der vielen Hütten standen in Flammen, nachdem die angreifenden Pawnee die Kochfeuer in Richtung der Hütten getreten hatten. Der Rauch von den Feuern und den Gewehren lag zwischen den Hütten und die Frauen schrien, packten ihre Kinder und versuchten, in oder in der Nähe der mit Rinde bedeckten Konstruktionen Deckung zu finden. Gabriel suchte sich seinen Weg durch das Dorf und hielt Ausschau nach einem neuen Opfer. Die Pawnee mit ihrem dichten, Federn verzierten Haar, das in Zöpfe geflochten war, waren leicht von den Osage zu unterscheiden, die nur einen Mittelstreifen des Haupthaares trugen. Er hörte einen Schrei und drehte sich um, um zu sehen, wie ein Pawnee eine junge Frau hinter sich herzog, sie trat und an den Haaren packte, während die Frau versuchte, sich zu befreien. Mit einer fließenden Bewegung schwang Gabriel seine Ferguson-Flinte auf den Mann zu, schoss von der Seite und schickte die monströse Kugel vom Kaliber .65 durch die Brust des Mannes. Er fiel reglos auf sein Gesicht. Das Mädchen erhob sich, sah Gabriel an und lief dann hinter die nächste Hütte.

Honigbär ritt so schnell sie konnte in das Dorf und rief die Warnung vor den kommenden Pawnee aus. Sie glitt zu Boden, das Gewehr in der Hand und rief der kleinen Gruppe von Kriegern, die sich erhoben hatten, um ihren Ritt in die Mitte des Dorfes zu beobachten die Warnung zu. Sie schrie: "Pawnee! Pawnee!", und zeigte zurück auf die Lücke in den Bäumen, die den Eingang zum Dorf bildete. "Sie werden versuchen, die Herde zu holen, aber das ist ein Ablenkungsmanöver. Der Angriff wird von dort kommen! Ein weißer und ein schwarzer Mann werden die Pawnees angreifen. Sie sind *Freunde*!"

Die Krieger zerstreuten sich und holten ihre Waffen in ihren Hütten. Frauen schnappten sich Kinder und zogen sich in die Behausungen zurück. Zwei der Ältesten gingen schnell zu Honigbär, einer erkannte sie und begann rasch, Fragen über die Angreifer zu stellen. Sie bellten Kommandos an mehrere der Osage-Krieger, die mit ihren Waffen zurückgekehrt waren, und eine schnell organisierte Verteidigung wurde aufgebaut. Honigbär nahm neben einer der Hütten Stellung, fiel auf ein Knie und brachte das Gewehr in Anschlag. Der plötzliche Ausbruch vom Kriegsgeschrei der Angreifer schreckte sie auf, aber ihre Entschlossenheit ließ sie ihr Ziel nicht aus den Augen verlieren. An der Spitze der Pawnee stand ein Mann, dessen Gesicht in Karmesinrot und Schwarz geschminkt war, dessen Federn im Wind flatterten, und der auf ein rötliches Pferd stieg.

Er suchte Augenkontakt mit Honigbär und ritt direkt auf sie zu. Honigbär atmete tief durch, verengte ihre Augen beim Zielen und drückte ab. Der Hahn fiel in den Mechanismus, der Feuerstein rutschte an der Mechanik entlang, ließ Funken in die Zündpfanne fallen und Rauch entwich zischend zur Seite. Dann brüllte das große Gewehr auf, spuckte Rauch und Tod. Die Kugel traf den angreifenden Anführer knapp unter dem Kinn durch die Kehle, riss seinen Kopf zurück und ließ seinen Schrei rasch verstummen, als er vom Rücken seines Pferdes stürzte.

Honigbär lehnte sich mit dem Rücken an die Hütte und ließ das Pferd vorbeirennen, dann brachte sie die doppelläufige Sattelpistole in Anschlag, um ein anderes Ziel zu wählen. Die Masse der Räuber wurde durcheinander gewürfelt und sie schoss in ihre Mitte. Das Dröhnen und der Rauch der Pistole erregten die Aufmerksamkeit eines Angreifers in dem Moment, als die Kugel auf der Brust eines anderen Pawnee einen blutigen Fleck entstehen ließ. Der erste Angreifer war sich gewiss, dass Honigbär ihren einzigen Schuss abgefeuert hatte, riss sein Pferd herum und stürmte auf sie zu. Er hob seine Lanze und bereitete seinen Wurf vor, aber der zweite Lauf dröhnte auf und die große Kugel trug ihre Todesbotschaft durch die Knochenbrustplatte und in die Brust des Pawnee. Seine Augen weiteten sich und seine Kraft ließ nach, als er seine Lanze fallen ließ und auf seine Brust blickte, um den zerschmetterten, blutigen Brustpanzer zu sehen. Sein Kopf sackte nach vorne, als er zur Seite stürzte und in die Masse der Toten auf dem Boden fiel. Er wurde von den Pferden seiner eigenen Krieger hinter ihm zertrampelt.

Honigbär trat hinter die Hütte und war damit beschäftigt, ihre Waffen nachzuladen. Die Schreie und Rufe der Angreifer und der Angegriffenen erfüllten die Luft und schickten Lanzen der Angst in ihr Herz, während sie mit den Bleikugeln, Zündern und dem Pulver herumfummelte. Plötzlich stand ein großes schwarzes Pferd neben ihr und sie blickte auf. Sie sah Gabriel, der fragte: "Geht es dir gut?"

Sie sah ihn an, dann schaute sie auf ihre schwachen Bemühungen beim Nachladen und sagte: "Ja!" Seine Frage hatte zusätzliche Entschlossenheit angestachelt, während sie ihren Freund ansah. Er sagte: "Komm, lass mich die Pistole für dich nachladen", und griff nach der doppelläufigen Waffe. Er lud gekonnt nach, bereitete die Pfannen vor und sagte: "Sie werden wieder hier durchkommen." Er deutete mit dem Kinn Richtung Feinde: "Du bleibst hier und ich schau, ob ich sie schnell hier durchschleusen kann."

EZRA HATTE sich mit Leichtigkeit durch die Bäume gearbeitet und war schnell abgestiegen, dann band er seinen Rotfuchs an einen Baum und rannte zu einer Deckung hinter einigen Felsbrocken und Gestrüpp. Er bestieg einen der kleineren Felsbrocken, der sich auf der Rückseite an einen größeren Felsen schmiegte, dann beobachtete er grinsend seinen Bereich, überprüfte seine Waffen und machte sich bereit. Nur wenige Sekunden später hörte er den Beginn des Angriffs und hob sein Gewehr für den ersten Schuss an. Ein großer Krieger rittlings auf einem beachtlichen grauen Schimmel war sein nächstes Ziel, und er brachte sein Visier zum Einsatz, feuerte seinen Schuss ab und warf den großen Mann damit vom Pferd. Doch als er sein Gewehr niederlegte und nach der zweiten Waffe griff, sah er den großen Krieger aufstehen und in seine Richtung blicken.

Ezra hob das Ersatzgewehr an, um auf den stehende Pawnee zu zielen. Er brachte das vordere Blattvisier mit der Einkerbung des hinteren Visiers in eine Linie, atmete tief ein, ließ etwas Atem entweichen und drückte schließlich ab. Das Gewehr dröhnte laut auf und Rauch stieg auf, der Ezras Sicht auf das Ziel vernebelte, aber der große Mann teilte die Rauchwolke, als er immer noch auf Ezra zuging. Ezra griff nach seiner Sattelpistole, spannte den Hahn als er sie hochhob, und drückte schnell ab. Die Pistole bockte in seiner Hand und die Kugel fand ihren Weg, um die Brust des angreifenden Kriegers zu durchbohren, aber dieser wurde einfach nicht langsamer, sondern schrie nur und hob seine Lanze, als er angriff. Ohne den Pawnee aus den Augen zu lassen, schnappte Ezra seine Gürtelpistole, spannte sie und feuerte. Wieder sah er eine Wunde an der Brust des Mannes aufblühen, aber er stockte nur kurz in seinem Schritt und kam weiter auf Ezra zu. Dieser knurrte wütend auf, griff nach der großen Eisenholz-Potawato-mie-Kriegskeule, die auf seinem Rücken hing. Er nahm sie nach vorne, während er dem großen Krieger beim Näher-kommen zusah. Ezra hob die Keule über seinen Kopf, brüllte auf und ließ die Kriegskeule fallen, wobei die Axtklinge den Krieger am Halsansatz an der Schulter traf. Der große Mann fiel auf die Knie und versuchte, seine Lanze hochzuziehen, dann fiel er zu Ezras Füßen auf sein Gesicht.

Ezra stolperte zurück und fiel dabei fast auf einen Felsen. Dann wandte sich seine Aufmerksamkeit wieder der stür-menden Horde von Pawnee zu. Die meisten von ihnen waren an ihm vorbeigezogen, aber ein Krieger hatte den Angriff seines Gefährten gesehen und zügelte sein Pferd, um Ezra gegenüberzutreten. Er hob seine Lanze, beugte sich nach vorne und trieb sein Pferd zu einer schnellen Attacke an. Die einzige Waffe, die Ezra noch zur Verfügung stand, war seine Kriegs-keule und er sprang von dem Felsbrocken, hob diese schulter-hoch an, während er kampfbereit auf den angreifenden Pawnee wartete. Der schreiende Krieger legte sich tief auf den Hals seines Pferdes und sah zu, wie Ezra auf seinen Fußballen hin und her tanzend wartete. Der Pawnee erhob sich, hob seine Lanze für einen Wurf an und schleuderte die lange Waffe in einem niedrigen Bogen auf seinen Gegner zu. Ezra trat leicht zur Seite, ließ die Lanze nur knapp an seiner Schulter vorbeifliegen und sprang dann in die Luft. Er erschreckte dabei das Pferd, welches in Panik auswich, und ließ die große Kriegskeule auf dem Kopf der Pawnee fallen. Er hörte das Splittern des Schädelknochens. Der Krieger stürzte von seinem Reittier und überschlug sich mehrfach im Gras.

Ezra schaute sich nach weiteren Bedrohungen um. Er war an die Position beim Felsbrocken gebunden, weil dort seine Waffen lagen, und begann mit dem Nachladen. Schließlich bestieg er den Fuchswallach und machte sich auf den Weg zum Dorfrand. Ezra wusste, dass die Pawnee auf diesem Weg zurückkehren würden, falls einer von ihnen überlebt hatte. Er entdeckte die dafür am wahrscheinlichste Stelle, band sein Pferd an einen Pfahl neben einer Hütte und nahm seine Position ein, um ihren Rückzug abzuwarten.

Plötzlich kamen zwei berittene Krieger donnernd auf ihn zu, aber er sah, dass beide Männer Frauen gefangen hielten, die über dem Widerrist ihrer Pferde lagen. Die Krieger lehnten sich weit nach vorne und ihr Gewicht verhinderte, dass die Frauen entkommen konnten. Sie kamen in vollem Galopp, und Ezra zog sein Gewehr und versuchte zu zielen, aber die Krieger benutzten die Frauen als Schilde. Ezra konnte nicht schießen, ohne die Gefangenen zu treffen. Sie donnerten vorbei, blickten nur auf ihren Fluchtweg, und Ezra bemerkte, dass beide Frauen eigentlich junge Mädchen waren, die vergeblich kämpften und traten.

Er blickte auf den Rest des Dorfes und sah nichts als Rauch und Staub, aber die Missklänge der Schlacht, die immer noch tobte, nahmen ihm jede Illusion, dass der Kampf nachließ. Er blickte den fliehenden Männern mit ihren beiden Gefangenen hinterher und traf seine Entscheidung. Er schwang sich in den Sattel seines Pferdes, aber anstatt die Krieger zu verfolgen stürmte er in das Dorf und suchte nach Gabriel.

18

VERFOLGUNGSJAGD

"Gabriel!", rief Ezra, als er seinen Freund hinter einer Hütte hervorkommen sah. Gabriel zügelte Ebenholz an Ezras Seite: "Was? Geht es dir gut?", fragte er und schaute auf den Kampf, der nachzulassen schien.

"Sie haben zwei Mädchen gefangen genommen und zu den Bäumen gebracht!", rief er und zeigte zurück auf den Eingang des Lagers.

"Wie viele Pawnee?"

"Zwei, oder zumindest waren das alle, die ich gesehen habe", antwortete Ezra, der die Zügel nahm, um die Verfolgung aufzunehmen.

"Lass uns Honigbär holen. Sie kennt dieses Land und die Pawnee!", schlug Gabriel vor.

Innerhalb weniger Augenblicke verfolgte das Trio die Spur, allen voran Honigbär, die sich über den Hals des Pferdes beugte und auf die Spuren schaute. Bei so vielen Spuren von der Attacke und dem üblichen Kommen und Gehen im Dorf war es auch für die erfahrene Kriegerin schwierig, aber nicht unmöglich, der Spur der flüchtenden Entführer zu folgen. Oft erhob sie sich, um auf die vor ihr liegende Spur zu blicken, und wandte sich Gabriel zu: "Sie nehmen denselben Weg zurück. Vielleicht können wir ihnen an der Flussüberquerung den Weg abschneiden." Ohne auf eine Antwort zu warten, drehte sie ihr Reittier in die Bäume und nahm einen schrägen Weg in Richtung des Osage-Flusses.

Die nackten Äste peitschten sie und der restliche Schnee, der noch an den Bäumen hing, fiel auf ihre Schultern. Die Pferde stoben durch das dichte Gehölz. Vor ihnen hörten sie das Plätschern des Wassers und wussten, dass die Entführer gerade den Fluss überquerten. Honigbär drängte weiter, und als sie an das Flussufer kamen, trieb sie ihren Fuchs über den Rand des Ufers in das eiskalte Wasser. Knirschend brach das dünne Eis am Flussufer. Die Pferde krümmten sich und kämpften gegen die Strömung, aber der Flusspegel war niedrig und der schlammige Untergrund behinderte die Tiere. Knapp flussabwärts sahen sie die beiden Pawnee und ihre Gefangenen das andere Ufer erklimmen und auf die Bäume, die eine erfolgreiche Flucht versprachen, zureiten. Die drei Pferde spritzten um sich und drängten sich durch die Strömung. Ihre Hufe gruben sich, angetrieben von ihren Reitern, durch den schlammigen Grund. Auf der Sandbank angekommen, stiegen sie aus dem Wasser und schlugen sich in die Bäume. Gleich hinter den Bäumen, die den Fluss säumten, zeigte sich eine weite Wiese, die nun wie von einer weißen Decke bedeckt schien. Die beiden Pawnee hatten auf Trab verlangsamt und folgten der gepflügten Spur, die die Krieger des Beutezugs am Morgen hinterlassen hatte. Einer der Krieger drehte sich auf seinem Pferd um, gerade als das Verfolgertrio durch die Bäumen brach. Er rief seinem Freund eine Warnung zu und beide Männer trieben ihre müden Pferde zu einem Galopp an und versuchten, ihren Verfolgern zu entkommen.

Gabriel und Honigbär sahen sie zur gleichen Zeit und Gabriel grub seine Fersen in die Rippen von Ebenholz. Der Hengst stob nach vorne und streckte sich, als er in vollen

Galopp wechselte. Gabriel lag an seinem Hals und ermutigte seinen Freund, der es liebte, ungestüm zu rennen. Es war einige Zeit her, dass die beiden sich gehen lassen konnten, frei galoppierend, und Ebenholz reagierte sofort auf das Drängen seines Reiters, dessen Augen auf die beiden Pferde vor ihm gerichtet waren. Nie ließ sich der Andalusier von einem anderen Pferd überholen. Der große schwarze Hengst streckte den Hals, die Nase im Wind, und seine langen Beine flogen nur so über den Boden. Schnee stob bei jedem Schritt in weitem Bogen auf.

Hinter dem schwarzen Hengst folgten Honigbär und Ezra auf ihren Pferden. Obwohl der große Schwarze seinen Vorsprung noch ausbaute, kämpften die beiden anderen um jeden Zentimeter Boden, entschlossen, bis zum Ende des Rennens mitzuhalten. Ebenholz gewann an Boden gegenüber dem fliehenden Pawnee, der sich umdrehte, um zu sehen wie nahe ihre Verfolger bereits waren. Mit jedem verkürzten Meter traten die Pawnee ihre Pferde härter, wild entschlossen, mit ihrer Beute zu entkommen. Aber weder Ebenholz noch Gabriel waren bereit das zuzulassen, und der Hengst schien frische Energie zu verspüren und duckte sich noch tiefer in den gestreckten Galopp.

Innerhalb weniger Augenblicke zog der andalusische Hengst, dessen Mähne in der Luft flog und dessen Schweif hinter ihm waagerecht durch die Luft peitschte, auf Höhe des stahlgrauen Pferdes des Pawnee. Als sie sich näherten, zog Gabriel seinen Tomahawk aus seinem Gürtel und bremste Ebenholz ab. Der schwarze Hengst kam seitlich auf das Indianerpony zu und zwang seinen Reiter rasch in dessen Mähne zu greifen, um nicht abgeworfen zu werden. Der Tomahawk in der Hand von Gabriel schlug auf die Schulter des Kriegers ein und hieb diese bis auf den Knochen durch. Das Knirschen des Schultergelenks war hörbar und der Krieger schrie seine Qualen laut heraus. Ohne seinen nun gebrochenen Arm

gebrauchen zu können, ließ der Pawnee die Mähne los und der
zweite Schlag von Gabriel kratzte seinen Schädel entlang, legte
den Knochen frei und schälte sein Ohr ab. Der Krieger rutschte
zur Seite und griff nach seiner Gefangenen, als er vom Pferd
fiel.

Gabriel rammte den Griff des Tomahawks in seinen Gürtel,
griff nach der Tunika der Frau, die mit dem Bauch nach unten
über den Widerrist des Pferdes hing, und zog sie über den Hals
von Ebenholz, nachdem er diesen zu einem langsamen Schritt
abgebremst hatte. Er sah die schemenhaften Bilder von Ezra
und Honigbär, als sie die Jagd nach dem zweiten Pawnee fort-
setzten. Als Gabriel stehen blieb, ließ er das zappelnde und
sich wehrende Mädchen los und ließ sie zu Boden fallen. Sie
fiel auf den Rücken, krabbelte auf ihre Füße und drehte sich
um, um Gabriel anzuschauen. Ihre Augen waren weit aufgerissen, und Angst zeigte sich, als sie sich schwer atmend von dem
weißen Mann auf dem großen schwarzen Pferd zurückzog. Er
sprach leise, benutzte seine begrenzten Kenntnisse der algonkischen Sprache und sagte einfach "Freund", als er auf sich
selbst zeigte.

EZRAS BRAUNER WALLACH GALOPPIERTE GESTRECKT, und gewann
an Boden auf das cremefarbige Pferd des Pawnee. Als er
näherkam, waren beide Pferde im Gleichschritt, und Ezra griff
nach der Kriegskeule auf seinem Rücken. Mit nur ein paar
weiteren Schritten glaubte er, nahe genug dran zu sein.
Während auch hier ein Mädchen quer über dem Widerrist lag,
lehnte sich der Pawnee nach vorne über sie, und trieb sein
müdes Pferd weiter an. Er bot Ezra aber immer noch ein verlockendes Ziel dar. Er hob die Keule schulterhoch an, den
rechten Arm über die Brust, und holte in weitem Bogen aus.
Die Hellebardenklinge schlug dem Krieger einen Großteil des
Hinterkopfes ab, so dass er zu Boden stürzte, bevor das Pferd

aus dem Schritt kam. Honigbär zog auf gleiche Höhe auf der anderen Seite des Pawnee-Pferdes, griff nach den Zügeln und zog daran, um das Tier zum Stehen zu bringen. Das Mädchen, immer noch mit dem Bauch nach unten, sah sich um, und als es den seltsamen schwarzen Mann sah, versuchte es, vom Pferd herunterzuklettern, um zu entkommen, wurde aber durch die Worte von Honigbär gestoppt. Sie sprach im Osage-Dialekt das verängstigte Mädchen an. "Warte, wir sind Freunde!"

Das gefangene Mädchen drehte sich um, um Honigbär anzusehen, und holte tief Luft, offensichtlich sehr erleichtert. Sie sprach zu der Frau: "Du bist Honigbär! Du hast uns die Warnung überbracht!"

"Ja, ich bin aus deinem Dorf. Ich wurde in der Zeit, wo alles grün wird, gefangen genommen, aber ich konnte fliehen. Diese Männer", auf Ezra und zurück zu Gabriel zeigend, "sind meine Freunde."

Ezra hatte den Falben des Pawnees erwischt und ihn zurückgeführt, damit das Mädchen reiten konnte. Er verfolgte das graue Pferd des anderen Entführers und führte es dorthin zurück, wo Gabriel und das erste Mädchen warteten. Nach Honigbär Erklärung drückten die Mädchen den Männern und auch Honigbär ihre Dankbarkeit aus, als sie aufstiegen und sich auf den Weg zurück ins Dorf machten.

Gabriel ging voran und wählte einen Weg abseits der Spur der Krieger Seine Sorge war, dass es einige Überlebende geben könnte, die so zurückkehren würden, wie sie gekommen waren, und er hatte genug Blut für einen Tag vergossen. Als sie die Baumreihe betraten, erblickten sie sechs Reiter, Pawnee, die etwa dreihundert Meter entfernt waren und von jenen Bäumen kamen, um ihrer vorherigen Route zurück zu folgen. Da keine der beiden Gruppen die andere zur Kenntnis nahm, ritt Gabriel weiter durch die Bäume zum Ufer des Osage. Sie überquerten den Flusslauf knapp stromaufwärts ihrer vorherigen Route, wo eine breitere, kiesige Sandbank die Überquerung weniger anspruchsvoll machte.

Als sie in das Dorf ritten, sahen sie mehrere Leute, die sich
um die verbrannten Hütten kümmerten, die noch schwelten,
und andere, die sich um die Verwundeten kümmerten. Sie
fanden heraus, dass nur zwei getötet, aber vier verwundet
worden waren, während die Pawnee den Verlust von fünfzehn
Toten zu beklagen hatten. Gabriel und Ezra schenkten denjenigen, die die toten Eindringlinge wegtrugen, wenig Beachtung,
folgten aber der Führung von Honigbär, die beide Männer und
die verschleppten Mädchen zum zentralen Platz führte, wo die
Anführer warteten.

Beide Männer waren beim Anblick der Osage-Krieger fast
verzaubert. Die stoischen Figuren waren aufgrund ihrer Größe
beeindruckend, alle knapp zwei Meter groß und einige sogar
darüber. Sie hatten durchstochene Ohrläppchen und trugen
viele Schmuckstücke. Tätowierungen mit dunklen Mustern
und Figuren waren bei vielen Kriegern sichtbar und alle hatten
den kahlen Schädel, der am Hinterkopf jedoch von einer
langen Haarsträhne dominiert wurde. Die Osage waren ein
stattlicher Stamm und ihre Gesichter waren sehr einschüchternd, da sie die Besucher, die in ihre Mitte ritten, schweigend
anstarrten.

Honigbär stieg ab und forderte Ezra und Gabriel auf, das
Gleiche zu tun. Sie stand vor der Gruppe von drei Männern,
die offensichtlich die Anführer des Dorfes waren, und sprach
zu ihnen, wandte sich dann an Gabriel und Ezra und zeigte auf
die Anführer: "Das ist Blauer Mais, unser Häuptling, und
dieser Mann", sie zeigte auf den Mann links vom Häuptling, "ist
Stehender Elch, unser Schamane."

Die Führer traten vor und reichten den Besuchern die
Hände. Beide Männer umklammerten die Hände und hörten
zu, als der Häuptling sprach, während Honigbär übersetzte.

"Wir sind dankbar für eure Warnung und eure Hilfe bei der

Schlacht. Unsere Krieger sprechen in den höchsten Tönen von euch und dem, was ihr für unser Volk getan habt. Man sagte uns, ihr hättet viele unserer Feinde getötet, und jetzt erzählt Honigbär von der Rettung der Gefangenen durch euch beide. Wir bitten euch, in unserem Dorf zu bleiben und lasst unser Volk euch seinen Dank aussprechen."

Gabriel wollte sich gerade verabschieden, um zu gehen, aber der strenge Blick von Honigbär änderte seine Meinung. Er sagte: "Es wäre uns eine Ehre zu bleiben, Häuptling!"

"Das ist gut. Honigbär wird euch zu eurer Hütte bringen. Wir werden heute Abend feiern!", bestimmte Häuptling Blauer Mais und kehrte dann zu seiner Hütte zurück und entließ die Besucher.

Honigbär sah ihre Freunde lächelnd an und bat sie, ihr zu folgen, während sie die beiden zu einer Hütte führte, die als Unterkunft für die beiden Freunde dienen sollte. Sie waren überrascht zu sehen, dass ihre Packpferde ebenfalls in der Nähe der Hütte angebunden waren, und als Gabriel Honigbär verwundert ansah, erklärte sie: "Ich schickte einen unserer jungen Männer zurück, um die Packpferde zu holen, bevor wir uns an die Verfolgung der Pawnee machten."

"Du warst dir wohl sehr sicher, dass wir die beiden Mädchen zurückholen würden! Was, wenn wir versagt hätten?"

"Du versagst nicht! Ich kenne dich!", antwortete sie grinsend.

19

CARONDELET

Sie ritten vom Dorf weg auf einem Weg, der sie an das Ufer des Osage brachte und zum neuen Fort Carondelet führen sollte. Honigbär hatte sich entschieden, mit den beiden Freunden das Fort zu besuchen und dort Handel zu treiben. Sie würde neue Vorräte für den Winteraufenthalt im Dorf und für die Ausstattung ihrer Hütte benötigen, die Gabriel und Ezra momentan nach den nächtlichen Feierlichkeiten auf dem zentralen Platz nutzten. Das Tanzen und Schlemmen war anders als alles, was Gabriel und Ezra je erlebt hatten. Es war eine aufregende Zeit und eine eindeutige Lernerfahrung. Als sie das Dorf verließen, waren die Männer überrascht, zwei Reihen Holzstangen auf beiden Seiten des Weges zu sehen, auf denen die abgetrennten Köpfe der Pawnee-Krieger, die das Dorf angegriffen hatten, aufgespießt waren.

Gabriel runzelte die Stirn, sein Gesicht trug den Ausdruck des Ekels. Er schaute zurück, und blickte Honigbär an: "Was hat das zu bedeuten?", und zeigte auf die grauenhaften Trophäen auf den Stangen. Blut war an den Schäften heruntergeflossen und die langen Haare der Krieger hingen in verfilzten Strähnen herunter. Den meisten waren die Augen ausgestochen worden und Fäkalien oder andere Gegenstände in den Mund gestopft.

Honigbär, die jetzt auf einem Pony aus der Herde der Dorfgemeinschaft ritt, trat ihr Reittier in die Flanken und drängte die Männer, ihr schnell zu folgen. Als sie von dem makabren Anblick wegritten, begann sie zu erklären. "Mein Volk, die Niu-ko'n-ska, sind als wilde Krieger bekannt. Es ist gut, dass andere Stämme so denken, denn das erspart viel Krieg. Andere Stämme nehmen die Skalpe ihrer Feinde, aber unser Volk tut das nicht. Wir stecken die Köpfe derer, die uns angreifen, auf die Pfähle außerhalb des Dorfes, um die Herzen der anderen, die unser Volk angreifen wollen, in Angst und Schrecken zu versetzen. Wenn wir Krieg führen, malen wir unsere Körper schwarz wie Ezras Haut an, um uns noch furchterregender zu machen, und wenn wir ein Volk angreifen, töten wir sie alle und nehmen keine Gefangenen. Dann werden die Köpfe abgeschlagen und zurückgelassen, damit andere Stämme unser Volk fürchten. Aber manchmal führen wir auch das, was die Weißen einen "Bluff"- Kampf nennen. Dann bemalen wir uns mit anderen Farben und mit Schwarz. Wir zählen sogenannte Coups, aber wir töten niemanden. Oftmals nehmen wir Gefangene und verkaufen sie oder nehmen sie in unsere Familien auf."

"Das klingt ja alles schon etwas schrecklich", bemerkte Ezra, "aber ich vermute, dass es funktioniert und anderen Angst macht."

"Unser Volk tötet nicht gerne andere Menschen. Wenn wir das tun, was du grässlich nennst, um denen, die uns angreifen wollen, Angst zu machen, damit sie nicht gegen uns in den Krieg ziehen, haben wir viele Leben gerettet", fügte Honigbär hinzu, als sie aus den Bäumen am Flussufer auftauchten. Gabriel und Ezra waren still, während sie darüber nachdachten, was sie über die Osage erfahren hatten.

"War der Tanz gestern Abend eine Feier des Sieges der

Osage?", fragte Gabriel und erinnerte sich an die vielen Tänzer und die Art und Weise, wie die Gruppen miteinander interagiert hatten.

Honigbär lächelte: „Nein, das war die Geschichte der Anfänge unseres Volkes. Ihr würdet es die Schöpfungsgeschichte nennen. Seht, mein Volk glaubt, dass Wah-kon-tah, der große geheimnisvolle Geist, die Menschen des Himmels, Tzi-Sho, und die Menschen des Landes, Hun-Kah, zu einem Volk, dem sogenannten Ni-u-ska-ko'n-ska, was so viel wie Kinder des mittleren Wassers heißt, zusammengeführt hat. Die Tänzer haben diese Geschichte im Tanz nacherzählt."

Gabriel hatte nun die Führung übernommen und hielt die Zügel fest in der Hand, als das Bauwerk von Fort Carondelet vor ihnen auftauchte. Das Fort diente als Wächter in der Nähe des Zusammenflusses der Flüsse des Kleinen-Osage und des Marais-des-Cygnes. Gabriels erster Eindruck war, dass die Festung wie zwei übereinander gestapelte Blöcke wirkte. Das untere Quadrat war ein Fundament aus Stein mit knapp 100m² Fläche, vielleicht sogar etwas größer. Schmale Schlitze im Mauerwerk sorgten für Lichteinfall und dienten gleichzeitig als Schießscharten. Schwere Türen aus groben Brettern, standen zwar weit offen, aber signalisierten auch, dass der Eingang gut befestigt war. Dennoch war der Durchgang breit genug, um Pelzbündel und andere voluminöse Waren in dem Gebäude aufzunehmen. Auf dem Steinquadrat, das mindestens drei Meter hoch war, saß ein weiteres schweres quadratisches Gebäudestockwerk aus Rundhölzern. Dieser Aufbau war gut neun Fuß hoch. Das zweite Stockwerk war konisch angeordnet, so dass die Ecken des oberen Stockwerks über die Seiten des unteren Stockwerks ragten. Auch hier gab es Schießschlitze, aber diese waren kreuzförmig und boten dem Schützen eine bessere Sicht und Schussposition. Mehrere Arbeiter waren oben auf dem Bauwerk damit beschäftigt Schindeln Reihe für Reihe zu verlegen. Mehrere Wagen, von denen einige noch beladen waren, standen hinter dem Gebäude und eine Herde Maultiere war bei den Bäumen angepflockt.

Unten stand ein Mann, der die Arbeiterinnen und Arbeiter ansah, die Augen mit einer Hand gegen die Sonne geschützt, die andere Hand steckte in seinem Hosenbund. Er war zweifellos der Bauleiter des neuen Forts. Als sich Gabriel und seine Begleiter näherten, drehte sich der Mann um, um die Neuankömmlinge zu betrachten, grinste und ging auf sie zu. "Hallo! Hallo! Und willkommen in Fort Carondelet!" Der Redner hatte einen fliehenden Haaransatz und dünnes, dunkel gewelltes Haar. Prominente Augenbrauen lagen wie Schatten über seinen dunklen Augen, aber sein Lächeln war einladend und wirkte aufrichtig. "Steigen Sie bitte ab!" Er trat vor und streckte die Hand aus: "Ich bin Auguste Chouteau, und Sie sind...?"

Gabriel trat lächelnd zurück und streckte die Hand aus: "Ich bin Gabe, und das", sich an seine Freunde wendend, "sind Ezra und Honigbär."

Chouteau grinste, schüttelte jedem von ihnen die Hand, hielt aber bei Honigbär inne und fragte: "Sie sind eine Osage, nicht wahr?"

"Ja", antwortete sie stoisch.

Chouteau wandte sich wieder an Gabriel: "Wie Sie sehen können, bauen wir noch immer. Man sagte mir, die Festung sei fertig, aber als wir mit den Wagen ankamen, nun, man kann sehen, was noch an Arbeit übrig ist. Aber", und er rieb sich die Hände, "wir haben viele Waren, wenn Sie hier sind, um Handel zu treiben."

Gabriel grinste, als er den Kopf schüttelte: "Wir haben nicht viel zum Handeln, aber wir brauchen Vorräte, und wir werden bezahlen."

"Gut, gut. Wir haben drei der fünf Planwagen entladen und ich habe Männer, die in diesem Augenblick Waren sortieren und stapeln. Aber wenn Sie möchten, trinken wir Kaffee am Feuer dort drüben. Ich würde mich freuen, wenn Sie mit mir eine Tasse trinken würden!", schlug Chouteau vor und ging auf das Feuer zu, das bis zur Glut und einer dünnen Rauchfahne heruntergebrannt war.

Es war ungewöhnlich, an einem Tisch mit Stühlen in der Wildnis zu sitzen, aber das waren die ersten Gegenstände, die entladen worden waren, und um zu verhindern, dass sie den Männern, die im Gebäude auspackten und Waren stapelten, in den Weg kamen, wurden sie der Bequemlichkeit halber neben das Feuer gestellt. Die vier saßen um die wärmende Feuerstelle und genossen den Kaffee, während Chouteau ihnen von seinen Plänen für den Posten und noch mehr erzählte. "Sobald wir dieses Fort fertig eingerichtet haben, werden wir anfangen ein weiteres am Verdigris-Fluss, weiter westlich, zu bauen."

"Genau wie dieses?", fragte Ezra und nickte in Richtung des hoch aufragenden Bauwerks.

"Genau wie dieses!", erklärte der Mann und zeigte stolz auf seine Leistung. "Wie man sieht, ist das obere Stockwerk konisch angeordnet, so dass die Verteidiger durch die Löcher in den Bodenplanken auf jeden Angreifer schießen können, der versucht, in das untere Stockwerk zu gelangen."

"Nun, könnte der Angreifer nicht einfach durch den Boden schießen?" fragte Ezra.

"Nicht durch diese Bretter. Sie sind mindestens fünf Zentimeter dick und aus Hartholz. Nein, Sir!"

"Werden Sie auf Ihrem anderen Posten ebenfalls mit den Osage handeln?", fragte Gabriel.

"Ja, obwohl die Kiowa nur etwa zwei oder drei Tage vom Verdigris entfernt sind, sind sie den Osage nicht freundlich gesinnt. Also werden wir hauptsächlich mit den Osage Handel treiben."

"Hatten Sie hier irgendwelche Probleme?", fragte Ezra.

"Nein, nein. Das sind gute Leute und wir handeln seit einigen Jahren mit ihnen. Wir hatten einen Posten weiter östlich am Osage-Fluss, näher am Missouri, aber dieses Fort hier wird jenen Posten ersetzen."

"Mein Volk reiste zu diesem Posten, um in der Zeit des beginnenden Grüns zu handeln", warf Honigbär ein und nickte Chouteau zu.

„Ihr Dorf wurde gestern von einer Kriegspartei der Pawnees angegriffen, aber das wird nicht wieder passieren, oder zumindest nicht in nächster Zeit", erklärte Gabriel.

Chouteau runzelte die Stirn: „Pawnee? So weit im Süden? Das ist ungewöhnlich. Wir haben mit ihnen auf unseren Posten am Missouri Handel getrieben, aber sie noch nie so weit im Süden gesehen." Er wandte sich an Honigbär: "Hat Ihr Volk große Verluste erlitten?"

"Zwei wurden getötet, einige wurden verletzt, aber viele Pawnee werden nicht zu ihrem Volk zurückkehren."

Chouteau blickte finster: "Ist Ihr Dorf in der Nähe?"

"Ja."

Chouteau ließ langsam ein breites Grinsen sein Gesicht erhellen, da er wusste, dass die Osage in ihren Gesprächen nicht kommunikativ waren, und entschied sich, Honigbär nicht nach weiteren Informationen auszufragen, sondern sagte: "Wenn Sie bald in Ihr Dorf zurückkehren, sagen Sie ihren Leuten, dass wir unbedingt mit ihnen Handel treiben wollen und dass wir viele Waren haben, mit denen wir tauschen können."

"Nun, was den Handel betrifft, wie wäre es, wenn wir ein paar Vorräte besorgen und uns wieder auf den Weg machen?", schlug Gabriel vor, der sich vom Stuhl erhob und den Kaffeesatz in die Büsche warf. Die anderen folgten seinem Beispiel und gingen mit ihren Pferden zum Fort, um mit dem Vorräte aufstocken zu beginnen.

Als sie ihre Grundnahrungsmittel und andere Waren zusammensuchten, fügte Gabriel ein paar zusätzliche Artikel für Honigbär hinzu. Er wollte sie für den Winter ausstatten. Sie wusste nicht, dass er diese Dinge für sie besorgen würde. Als sie draußen die zusätzlichen Waren in die Packtaschen und Rohlederbehälter packten, war sie überrascht, als Gabriel zwei Decken über den Rücken ihres Pferdes legte und eine Dose Pulver, eine Stange Blei und andere Gegenstände hinzufügten. Sie runzelte die Stirn und fragte: "Warum packt ihr das auf mein Pferd?"

"Das soll dir helfen, dich auf den Winter vorzubereiten. Du hattest keine Zeit, Waren zum Handel zu bringen, und da du deine Zeit damit verbracht hast, uns zu helfen, ist es nur recht und billig, dass wir mit dir teilen."

"Ich komme mit euch", sagte sie ziemlich selbstbewusst.

"Du tust was?", fragte Gabriel fassungslos.

Sie lachte, legte die Hand an den Mund, als sie fortfuhr, lehnte sich auf den Fersen zurück, als sie verschmitzt auf den Gesichtsausdruck von Gabriel zeigte und dann erklärte. "Meine Leute wollen, dass wir sie zur Büffeljagd treffen. Sie baten mich, euch mitzubringen", nickte sie sowohl Gabriel als auch Ezra zu, "um mit ihnen zu jagen. Es ist eine große Ehre. Ihr müsst mitkommen."

Gabriel atmete aus, ohne bemerkt zu haben, dass er den Atem angehalten hatte und ließ seine Schultern hängen. Honigbär lachte wieder. Sie lächelte ihn schüchtern an, beugte ihren Kopf leicht zur Seite und sah Gabriel an: "Willst du nicht, dass Honigbär mit dir kommt?"

Gabriel schüttelte langsam den Kopf, ließ sich ein Grinsen entlocken und antwortete: "Tu nicht so süß mit mir, du weißt, was ich gedacht habe! Ich bin noch nicht bereit, mir eine Frau zu nehmen!"

Ezra lachte zusammen mit Honigbär und fügte hinzu: "Aber Gabe, der Winter kommt!"

Alle drei lachten zusammen, aber der Blick in Honigbärs Augen erschien ein wenig geheimnisvoll, selbst für eine Frau.

20

BÜFFEL

" **Z** wischen hier und dem Verdigris gibt es einen frisch gebahnten Weg", verkündete Chouteau. "Bald sind wir mit diesem Handelsposten hier fertig, und wir werden eine Ladung Ware für das neue Fort mitnehmen. Wenn Sie etwas zu tun haben wollen, können Sie jederzeit mitfahren und helfen, die Güter zu bewachen."

"Das ist ein mächtig verlockendes Angebot, Herr Chouteau, aber wir werden mit den Osage auf Büffeljagd gehen. Wenn die Wanderroute der Büffel nicht zu weit vom Verdigris entfernt ist, könnten wir bei dem Posten vorbeischauen und sehen, ob jemand zum Handel bereit ist", antwortete Gabriel.

"Tun Sie das! Auch wenn der Posten noch nicht fertig gebaut wurde, sollte es dort dennoch zumindest einen Händler mit mindestens ein paar Wagen voller Güter gebenWaren"

"Sie werden nicht da sein?", fragte Ezra.

"Nein, nein. Ich werde wieder in St. Louis sein. Dort gibt es viel zu tun", antwortete Chouteau.

"Dann werden wir Sie vielleicht dort wiedersehen, aber eben nicht so bald", schlug Gabriel vor.

· · ·

Es war kurz nach Mittag, als das Trio Fort Carondelet verließ, und sich auf den Weg zur Wanderroute der Büffel und zur letzten Jagd der Saison für das Volk der Osage, machte. Sie ritten gegen die Sonne und hielten sich nördlich des Kleinen-Osage-Flusses, aber als dieser eine Kehrtwende von Norden nach Süden machte, überquerten sie ihn und schlugen bald ihr Lager auf der Windschattenseite eines langen Grats auf, der aus verschiedenen Hügelkuppen bestand. Der Kamm erhob sich gut zweihundert Meter über ihrem Standort. Sie hatten reichlich Hirsch- und Bärenfleisch, obwohl sie einiges davon bei den Leuten im Osage-Dorf zurückgelassen hatten. Es bestand also keine Notwendigkeit zu jagen und alle drei schlugen schnell das Lager auf. Die Pferde wurden festgebunden und hatten auf der weiten Wiese unter ihnen genügend Weideland. Das kleine Feuer war unter einer großen Ulme eingebettet, die ihre dicken, aber blattlosen Äste ausstreckte, und damit den wenigen Rauch, der aus dem trockenen Holz entwich, tarnte.

Honigbär hatte die Kochaufgaben übernommen und Ezra und Gabriel genossen lieber den frischen Kaffee, während sie ihr zusahen. Gabriels Gedanken hatten sich verändert, als er Honigbär beobachtete. Er sah sie nun eher als Frau und nicht mehr als befreite Gefangene. Sie war schön und ihre schlanke Gestalt und ihre sanften Züge täuschten über ihre Stärke und ihre Fähigkeiten hinweg. Jede Bewegung war wohlüberlegt und anmutig, und ihr fröhliches Antlitz trug zu ihrer Schönheit bei. Ihr langes schwarzes Haar, das in zwei Zöpfen geflochten war, die mit bunten Stoffstreifen verziert waren, leuchtete im Abendlicht wie ein glänzender Rabenflügel. Und wann immer sie sich näherte, konnte Gabriel nicht umhin, tief ihren Duft einzuatmen, der ihn an eine Kombination aus Hahnenfuß und wildem Milchkraut erinnerte. Sie lächelte oft und er konnte nicht anders, als zurück zu lächeln.

Es war offensichtlich, dass sie seine Aufmerksamkeit

bemerkt hatte und genoss. Sie ging oft dicht neben ihm vorbei und berührte ihn sogar, während sie sich um das Feuer bewegte. Sie bereitete einen Hirschragout-Eintopf mit Kartoffeln, Zwiebeln und Yampa-Wurzeln zu, der über dem niedrig brennenden Feuer köchelte. Sie rührte ihn oft um, wobei sie jedes Mal an Gabriel vorbeigehen musste. Sie schenkte beiden Männern noch mehr Kaffee ein und reichte ihnen einen Zinnteller, um den Eintopf zu schöpfen. Als sie sich zurücklehnten und mit Genuss das Essen löffelten, lächelten beide Männer breit und Ezra sagte: "Mmmm, das ist sehr lecker!"

Honigbär lächelte, reichte ihm ein Maismehlfladenbrot und füllte ihren eigenen Zinnteller mit Eintopf. Sie lehnte sich neben Gabriel zurück, der kurze Baumstamm ließ sie nahe genug beieinandersitzen, um sich zu berühren, aber keiner von beiden entschied sich, sich zu bewegen. Gabriel erwischte Ezra beim Grinsen und eine Röte stieg Gabriel über den Hals und über die Wangen, als er schnell noch einen Bissen Eintopf und Maisfladenbrot zu sich nahm.

Nach dem Abendessen, als sie sich entspannten und die Kühle des Abends genossen, fragte Gabriel Honigbär: "Du sprachst von Wah-kon-tah als dem Großen Geist, aber du hast von Jesus von den Männern mit den schwarzen Gewändern gehört. Was denkst du über unseren Gott?"

"Sind sie nicht gleich? Dein Gott ist überall. So ist auch Wah-kon-tah", antwortete Honigbär.

"Ja, aber Gott ist nicht nur überall, sondern er ist auch Mensch geworden. Darum kennen wir Jesus, der Gott in menschlicher Form ist. Schau, Honigbär, wenn wir Unrecht tun, nennt man das eine Sünde. Und die Sünde hat eine Strafe, nämlich den Tod und die Ewigkeit in der Hölle. Aber Gott hat einen Ausweg vorgesehen, und dieser Weg ist Jesus. Tut Wah-kon-tah das Gleiche für dein Volk?", fragte nun Ezra.

"Nein. Ich habe mich darüber gewundert und mich gefragt, was nach unserem Tod geschieht. Die schwarzen Roben sprachen vom Himmel, aber sie sagten uns nicht, wie wir dorthin gelangen können. Was ich von ihnen verstand, war, dass man tun müsse, was die schwarzen Roben uns sagten, und vielleicht würden wir dann den Himmel sehen. Aber wie können wir sicher sein?" fragte Honigbär.

"Darum hat Gott Jesus gesandt. Er starb am Kreuz, um den Preis für unsere Sünden zu bezahlen und um uns das ewige Leben im Himmel zu schenken. Wenn wir das in unserem Herzen glauben und Gott um dieses Geschenk bitten, gibt er es uns gerne. Aber noch mehr als das, wenn wir dieses Geschenk erhalten, nämlich Jesus in unser Leben aufzunehmen, verändert er uns, und wir sind das, was die Bibel als wiedergeboren bezeichnet. Das bedeutet, dass wir durch Jesus in unserem Leben anders werden als wir vorher waren."

"Inwiefern anders?", fragte Honigbär, neugierig, aber verwirrt. Obwohl sie aus ihrer Kindheit mit den schwarzen Roben ein Grundwissen über das Christentum besaß, gab es in der Lehre der sogenannten *Kleinen Alten*, der geistigen Führer ihres Volkes, doch einige Unterschiede, obwohl sich die Lehren durchaus ähnlich waren.

"Weil Er in unserem Leben ist, leitet uns seine Gegenwart und jenes Wissen, *aber nur, wenn* wir uns Ihm hingeben. Und natürlich werden wir ihm immer ähnlicher, je mehr wir durch die Bibel über ihn erfahren und je mehr Zeit wir mit ihm im Gebet verbringen", erklärte Ezra.

"Dieses Geschenk... wie bekommen wir es?", fragte Honigbär.

"Die Gabe des ewigen Lebens, von der in Römer 6,23 die Rede ist: 'Die Gabe Gottes ist das ewige Leben durch Jesus Christus, unseren Herrn.' Es muss empfangen werden. Wir müssen darum bitten und es annehmen. Das tun wir, wenn wir in unserem Herzen glauben, dass es wahr ist und es sein Geschenk für uns ist. Und dann bitten wir im Gebet um das ewige Leben. Das wird in Römer 10,9-10 gesagt: "Wenn du mit deinem Mund bekennst den Herrn Jesus und in deinem Herzen glauben wirst, dass Gott ihn von den Toten auferweckt hat, so wirst du gerettet werden. Denn mit dem Herzen glaubt der Mensch an die Gerechtigkeit, und mit dem Mund bekennt er sich zur Errettung.'"

"Zeigst du mir, wie man betet?", fragte Honigbär schüchtern und sah Ezra aus den Augenwinkeln an.

Ezra warf einen Blick auf Gabriel, dann wieder auf die Frau und lächelte: "Natürlich. Wir werden zusammen beten, und du kannst so beten wie ich, aber nur, wenn du es in deinem Herzen auch so meinst." Er begann mit einem Dankgebet für Gott, der ihnen den Weg der heiligen Schrift zeigte, dann führte er Honigbär durch ein einfaches Gebet, um Gott zu bitten, ihr ihre Sünden zu vergeben und in ihr Herz zu kommen und ihr das kostenlose Geschenk des ewigen Lebens zu geben. Er bat Gott für sie darum, ihr zu helfen, in ihrem christlichen Leben zu lernen und zu wachsen. Sie beendeten das Gebet mit einem "Amen" und lächelten und dann lachten alle zusammen, erleichtert, weil sie mit Sicherheit wussten, dass auf sie alle eine Ewigkeit im Himmel wartete.

Den Rest des Abends verbrachten alle drei damit, Fragen zu stellen, Antworten zu finden, zu lernen und ihre Gedanken und Sorgen in Bezug auf das Leben und ihre Zukunft auszutauschen. Die schwere Last der Ungewissheit hatte sich gelichtet und es herrschte ein neuer Geist. Mit leichterem Herzen krochen die drei in ihre Decken, blickten in den sternenübersäten Himmel und flüsterten ihre individuellen Dankgebete.

Der Morgenhimmel war mit einem Hauch von grauen Wolken bedeckt, deren goldene Bäuche mit den grauen Farben der oberen Wolkenrändern konkurrierten. Über dem Himmel trugen die dunklen und dünnen Wolken feine Farblinien, die sich bald auflösten, als die Sonne den östlichen Horizont erklomm. Die drei Freunde ritten mit der Sonne im Rücken und bewegten sich im Gänsemarsch durch die Bäume. Sie hatten die Basis des Bergrückens umrundet und hielten sich zur Orientierung in den Ebenen an die beliebig erscheinenden Wiesen und den gelegentlichen Waldstücken. Honigbär hatte erklärt, dass die übliche Wanderroute der Büffel, zwischen dem Neosho- und dem Verdigris-Fluss verlief, aber das variierte je nach Laune der Herdenführer.

Es war Mittag des dritten Tages, seit sie Carondelet verlassen hatten, als sie den Neosho überquerten und sie hatten noch keine Anzeichen von den Herden gesehen. "Die Büffel machen sich immer nach dem ersten Schneefall auf den Weg nach Süden. Wenn wir ihre Spuren nicht sehen, werden wir mehr nach Norden ziehen müssen, um sie zu finden", erklärte Honigbär. Aber weniger als eine Stunde später erklommen sie eine mit Wald bedeckte Klippe und entdeckten eine sich langsam bewegende, entspannt grasende Büffelherde. Soweit sie sehen konnten, erschien die Luft wie eine dicke braune Decke und war erfüllt vom Gestank des Mistes, dem Geklapper der Hörner und Hufe und dem Grunzen der Tiere. Die Männer hatten so etwas noch nie gesehen und standen neben ihren Reittieren, fasziniert von diesem Anblick. Sie konnten sich nicht vorstellen, wie eine Jagd mit den vielen Osage-Kriegern, die sich zwischen den Tieren bewegen würden, sein würde und ihre Gedanken waren von Bildern ihrer eigenen Jagdabenteuer erfüllt. Gabriel blickte Ezra an: "Das wird was werden!"

"Hmmhmm, aber ich bin mir nicht sicher, wie wir das machen sollen!", antwortete sein Freund.

Honigbär grinste, als sie die beiden Männer ansah: "Mein Volk jagt den Büffel seit vielen Generationen. Wir werden euch zeigen, wie man gegen das Biest der Prärie zieht."

"Wie wäre es dann, wenn wir unser Lager unter dieser Klippe aufschlagen, während wir auf deinen Stamm warten?" schlug Gabriel vor.

Sie zogen sich in den Schatten des niedrig aufragenden Steilhangs zurück, da sie wussten, dass der Hügel und die dicken Bäume ihnen allen nötigen Schutz boten. Die Bisons zogen es vor, im offenen Grasland zu bleiben und vertrauten auf ihre Schnelligkeit und Größe, um ihre Sehschwäche auszugleichen. Sie schlugen rasch ihr Lager auf und die Pferde waren kurz danach eingezäunt. Gabriel ging mit Honigbär in die Ebene, um die Aussicht auf diese zu genießen. Er ging mit den offenen Händen an den Seiten, fühlte die Spitzen der verschiedenen Gräser, die meisten beugten die schweren, mit Samen gefüllten Köpfe. Er erkannte das hohe, dünne Indianer Gras, und das etwas kürzere, bläulich schimmernde Bluestem-Gras. Es gab noch andere Grassorten, die er nicht erkannte, aber die Fülle der Gräser bewegte sich mit der Brise wie die Wellen der Ozeane. Welle um Welle und soweit er sehen konnte, ohne dass ein Ende sichtbar war.

Honigbär beobachtete den weißen Mann, der so sehr zu einem Teil ihres Lebens geworden war, und genoss seine Entdecken und Faszination für die Prairie. Sie sprach leise: "Deshalb", nickte sie den Graswogen zu, "glaubt mein Volk an Wah-kon-tah, die Kraft des Großen Geistes, die über alle Lebewesen kommt. Wir glauben, dass er den Büffel in der Zeit des werdenden Grüns und noch einmal vor der Zeit des Schnees zu uns bringt. Alle Lebewesen sind Wah-kon-tah."

"So ist es auch bei uns, aber wir glauben, dass Gott die Kraft und der Geist ist, der alles bewegt und kontrolliert, aber Er tut noch mehr und bietet uns eine persönliche Nähe und Kenntnis über Ihn", antwortete Gabriel.

Die Frau lächelte, griff nach seiner Hand und hielt sie, während sie gingen: "Das glaube ich jetzt auch. Ich bin glücklich zu wissen, dass dein Gott auch mein Gott ist."

Gabriel drückte ihre Hand in seiner und drehte sich um, um zu ihrem Lager zurückzugehen. Als sie sich näherten, stieg

Ezra von der niedrigen Anhöhe herab und zeigte nach Osten:
"Dein Volk kommt. Sieht aus wie das ganze Dorf!"

Honigbär lächelte: "Alle Dorfbewohner, bis auf ein paar
sehr alte, werden bei dieser Jagd dabei sein. Die Krieger
werden die Büffel erlegen und die Frauen und Kinder werden
den Rest erledigen. Aber alle werden ihren Teil dazu
beitragen."

21

LAGER

"Ich sagte doch, er ist ein Spurenleser! Dieser Mann könnte eine Echse über einen heißen Stein verfolgen", erklärte Frank und klopfte Frenchy auf die Schulter.

Nach drei Tagen des Umherziehens und sich Wundern hatte sich Bucky Ledbetter mit einem breiten Grinsen zurückgemeldet und stand in seinen Steigbügeln: "Hab sie gefunden!"

"Wo?", knurrte Frank, als er den einzigen Fährtenleser in seinem Haufen schief ansah.

Bucky lehnte sich zurück und stopfte etwas Tabak in seine Maiskolbenpfeife, ging hinunter zum Feuer und benutzte einen Stock, um die Pfeife anzuzünden, atmete aus und antwortete dann: "Sie hinterließen eine Spur, nachdem sie die Höhle, in der sie sich verkrochen hatten, verlassen hatten. Sie gingen direkt zu einem Indianerdorf. Dort waren sie, als ich heute Morgen aufbrach. Aber das ist kein kleines Dorf wie das letzte Mal."

"Welcher Stamm?", fragte Frenchy.

"Weiß ich nicht so recht. Ich habe über diese Osage gehört und dass die größer als die meisten Rothäute sein sollen. Das müssen sie sein, denn ich habe ein paar mächtig große

Rothäute gesehen. Und das ist noch nicht alles. Sie müssen mit ein paar anderen zusammengestoßen sein, denn da waren ein Haufen toter Indianer, die in einer Senke zwischen den Bäumen aufgetürmt waren", erklärte Bucky, und nahm dann einen Zug aus seiner Pfeife und ließ den Rauch langsam entweichen und durch seine Schnurrbarthaare und an seiner Nase entlanggleiten.

"Aber bist du sicher, dass Stonecroft und sein Neger bei ihnen sind?", knurrte Frank.

"Ja, das waren sie, als ich ging. Aber es gibt noch mehr, was du vielleicht wissen solltest. Das Indianerdorf hat einen Haufen Pfähle außerhalb aufgestellt und auf jedem Pfahl steckt ein Indianerkopf!"

"Du bist verrückt! Das machen doch keine Rothäute! Sie skalpieren ihre Feinde; sie nehmen ihnen nicht den Kopf ab! Das ist barbarisch!", erklärte Frenchy, erstaunt über den Bericht von Bucky.

Bucky schaute ihn nur an und zog erneut an seiner Pfeife. Dann blickte er zu Frank an und sagte: "Du solltest vielleicht auf deinen Freund dort aufpassen. Er nannte mich gerade einen Lügner und das lasse ich mir von keinem Mann gefallen. Wäre er nicht dein Freund, wäre er jetzt ein Bussard Köder." Bucky stand auf, ging zu seinem Pferd, lockerte den Sattelgurt und führte das Tier zum Wasser. Er hielt es für das Beste, etwas Abstand zwischen ihn und Frenchy zu bringen, bevor noch etwas mehr gesagt wurde und jemand sterben würde.

Der Typ mit Spitznamen Eichhörnchen sah Frenchy an und jammerte: "Ich habe noch nie gesehen, dass Bucky einen Mann so über ihn reden lässt. Du hast Glück, dass du nicht tot bist!"

Frenchy sah Frank an und der große Mann nickte: "Er hat Recht. Dieser Mann sieht für dich vielleicht nicht nach Ärger aus, aber ich habe gesehen, wie er andere für weniger umlegte.

Du solltest vielleicht aufpassen, ihm die nächste Zeit nicht zu nahe zu kommen."

"Nun, du glaubst nicht, was er über diese Köpfe gesagt hat, oder?" fragte Frenchy.

"Warum sollte er bei so etwas lügen? Was macht es überhaupt für einen Unterschied?", antwortete Frank. "Du bleibst hier. Ich werde ihn fragen, wie weit das Dorf entfernt ist und was er davon hält, die beiden dort raus zu holen."

Bucky saß auf dem grasbewachsenen Ufer des kleinen Baches und betrachtete einige Elritzen, die gegen die Strömung schwammen, als Frank an seine Seite trat. Der große Mann setzte sich neben ihn und fragte: "Also, wie weit ist das Dorf entfernt?"

"Ich brauchte eineinhalb Tage, um zurückzukommen. Wenn wir früh losziehen, schaffen wir es vielleicht an einem langen Tag."

"Glaubst du, wir können die beiden von den Rothäuten weglocken?", fragte Frank, warf einen Stein in den Bach und sah zu, wie die Elritzen rasch wegschwammen.

"Keine Ahnung. Der Spur, der ich folgte, zeigte, dass sie noch einen dabeihaben. Könnte ein wandernder Kämpfer oder eine Frau gewesen sein, schwer zu sagen. Aber ihre Spuren wurden von dem Haufen, der das Dorf angriff, ausgelöscht. Als ich dort ankam, wurde es schon dunkel, und ich wartete bis zum Morgen, damit ich etwas sehen konnte. Es kostete einiges an Arbeit, aber zuerst sah ich das große schwarze Pferd und dann den flachsblonden weißen Jungen, der aus einer der Rindenhütten herauskam. Sobald ich ihn sah, rannte ich zu euch zurück."

"Das hast du gut gemacht, Bucky, wirklich gut." Frank wandte sich zum Gehen, setzte sich dann wieder hin und sagte: "Achte nicht so sehr auf diesen Franzosen. Er wird nicht lange bei uns bleiben." Grinsend stand er auf, um zu gehen.

"Wenn du bereit bist, ihn los zu werden, lässt du mich es dann erledigen?" fragte Bucky.

"Den Auftrag hast du schon in der Tasche."

GABRIEL UND EZRA WAREN FASZINIERT, als sie sahen, wie sich das Dorf der Osage aus der Ebene abzeichnete. Tipis erhoben sich, zuerst das dreibeinige Stangenstativ, dann weitere Holzstangen, die an ihren Platz gelegt wurden, gefolgt vom Überziehen der großen Büffelhäute auf das Skelett des Tipis. Ein Tipi nach dem anderen wuchs aus dem Gras. Alle wurden von den Frauen errichtet, mit dem Eingang nach Osten, und jedes nahm seinen Platz im Verhältnis der Verwandtschaft zu den Stammesführern ein. Kinder hatten die Aufgabe, die Rohlederbehälter und andere Bündel, die auf den Travois hinter den Lagerhunden transportiert worden waren, in die errichteten Tipis zu tragen. Ältere Jugendliche kümmerten sich um die Pferdeherde, während die Männer ihre Waffen für die Jagd vorbereiteten. Honigbär hatte sich ihrem Volk angeschlossen und half den Mitgliedern ihrer Großfamilie bei ihren Aufgaben.

Die beiden Männer, die in der Nähe ihrer Feuerstelle saßen und ihren Kaffee tranken, hatten von der leichten Erhöhung ihres Lagers nahe der Baumgrenze einen Panoramablick. "Weißt du, genau so sollten die Dinge gemacht werden. Niemand steht herum und bellt Befehle, jeder kennt seine Aufgabe und erfüllt diese. Das sieht man in der Zivilisation nicht allzu oft", erklärte Gabriel.

"Das liegt daran, dass in unserer Gesellschaft die *wichtigen* Leute sich mehr darum kümmern, wer der Chef ist und wer die Lorbeeren erntet. Deshalb braucht die Regierung doppelt so lange und es kostet doppelt so viel, um das Gleiche zu erreichen, was andere in kürzerer Zeit erledigen können", vermutete Ezra.

Gabriel kicherte und zeigte dann mit dem Kinn in Richtung des Dorfes: "Da kommt Honigbär und einige der anderen". Fünf Männer begleiteten die Indianerin zum Lager von Gabriel und Ezra. Angeführt von Blauer Mais, dem anerkannten Führer des Stammesrates, der liebevoll die Kleinen Alten genannt wurde, blieb die Gruppe stehen, als sie sich den beiden Freunden genähert hatten. Beide Männer standen auf und warteten darauf, dass der Führer das Wort ergriff.

"Wir sind gekommen, um euch zu bitten, mit uns auf die Jagd zu gehen!", sagte Blauer Mais. Honigbär stand an der Seite und beobachtete Gabriel, um zu sehen, ob er den Häuptling, der im Osage-Dialekt der algonquinischen Sprache, aber auch mit Handzeichen sprach, verstand. Ein leichtes Nicken von Gabriel sagte ihr, dass er verstand, als er die Zeichensprache des Häuptlings beobachtete.

Gabriel antwortete in seinem beschränkten Osage, ebenfalls mit Hilfe von Gebärden: "Es wäre uns eine Ehre, mit euch zu kommen." Er deutete auf den Boden, dass sich die Gruppe setzen möge, aber der Häuptling schüttelte den Kopf und forderte sie auf, ihm und den anderen zu folgen. Honigbär trat neben Gabriel und sprach leise zu ihm: "Wir werden die Herde von der Klippe aus auskundschaften", sagte sie und bewegte sich dann auf den Pfad durch die Bäume zur Klippe.

Als sie sich dem Kamm des kahlen Steilhangs näherten, gingen alle in die Hocke, legten sich dann bäuchlings hin, um die Herde auf der Ebene vor sich zu beobachten. Blauer Mais stand neben dem Kriegsführer, Adlerflügel, und sie sprachen leise und deuteten zu der Herde und auf das umliegende Gelände. Die Anführer schlichen rückwärts und als sie weit genug entfernt von der Kante der Klippe waren, setzten sie sich auf und sahen die anderen an. Adlerflügel sprach: "Diejenigen, die auf ihren

Pferden jagen werden, gehen mit mir auf die andere Seite der Ebene. Diejenigen, die Gewehre benutzen, werden mit Blauer Mais gehen und vom Bachbett her auf die Herde stoßen". Er sah Gabriel an: "Wirst du auf dem Pferd jagen?"

"Das werde ich", antwortete er.

Adlerflügel schaute Ezra an, der sofort antwortete: "Nein, ich werde mein Gewehr benutzen. Es ist schwierig, zu Pferd nachzuladen, und ich brauche vielleicht mehr als einen Schuss." Honigbär übersetzte und die anderen grinsten und nickten zustimmend.

Als der Häuptling und der Kriegsführer die anderen ansahen, ob noch Kommentare kommen würden, sprach niemand und Adlerflügel sagte schließlich: "Vor dem ersten Licht." Sie alle nickten oder brummten, standen dann auf und begannen, den Pfad durch die Bäume hinunterzugehen. Die Männer kümmerten sich um die Waffen und ihr bevorzugtes Büffeljagd Pony, die Frauen wetzten die Messer und bereiteten die Travois Schleppgestelle für den Transport des Fleisches und der Felle vor. Auch Gabriel, Ezra und Honigbär waren in ihrem Lager damit beschäftigt, die Waffen zu reinigen und für den morgigen Tag vorzubereiten.

Gabriel sah die Indianerin an: "Willst du bei der Jagd dabei sein oder...?"

Sie lächelte: "Ich bin eine bewährte Kriegerin meines Volkes, so dass ich mit den anderen Kriegern auf die Jagd gehen kann. Aber ihr", nickte sie beiden Männern zu, "werdet jemanden brauchen, der sich um eure erlegte Beute kümmert, deshalb habe ich mich für diese Arbeit entschieden."

Gabriel blickte finster drein: "Ich dachte, wir würden uns selbst um unsere erlegten Tiere kümmern. Das musst du also nicht tun."

"Ich weiß, aber es ist meine Art, euch zu ehren. Ich habe eine Freundin, die ebenfalls helfen wird. Ihr Mann wurde bei dem Angriff getötet und sie wird für den Winter Fleisch brauchen. Wir nennen sie Grauer Fuchs, und sie hat zwei kleine Kinder, die ebenfalls versorgt werden müssen."

"Gut, denn ich bin mir sicher, dass wir", er zeigte auf Ezra und sich, "nicht in der Lage sein werden, einen ganzen Büffel zu verwerten, geschweige denn mehrere." Er blickte Honigbär an: "Sollen wir also mehr als einen schießen?"

Sie lächelte: "Ja, denn was man nicht für sich braucht, geht in Gemeinschaft des Dorfes, und die brauchen viel Fleisch für den Winter. Grauer Fuchs wird bald hierherkommen, um beim Bau eines Travois zu helfen."

Gabriel war gerade dabei, einige Pfeile fertig zu stellen und die Schäfte mit einem Gebräu aus Holzkohle, Sauerkirschsaft und Bärenfett schwarz anzumalen. Er hatte einige Metallspitzen zu rasiermesserscharfen Pfeilspitzen gefeilt, bevor er sie mit feiner Sehne an den Schaft band. Die Federn an den Pfeilen stammten von einem Truthahn, wodurch der gesamte Pfeil dunkel und einzigartig aussah und gut von denen der Osage zu unterscheiden war. Er hielt einen hoch und vergewisserte sich, dass der Schaft gerade war. Honigbär fragte: "Warum ist er so lang?"

Gabriel grinste: "Du hast meinen Bogen gesehen. Wenn ich ihn voll aufziehe, muss ich einen langen Pfeil haben. Diese", er zeigte auf einen der fertigen Pfeile, "sind etwas mehr als eine Handbreit länger als die üblichen Pfeile."

"Du wirst also dein Gewehr morgen nicht benutzen?"

"Oh, ich werde es bei mir haben, aber wie Ezra sagte, es ist schwer, auf dem Pferd nachzuladen. Mit dem Bogen kann ich es genauso gut, vielleicht sogar besser."

Ihre Aufmerksamkeit wurde durch Grauer Fuchs abgelenkt, die in ihr Lager kam und ein braunes Pferd anführte, das bereits einen Travois zog. Sie lächelte, als sie sich näherte, und Honigbär rief: "Grauer Fuchs! Gut, dass du gekommen bist!" Honigbär ging zu ihrer Freundin und sie umarmten sich, bevor Honigbär sie in ihr Lager führte. Grauer Fuchs schien nicht

älter als zwanzig Jahre zu sein und die zwei Kinder, die ihr folgten, waren etwa fünf und das zweite Kind ein neugieriges, etwa
Dreijähriges. Grauer Fuchs war eine hübsche Frau mit den
typischen langen Haaren und dunklen Augen der Osage. Ihr
Lächeln erhellte ihre Gesichtszüge unaufhörlich und ihre
Augen funkelten vor Schelm. Obwohl sie nicht schlank war,
füllte sie ihr Kleid attraktiv aus. Ihre Wangen wirkten wie glän-
zende Wildäpfel und ihre Hände waren immer beschäftigt,
zuerst mit dem Pferd, dann mit den Travois, immer in Bewegung, während die beiden Frauen plapperten.

Ezra beobachtete die Frauen bei der Arbeit, und Gabriel
betrachtete Ezra dabei. Es war offensichtlich, dass die Frau ihm
ins Auge gefallen war, und er schien von ihr fasziniert zu sein.
Die Kinder waren mit Stöcken und einem Stein beschäftigt,
den sie sich gegenseitig zurollten. Ezra legte sein gereinigtes
Gewehr beiseite, um sich noch eine Tasse Kaffee einzuschenken. Es war ein unterhaltsamer Abend, der sie an die Zeit zu
Hause bei der Familie erinnerte. Doch die Nacht wurde dunkel
und kühl, was Grauer Fuchs und ihre Kinder dazu veranlasste,
in das Dorf und ihr Tipi zurückzukehren. Als sie weg war,
fragte Ezra Honigbär: "Was geschieht mit einer Frau eures
Volkes, wenn sie ihren Mann verliert?"

"Es ist wie bei eurem Volk. Es steht der Frau frei, sich einen
anderen Partner zu nehmen oder allein zu bleiben, aber in
unserem Stamm, dem Volk des Himmels, kann sie nur einen
Mann aus der Hun-Kah, dem Volk des Landes, oder von außerhalb des Stammes heiraten, denn sie gehört zu den Tzi-sho,
dem Volk des Himmels. Das Dorf kümmert sich um die Alten
und die Frauen, die keinen Mann haben, und teilt das, was sie
haben, mit jedem einzelnen. Grauer Fuchs hat ihren Bruder,
der mit den Kindern hilft. Es ist üblich, dass der Bruder der
Frau die Ausbildung der Kinder übernimmt, mehr noch als der
Vater", erklärte Honigbär und sah Ezra mit einem leichten
Grinsen an. "Gefällt sie dir?"

Ezra senkte den Blick und schaute ins Feuer. Er wand sich unbehaglich im Schneidersitz und sagte: "Sie *ist* eine sehr attraktive Frau."

Gabriel und Honigbär grinsten, und sie antwortete: "Sie glaubt, dass du ein guter Mensch bist und dass du stark bist. Sie hofft, dass du auch ein guter Jäger bist."

"Hofft?" erwiderte Ezra finster dreinblickend.

"Ja, eine Frau wünscht sich immer einen Mann, der ein guter Jäger ist und für ihr Tipi sorgen kann."

"Jetzt warte mal! Ich habe gerade gesagt, dass sie attraktiv ist. Das bedeutet nicht, dass ich an Heirat denke!", antwortete ein frustrierter Ezra rasch.

Gabriel und Honigbär lachten erneut über seine Antwort und begannen, die ganze Zeit kichernd ihre Schlafstätte für die Nacht vorzubereiten. Ezra, vor sich hin murmelnd und brummelnd, warf seine Decken um sich und ließ sich darauf fallen, um sich auszustrecken und vor dem frühen Aufstehen für die Jagd etwas Schlaf zu finden. Als er still dalag, wandte sich sein Geist dem Bild von Grauer Fuchs zu, und er kämpfte mit seinen Decken, während er versuchte, seinen Gedanken zu verstehen.

22

JAGD

Die berittenen Jäger bewegten sich leise um die lange Steilkante des Hügels herum und blieben dabei zwischen den weniger dicht stehenden Bäumen. Südlich der abfallenden Seite des Bergrückens wuchsen die Bäume spärlicher, aber die niedrige Senke gab ihnen im schwachen Licht des frühen Morgens dennoch Deckung. Die graue Linie, die den östlichen Horizont abgrenzte, warf schwache, aber lange Schatten der Jäger auf den Boden. Die einzigen Geräusche waren die gedämpften Tritte der Pferde, das schwache Knarren des Leders. Selten ertönte Schnauben eines nervösen Pferdes oder das unterdrückte Husten eines Reiters. Die zweiundzwanzig Jäger in einer Reihe erschienen wie geisterhafte Wesen in dem tiefliegenden Nebel, der hinter ihnen aus dem Fluss aufstieg. Die Pferde wateten durch den Dunstschleier über dem Gras, ihre Nüstern schoben den Nebel vor sich her.

Angeführt von Adlerflügel, gefolgt von seinem Bruder Weiße Krähe, erhielt Gabriel einen Ehrenplatz als Dritter in der langen Reihe der Jäger. Diese Männer benutzten die Waffen der Vorfahren; Bogen, Pfeile und Lanzen. Um mit diesen Waffen vom Pferd aus zu jagen, musste sich der Büffel links von den Pferden befinden, da sich beim Schießen mit dem Bogen die Waffe normalerweise in der linken Hand befand und mit der rechten Hand die Sehne mit dem eingelegten Pfeil quer über den Oberkörper gezogen wurde. Bei der Jagd mit der Lanze, die mit der rechten Hand über den Körper geworfen wurde, verhielt es sich gleich. Man musste rechts vom Tier sein, welches man erlegen wollte. Die meisten Reitpferde waren in der Jagd erfahren und bewährt, während Gabriel seinen Bogen vom Pferderücken aus nur das eine Mal während des Angriffs der Pawnees benutzt hatte. Aber er vertraute auf den großen schwarzen Hengst, der größer als alle indianischen Ponys war. Die meisten waren aus wilden Herden, aber sie stammten immer noch von Pferden ab, die Ebenholz nicht unähnlich waren. Alle hatten ihren Ursprung von den Rössern der Spanier. Ihre Pferde hatten eine Stockhöhe zwischen einem Meter Zweiundvierzig und Eins Dreiundfünfzig, während Ebenholz leicht über Eins Fünfundsechzig maß. Seine stolze Haltung und sein gewölbter Hals ließen ihn noch größer erscheinen.

Die anderen Jäger bewunderten den großen Hengst und als sich ihnen die Gelegenheit bot, brachten sie ihre Wertschätzung für das galante Ross zum Ausdruck. Gabriel beugte sich oft nieder und streichelte den Hals des Rappens, wobei er leise mit ihm sprach, um ihn ruhig und gelassen zu halten. Wenn man ihm den Willen durchgehen lassen würde, würde der Rappe an die Spitze der Linie galoppieren, denn es lag in seiner Natur, an der Spitze einer jeden Herde zu sein und zu laufen so schnell ihn die Beine trugen. Nun versuchte Gabriel jedoch ihn zu beruhigen, denn er wollte sich auf die Jagd konzentrieren. Er würde mit voller Wucht neben einer Herde von Tieren reiten, in der jedes Tier doppelt so viel wog und nicht zögern würde zu versuchen, seinen Hengst mit ihren Hörnern zu durchbohren. Gabriel kannte sein Pferd und fühlte, dass der Hengst wie ein verlängerter Arm von ihm war. Er war zuversichtlich, dass es lediglich einen Schenkeldruck brauchen würde, um ihn zu führen. Aber Gabriel wusste auch, dass in der Aufregung der Jagd jedes Tier ängstlich und unkontrollierbar werden konnte.

Sie waren der südlichen Weggabelung des Neosho-Flusses gefolgt, blieben zwischen den spärlich wachsenden Bäumen und machten sich auf den Weg zum westlichen Rand der Herde. Ein kleiner Bach, der aus Norden kam und die Südgabelung ebenfalls speiste, bot viel Gestrüpp am Bachufer, welches den Jägern reichlich Deckung gab. Sie mussten mindestens in die Mitte der Herde gelangen; zu weit vorne und sie würden zertrampelt werden, und zu weit hinten würden sie sich in der Gefahr befinden, von den Herdenbullen angegriffen zu werden, die nie einen Kampf scheuten. Das konnte die ganze Herde zu einer panische Massenflucht bewegen.

Während sie ritten, forderte Adlerflügel Gabriel auf, längsseits zu kommen, und zeigte dann auf einen Streifen Erde, der fast ohne Gras war, aber mehrere Erdhügel hatte. Er sprach auf Englisch, als er darauf deutete: "Das ist ein Dorf der *Móonack,* die der weiße Mann 'Präriehund' nennt. Wenn die Büffel hier entlangkommen, folge ihnen nicht. Dein Pferd würde in die Löcher treten und sich das Bein brechen!" Gabriel nickte, er hatte begriffen und ließ sich auf seinen Platz in der Reihe zurückfallen. Als sie in Position waren, stiegen die Männer ab und warteten darauf, dass die Schützen auf der anderen Seite der Herde bereit waren.

"Woher wisst ihr, dass sie bereit sind?", fragte Gabriel, der in der Nähe von Adlerflügel stand.

Der Kriegsführer bewegte sein Kinn in Richtung des Steilhangs, den sie am Tag zuvor zum Ausspähen der Herde benutzt hatten: "Stehender Elch wird dort sein, betend, und er wird Rauch senden. Wenn ich dann sage, dass wir bereit sind, schicken wir einen Pfeil hoch, um die Jagd zu beginnen."

Gabriel lächelte und zog einen der pfeifenden Pfeile aus seinem Köcher, um ihn Adlerflügel zu zeigen: "Dies ist ein pfeifender Pfeil. Ich kann ihn hoch und weit genug schießen, so dass die anderen ihn hören, wenn sie ihn nicht sehen können."

Adlerflügel schaute auf den Pfeil und beobachtete, wie Gabriel ihn hin und her schwang, um das Pfeifen zu demonstrieren, obwohl es viel schwächer war als im Flug. Adlerflügel schaute skeptisch und finster drein und griff nach dem Pfeil, um ihn genau zu untersuchen. Er blickte Gabriel an und nickte, ebenso gespannt auf den pfeifenden Pfeil wie darauf, dass der weiße Mann seinen ungewöhnlichen Bogen benutzen würde.

BLAUER MAIS FÜHRTE DIE SCHÜTZEN AN, die innerhalb der Baumlinie entlanggingen,, sich nach Norden vorarbeiteten und dann parallel zum sich dahin schlängelnden Neosho-Fluss liefen. Sobald Blauer Mais in Position nahe der Mitte der Herde war, bewegte er sich zu den anderen, und sie fielen auf Hände und Knie, um sich durch das hohe Indianer- und Blaustehmgras näher an die Herde heranzuschleichen. Sie würden keinen Schutz haben, wenn die Herde sich in ihre Richtung bewegen würde, deshalb war es unbedingt erforderlich, dass sie die Jagd mit Gewehrschüssen begannen, anstatt den berittenen Jägern zu erlauben, die Herde auf sie zuzutreiben. Die achtzehn Schützen waren fünf bis zehn Meter voneinander entfernt in einer einzigen Linie entlang des östlichen Randes der Herde aufgestellt. Als Blauer Mais anhielt, wurde den Schützen im Flüsterton mitgeteilt, dass sie ihren Vormarsch stoppen und sich zum Abschuss des von ihnen jeweils gewählten Tieres bereithalten sollten. Niemand sollte das Feuer vor Häuptling Blauer Mais eröffnen.

Der Häuptling erhob sich langsam und blickte zurück auf den Steilhang, wo Stehender Elch das Geschehen beobachtete.

Er hob langsam die Mündung seines Gewehrs an, an dessen Lauf eine Feder angebracht war, damit Stehender Elch ihn sehen konnte und sich bereit machen konnte, sein Rauchsignal zu den anderen Jägern zu schicken. Innerhalb weniger Augenblicke sah er die sich kräuselnde dünne Spirale aus grauem Rauch über den Bäumen, der die aufgehende Sonne einfing und mit sanftem Rosa und Orange das Morgenlicht reflektierte. Blauer Mais erhob sich in eine sitzende Position, die Ellbogen auf den Knien, als er nach einer Kuh ohne Kalb an der Seite suchte. Er fand, was er wollte, und mit dem vorderen Blattvisier, das durch die Mitte des Hirschhornvisiers zeigte, spannte er den Hahn, um seinen Schuss vorzubereiten. Aber seine Augen schauten nach oben, als er hoch über der Herde ein seltsames Pfeifen hörte. Einige der Tiere sahen von einer Seite zur anderen, aber keines der Tiere schien beunruhigt. Ein verspieltes, wildes orangefarbenes Kalb schlug beim Rennen aus und sprang bockend auf ein anderes Kalb zu, stieß es an und prallte zurück. Offensichtlich forderte es das andere Kalb zu einem Kampf heraus.

Blauer Mais nahm sein Ziel wieder ins Visier und mit seinem Finger am dünnen Abzug drückte er langsam ab. Das Gewehr brüllte auf, bockte und spuckte Rauch und Feuer, während es die Bleikugel zu seinem Ziel schoss. Der plötzliche Schuss und das Schnauben und Bocken der Kuh schreckte die Herde auf, und die gesamte Masse aus Braun und Schwarz bewegte sich wie durch eine unsichtbare Leine verbunden, stürzte sich nach vorne und begann die Massenflucht. Andere Gewehre donnerten sofort nach dem ersten Schuss los und weitere Tiere stolperten, taumelten und fielen zu Boden. Einige humpelten weg, als sie versuchten, mit der Herde Schritt zu halten.

Die Schützen begannen verzweifelt nachzuladen, als die donnernde Herde den Erdboden unter ihnen zum Vibrieren und Schwanken brachte. Das Gebrüll und Schnauben der

Kühe und Stiere, das Blöken der verängstigten Kälber und das Geklapper der Hörner und Hufe ließen die Männer an das Donnern bei einem gewaltigen Sturm denken, nur dass dieser unter den Füßen tobte anstatt über den Köpfen. Staubwolken stiegen von den schmutzigen, zottigen Fellen der braunen Tiere ebenso wie von der zertrampelten Erde auf. Die Gräser, die kurz vor dem Gedränge noch die Herde genährt hatte, lagen niedergetrampelt im Staub.

Ezra hatte mit seinem ersten Schuss getroffen und der Kadaver lag weniger als vierzig Meter direkt vor ihm, aber die aufsteigende Staubwolke verhüllte das Tier, als die Herde vorbei galoppiert kam. Er zog den Ladestock heraus, legte ihn auf die Seite seines Schenkels und füllte die Pfanne mit Pulver, dann ließ er den Hammer zurück in den Mechanismus fallen, spannte ihn, während er nach seinem nächsten Ziel Ausschau hielt. Er sah eine schwerfällige Kuh, die langsam vor sich hin trottete, die Zunge aus ihrem Maul hängen ließ und den Kopf beim Laufen hin und her schwang. Er zielte durch sein Visier und drückte auf den Abzug. Ezra sah die Büffelkuh stolpern, das Kinn auf dem Boden, als sie zum Liegen kam. Sofort begann er wieder nachzuladen, und mit einem Auge auf seinem Gewehr schielend und dem anderen die Herde beobachtend, hielt er Ausschau nach einem anderen Büffel.

ALS GABRIEL den pfeifenden Pfeil in die Höhe schickte, beobachteten die Jäger in der Nähe den Pfeil und dessen bogenförmigen Flug und standen in Ehrfurcht erstarrt, als sie das Pfeifen hörten. Es klang wie der durchdringende Schrei eines Rotschulterfalken, bis er hinter der Herde verschwand. Gabriel merkte sich, wohin er geflogen war und hoffte, er könne ihn nach der Jagd evtl. zurückholen. Nachdem der Pfiff verklungen war, schwang sich jeder Jäger auf sein Reittier und griff nach seinen Waffen. Das Bellen des Gewehrfeuers und der Lärm der vorwärts stürmenden Herde feuerten die Reiter an.

Die Horde der Jäger ritt geradewegs an die Flanke der rennenden Herde und als sie sich näherten, schwangen sich die Krieger längsseits und hielten mit dem Tempo der Tiere Schritt. Adlerflügel saß leicht über den Hals seines Ponys gebückt, als er seinen Bogen voll spannte. Er ließ seinen ersten Pfeil fliegen, der sich in die Seite einer großen Kuh vergrub. Das Bison stolperte, lief aber weiter, und der Kriegsführer schoss einen weiteren Pfeil ab, der neben dem ersten in der Büffelkuh stecken blieb. Mit beiden Pfeilen direkt hinter der rechten vorderen Schulter der Kuh, geriet das Tier ins Taumeln, fiel nach vorne auf seine breite Nase und überschlug sich einmal.

Gabriel hatte den Kriegsführer beobachtet und dann ebenfalls seine eigene Beute gewählt. Eine Kuh von guter Größe, nicht massiv, aber ansehnlich. Offensichtlich war sie noch jung und ihr Fleisch vermutlich zart. Gabriel stupste Ebenholz, der kompromisslos weiter stürmte mit einem leichten Schenkeldruck ein wenig näher an die Büffelkuh heran. Er zog die Sehne des mongolischen Bogens weit zurück, dann schoss er den Pfeil ab. Das Geschoß traf in einem, nach unten gerichtetem Winkel tief in die Brust der Kuh. Das Tier machte noch zwei Schritte und ließ sich dann fallen, als wären ihr die Beine unter ihr weggerissen worden. Ihr Körper rutsche auf der Erde, pflügte eine kurze Furche in den Boden und kam schließlich zum Stillstand.

Der große Hengst war nicht einmal aus dem Tritt geraten und galoppierte gestreckt weiter. Er überholte Weiße Krähe, und als Gabriel ihn lenkte, bewegte er sich längsseits neben einen jungen Stier, so dass Gabriel mit dem langen schwarzen Pfeil, der sich im Hals des Tieres vergrub, einen weiteren Treffer erzielen konnte. Der Stier krachte Kopf voraus auf die Erde und rollte sich als großer Fleischberg auf die Seite. Hinter dem erlegten Tier sprang eine flüchtende Kuh rasch über den Koloss am Boden hinweg. Gabriel legte einen weiteren Pfeil auf die Sehne, da Ebenholz nun den Ablauf der Jagd beherrschte, und die beiden Gefährten suchten nach ihrer nächsten Beute. Ein kurzer Blick in Richtung des Kriegshäuptlings erschreckte Gabriel, denn er sah eine große Büffelkuh mit gesenktem Kopf, die das Pferd von Adlerflügel rammen wollte. Der Kriegshäuptling der Osage aber war sich der Gefahr hinter sich nicht bewusst. Gabriel trieb seinen Rappen zu einem noch schnelleren Lauf, forderte ihn dazu auf, sich im voll gestreckten Galopp so zu bewegen, wie nur er es konnte. Der Hengst antwortete begierig mit seinen lang ausholenden Schritten. Sie ritten nun auf Höhe der angriffslustigen Kuh, die die Gefahr an ihrer Seite aber wahrnahm und den Kopf senkte, um zu versuchen, den Hengst auf die Hörner zu nehmen. Gabriel schoss schnell den Pfeil ab. Zu schnell für das menschliche Auge durchdrang das Geschoss die dicke Haut unter dem wolligen Fell des Büffels und verschwand in der Seite des angreifenden Tieres. Die Kuh stolperte und sie hob brüllend den Kopf. Mit einem weiteren, rasch auf die Sehne des Bogens gelegten Pfeil brachte Gabriel das Tier endgültig zu Fall. Sie rutschte über die Erde und blieb schließlich still liegen.

Gabriel blickte zu Adlerflügel und sah, dass der Mann sich umgedreht und zugesehen hatte, wie der weiße Mann die Kuh tötete, die sein Pferd angreifen wollte. Ohne ihren Ritt zu verlangsamen, setzten beide Männer ihre Jagd fort und suchten sich neue Büffel zum Abschuss aus. Gabriel blickte zur Spitze der Herde, sah, dass sie sich der südlichen Gabelung des Neosho näherten, und er erinnerte sich an die Kolonie der Präriehunde. Genau wie Adlerflügel und die anderen Krieger führte Gabriel seinen Hengst von der Herde weg, um der Falle auszuweichen.

Die Herde lief ohne ihre Flucht zu verlangsamen weiter, denn von hinten drängten die Herdenbullen, die grunzten,

brüllten und an den Kriegern vorbeidonnerten. Die Staubwolke bewegte sich wie ein Wüstengewitter vorwärts und
überzog alles mit einer Schicht feinen braunen Staubes, der
sich über dem Land und den Jägern niederließ. Sie beobachteten, wie der Rest der Herde vorbeizog und vernarbte Prärie
hinterließ, die wie ein frisch gepflügtes Stück Ackerland
aussah, in dem die einzigen blühenden Pflanzen die Kadaver
der erlegten Tiere waren.

Auf den Schrei eines der berittenen Krieger hin folgten sie
ihm, als er sich zum nächsten niedergestreckten Büffel begab.
Er stieg vom Pferd, trat gegen den Kadaver, und als er keine
Bewegung bemerkte, zog er sein Messer heraus und begann,
den Bauch des Tieres zu öffnen. Die anderen Jäger kamen an
seine Seite, und während er die noch dampfenden Innereien
der Kuh herauszog, legte er mit seinem Messer die Leber und
die Gallenblase frei. Er stand auf, schrie seinen Siegesruf in
den Himmel und biss in Leber und Gallenblase. Das Blut
tropfte ihm aus den Mundwinkeln, als er das große dunkelrote
Organ an den Mann neben ihm weitergab. Jeder Krieger biss in
das Stück Fleisch, während die Leber von Mann zu Mann
weitergegeben wurde.

Als Gabriel an der Reihe war, sahen alle zu, wie er einen
großen Bissen von dem Stück nahm, dass er mit seinem Messer
direkt vor seiner Nase abschnitt und auf dem rohen Fleisch
herumkaute.

Er nickte den anderen beim Kauen zu und beobachtete,
wie die übrigen Jäger ihre Portionen abbekamen. Als alle Jäger
sich an der Leber gütlich getan hatten, wurde das, was von dem
Organ übriggeblieben war, dem Kriegsführer Adlerflügel über-
reicht und er verschlang schnell den mittlerweile mageren
Bissen. Die Männer wischten sich die Gesichter an den Ärmeln
ab und stiegen auf, um zu den einzelnen erlegten Büffeln zu
reiten, und diese jeweils für sich zu beanspruchen. Gabriel zog
seine Pfeile aus der Kuh, die ihre Leber für die Zeremonie

hergegeben hatte, wischte sie sauber und ließ sie in seinen Köcher fallen. Er blickte auf, und sah, wie Adlerflügel beim Kopf des Tieres stand. Der Mann sagte: "Diese hier hat mein Pferd angegriffen."

"Ja, das war diese, und sie wollte meinen Hengst mit ihren Hörnern aufspießen, aber...", antwortete Gabriel, als er einen Fuß auf die Schulter der toten Kuh setzte und sich mit den Händen auf seinen Knien nach vorne beugte. Er blickte auf die große wollige Kreatur runter und fügte hinzu: "Sie ist eine Große!" Adlerflügel trat auf Gabriel zu und streckte seinen Arm aus. Die beiden hielten ihre Unterarme umfasst, aber der Kriegsführer zog Gabriel noch näher heran und legte seinen anderen Arm um ihn, und die Männer stießen sich gegenseitig mit den Schultern an. Dann traten sie beide zurück. Adlerflügel sagte: "Ich verdanke dir mein Leben."

Gabriel senkte seinen Blick auf den Büffel und antwortete: "Du bist mir nichts schuldig, Adlerflügel. Es war eine Ehre für mich, an der Jagd teilzunehmen."

EZRA und die anderen Schützen waren zu ihren Beutetieren gelaufen, und der feierliche Akt des Verzehrs der Leber wurde wiederholt, angeführt von Blauer Mais. Ezra schloss sich an, aber mit weniger Begeisterung als Gabriel, und war froh, als die anderen sich zu ihren getöteten Büffeln begaben. Er wusste, dass er mindestens zwei, vielleicht sogar drei getötet hatte, aber mit nichts als Einschusslöchern, um seine Opfer zu identifizieren, setzte er sich einfach auf die Kuh direkt gegenüber seiner letzten Schussposition und sah sich suchend nach den anderen, von ihm erschossenen Büffeln um.

Die Frauen kamen von den Bäumen her und führten Pferde an, die je ein Travois hinter sich herzogen. Hunde mit kleinen Travois folgten, meist mit einem Kind neben sich herlaufend. Es gab viel Geschwätz, als sie sich den Büffeln näherten. Einige lagen bei den Schützen in der Nähe, andere lagen einsam von der Gruppe entfernt auf der Erde. Ezra grinste, als er Honigbär und Grauer Fuchs auf sich zukommen sah, und sagte: "Nun, ich habe diesen hier erwischt." Er zeigte auf zwei andere Kadaver in der Nähe. "Und diesen und auch jenen dort. Reicht das?"

Beide Frauen nickten begeistert und begannen schnell mit der ersten Kuh, indem sie die Haut vom Kinn bis zum Schwanz aufschnitten und die Eingeweide herauszogen. Ezra schaute zu, lernte von den Beiden und fragte: "Was kann ich tun?"

Honigbär grinste: "Löse das Travois vom Pferd, und wir werden es benutzen, um den Kadaver zu drehen, damit wir das Häuten beenden können."

Und so begann es; Frauen erledigten die meiste Arbeit, Männer halfen, wenn es nötig war, aber ein fröhlicher Geist herrschte vor, weil sich alle an der ertragreichen Jagd erfreuten. Nichts von den Büffeln würde verschwendet werden; die größeren Knochen würden reichlich Mark liefern, die Häute der Tiere würden Tipi Planen, Decken, Kleider bis zu Rohlederbehälter liefern. Sogar das Gehirn der Büffel wurde zum Gerben des Leders verwendet. Sobald die Arbeit getan war, gab es ein Festessen, bei dem man das frische Fleisch und das, was die Indianer als die schmackhaftesten Teile ansahen, wie die Zunge, das Herz und die Leber genießen konnte.

23

FESTESSEN

Kochfeuer waren leuchtende Punkte, die in der Ebene verteilt aufflammten, wie Kerzen auf einem Kuchen. Rauch stieg in dünnen Säulen auf und erhob sich in Richtung des klaren blauen Himmels. Fleischstreifen hingen tropfend über den niedrig brennenden Feuern und boten ständig Nachschub an schmackhaften Leckerbissen für alle Arbeiter und Jugendlichen, die umherhuschten. Wölfe, Kojoten, Dachse und andere Tiere umkreisten den Ort der Jagd. Sie huschten zwischen den Kadavern und Menschen hin und her, schnappten nach Eingeweiden und Abfällen. Truthahnbussarde trieben in Aufwinden, stürzten dann vom Himmel, um ein Stück Aas zu erbeuten, und kämpften mit Krähen, Raben, Falken und Adlern um die Beutestücke. Die Frauen kümmerten sich nicht um die Aasfresser, da sie glaubten, dass Wah-kon-tah jeden schickte, um seinen Teil der Beute zu ernten.

Es folgte ein Marsch nach dem anderen, bei dem die Pferde mit den schwer beladenen Travois zum Lager geführt wurden, wo andere Frauen bereits begonnen hatten, das Fleisch in dünne Streifen zu schneiden und auf die Räuchergestelle aus

Weidenzweigen zu legen. Die Gestelle standen gespreizt zwischen den schwelenden Hickory- und Ahornfeuern. Die Frauen, die ihre Arbeit auf der Jagdebene beendet hatten, arbeiteten mit den anderen an den Rauchfeuern und bereiteten gemeinsam das Essen für das Fest vor.

Eine festliche Atmosphäre erfüllte das Lager, alle beteiligten sich an den Vorbereitungen und tauschten sich untereinander aus. Niemand würde in diesem Winter hungrig sein. Als die Krieger unter einem lautstarken Empfang zurückkehrten, gaben das Geschrei und das Feiern den Ton für die Aktivitäten des Abends an. Die Männer und Frauen gingen in ihre Hütten, um sich für die Tänze und das Erzählen der Jagdgeschichten zu kleiden. Gabriel und Ezra begaben sich in ihr Lager, um neben ihrem kleinen Feuer zu sitzen, sich zu entspannen und ihre Jagderlebnisse miteinander zu teilen. Sie waren überrascht, sowohl Honigbär als auch Grauer Fuchs bereits bei der Arbeit zu sehen. Die Frauen hatten mehrere Räuchergestelle gebaut, die mit Fleisch beladen waren, und ein großer Topf mit Eintopf köchelte auf dem Feuer.

"Howa!", sagte Honigbär und lächelte die zurückkehrenden Jäger an. Ihre Begrüßung wurde von Grauer Fuchs wiederholt, als sie sich von den Fleischstreifen auf den Räuchergestellen abwandte. Gabriel und Ezra antworteten beide mit "Howa!", als sie von ihren Pferden herabstiegen.

"Ihr Ladies seid fleißig!", erklärte Gabriel und begann, Ebenholz abzusatteln.

"Ihr großen Jäger habt viele Büffel getötet", antwortete Honigbär grinsend. Sie hütete den Eintopf am Feuer und bückte sich, um die Kaffeekanne aufzuheben und jedem der Männer eine Tasse einzuschenken.

Ezra lachte. "Heißt das also, dass wir wirklich große Jäger sind?", fragte er und erinnerte sich an die Bemerkungen vom Vorabend.

Grauer Fuchs sagte: "Ihr habt beide mehr Büffel erlegt als

alle anderen Jäger im Lager!" Sie lächelte, als sie die Männer ansah.

"Nun, es sieht so aus, als gäbe es genug Fleisch für uns, und noch mehr", erklärte Gabriel.

Honigbär lachte: "Das ist nur ein Büffel!", sagte sie ihm und bewegte sich zu den Gestellen und Fleischstapeln. "Die anderen gaben wir den Frauen des Dorfes. Wir hätten sie nicht zubereiten können, bevor das Fleisch verderben würde. Die anderen im Dorf werden den ganzen Winter über das Fleisch genießen!"

"Nun, das ist gut für euch, und auch für die anderen. Es ist schön zu wissen, dass ihr einen guten Winter haben werdet." Er nahm den angebotenen Becher an und wollte sich hinsetzen, sah aber Adlerflügel zu ihrem Lager laufen und wartete auf seine Ankunft. Als der Kriegsführer sich näherte, fragte Gabriel: "Möchtest du einen Kaffee?"

Adlerflügel lächelte und nickte, nahm den angebotenen Becher an und setzte sich auf einen der Holzstämme, die Ezra an das Feuer gezogen hatte. Gabriel bemerkte den besorgten Gesichtsausdruck des Mannes und setzte sich hin, um auf seine Worte zu warten. Er nippte an dem Kaffee, nickte zustimmend und drehte sich zu Gabriel um. "Einer unserer jungen Männer, der in unserem Dorf wohnt, war in meinem Tipi, als wir zurückkamen. Er erzählte von einigen weißen Männern, die in unser Dorf kamen und dich suchten. Sie sagten, sie seien Freunde, aber unsere Leute glaubten ihnen nicht. Man sagte ihnen, dass ihr zum Fort des Händlers gegangen seid und dass die Osage nichts weiter wüssten."

"Hat er dir gesagt, wie viele Männer es waren oder wie sie aussahen?", fragte Gabriel.

"Einer ist sehr groß." Er bewegte die Hände auseinander, um groß und breit anzuzeigen. "Einer klein wie ein Dachs, vier andere." Er hielt vier Finger hoch.

"Haben sie jemandem im Dorf etwas angetan?", fragte Ezra, besorgt um die alten Leute.

"Nein, sie reiten zum Fort. Aber unser Junge kam, ritt die ganze Nacht durch, um von ihnen zu erzählen", erklärte Adlerflügel und nippte an dem heißen Kaffee. Es war ein besonderes Getränk, das wegen seines hohen Preises nicht oft genossen wurde. Umso mehr wusste der Krieger das Angebot zu schätzen. Er schaute ins Feuer und wartete auf Gabriels Erklärung. Obwohl der Art der Osage ähnlich wie bei anderen Einheimischen war und sie nicht darum baten, Dinge von den anderen erzählt zu bekommen, gaben sie dennoch dem Gegenüber die Gelegenheit zum Austausch.

Gabriel begann: "Adlerflügel, das sind schlechte Männer. Sie wollen mich töten, weil ein anderer Mann ein Kopfgeld auf mein Leben ausgesetzt hat. Da Ezra mit mir reist, würden sie auch ihn töten. Derjenige, der das Kopfgeld ausgesetzt hat, tut dies, weil ich seinen Sohn in einem Duell getötet habe. Weißt du was ein Duell ist?"

"Ich habe von der Art der Weißen gehört, wie sie aufeinander schießen."

"Nun, dieser Mann sprach schlecht über meine Schwester und ich hielt ihn davon ab. Er forderte mich zu einem Duell heraus, hielt sich aber nicht an die Regeln und ich musste ihn töten. Aus diesem Grund will sein Vater mich tot sehen und hat angeboten, eine gute Summe Geld zu zahlen, um genau das zu erreichen. Aus diesem Grund sind diese Männer hinter mir her. Ich will nicht, dass sie dein Volk bedrohen, deshalb werden Ezra und ich morgen früh aufbrechen, wenn nicht schon vorher."

"Ihr braucht nicht zu gehen. Wenn ihr bleibt, werdet ihr sicher unter uns sein. Es gibt zu viele Krieger für diese kleine Gruppe von Männern", erklärte Adlerflügel empört.

"Nein, diesen Männern ist es egal, wer verletzt werden könnte. Ich will nicht, dass deine Leute zu Schaden kommen.

Es ist besser, wenn wir von den Frauen und Kindern weg sind, damit niemand getötet wird."

Ezra war still daneben gesessen und hatte zustimmend genickt, als Adlerflügel in seine Richtung blickte. Der Kriegsführer stand auf: "Ich werde mit dir gehen oder einige meiner Krieger mit dir mitschicken, du musst es mir nur sagen."

Gabriel schüttelte den Kopf und antwortete: "Nein, aber danke, Adlerflügel. Du bist ein guter Freund und ich hoffe, dass ich eines Tages in dein Dorf zurückkommen werde. Danke für uns euren Führern und deinem Volk für ihre Freundlichkeit und die Ehre, dass wir an eurer Jagd teilnehmen durften. Wir sind sehr dankbar."

Adlerflügel nickte und die beiden Freunde umklammerten die Unterarme und näherten sich einander, dann traten sie zurück, als der Kriegshäuptling ihr Lager verließ. Als Gabriel sich zum Feuer drehte, sah er die Frauen stehen und zuschauen, stoische Gesichtsausdrücke auf ihre Gesichter gemeißelt. Sie senkten ihre Augen und kehrten zu ihren Aufgaben zurück. Gabriel setzte sich wieder hin, füllte seinen Becher nach und drehte sich dann zu Ezra um: "Also, was denkst du?"

Ezra schnaubte: "Oh, sie werden schon zum Fort gehen, aber wer immer dort ist, wird ihnen sagen, dass wir mit den Osage auf Büffeljagd gegangen sind. Ich nehme an, dass sie in etwa einem Tag oder so kommen werden."

"Genau das vermute ich auch. Willst du heute Abend abreisen oder bis morgen früh warten?"

Ezra hielt inne, dachte nach und blickte dann zu Gabriel auf: "Wenn wir heute Abend aufbrechen und dieser Büffelherde ein Stück weit folgen würden, um dann irgendeinen Bach zu überqueren, könnten wir unsere Spur soweit verwischen, dass sie sicher einiges an Zeit verlieren würden. Aber ich bin nicht allzu glücklich darüber, wegzulaufen. Ich greife lieber an, statt zu verteidigen, nicht wahr?"

"Ich glaube, du hast in beiden Punkten Recht. Wir können das Osage-Lager verlassen, uns vielleicht etwas Zeit verschaffen, indem wir unsere Spur verfälschen, und dann einen Plan ausarbeiten, um sie anzugreifen, bevor sie uns einholen," stimmte Gabriel zu.

Honigbär ging zu Gabriels Sitzplatz und ließ sich neben ihn fallen. Sie sah ihn an und fragte: "Du würdest ohne mich gehen?"

Gabriel war über die Frage nicht überrascht und er griff nach Honigbärs Hand, schaute ins Feuer und sagte: "Es ist nicht so, dass ich ohne dich gehen will, Honigbär, aber das sind Mörder, und sie würden nicht zögern, dich zu töten. Das will ich nicht. Es ist das Beste, wenn Ezra und ich gehen, uns um diese Männer kümmern und hoffentlich zurückkehren. Ich will weder dich noch dein Volk gefährden, und das ist *mein* Problem."

Sie wartete einen Moment, legte dann ihre andere Hand auf ihre umschlungenen Hände und fragte: "Und Ezra? Würde er ohne Grauer Fuchs gehen? Ich habe gesehen, wie er sie ansieht, und sie ist froh, dass er es tut. Sie fühlt sich zu ihm hingezogen."

Ezra war nah genug dran, um Honigbärs Frage zu hören, und sagte: "Ja, ich sehe Grauer Fuchs als eine sehr begehrenswerte Frau und ich hätte sie gerne bei mir, aber ich stimme Gabe zu. Wir wollen keinen von euch beiden in Gefahr bringen. Es ist das Beste, wenn wir gehen."

"Aber wir könnten euch helfen." Sie saß aufrecht und sagte: "Ich bin ein Krieger der Ni-u-kon-ska, und ich werde für meinen Mann kämpfen. Grauer Fuchs ist geschickt mit dem Bogen und der Lanze; sie hat an der Seite ihres Mannes gekämpft."

Sowohl Gabriel als auch Ezra lächelten über die Bemerkung und Gabriel antwortete: "Ja, aber wenn wir in einer Schlacht wären, würde ich an dich denken und nicht so gut kämpfen. Wie du weißt, darf sich ein Krieger nur auf den Kampf konzentrieren, sonst wird er getötet."

Honigbär wusste, dass die Worte wahr waren und das auch sie sich mehr um ihren Mann sorgen würde als um den bevorstehenden Kampf. Wenn ein Krieger kämpft und er sich auf seinen Kampf konzentriert, ist er ein wilder Krieger, aber wenn seine Aufmerksamkeit geteilt ist, ist er weniger Kämpfer. Honigbär sah Gabriel und dann Ezra an, holte tief Luft, hob ihre Schultern an und stand auf. Sie blickte zu Gabriel zurück und sagte: "Wir gehen zum Fest." Mit einem Wink zu Grauer Fuchs griffen die beiden Frauen den Eintopf, trugen ihn zwischen sich und machten sich auf den Weg zum Lager der Osage.

Ezra erinnerte sich an das Angebot an Speisen, das immer für die vielen Abendessen in der Kirche seines Vaters vorbereitet worden war. Es war ein feierlicher Abend und die Tänze begannen sowohl mit Kriegern als auch mit Frauen in ihrer besten Wildlederbekleidung. Die Frauen trugen Kleider aus weißem Hirschleder, die mit Perlen, Glöckchen, Federkielen und mehr verziert waren. Männer waren stolz auf die Goldringe in ihren Ohrläppchen und ihre geschmückten Lederhemden, mit Federn, die von Tapferkeit und Kampferfolgen erzählten. Sie trugen Kürbisse und andere Rasseln für den Tanz. Die meisten Tänze wurden entweder von den Männern oder den Frauen getrennt getanzt, aber gelegentlich tanzten sie zusammen und tanzten Hand in Hand im Kreis herum. Aber Gabriel, Ezra, Honigbär und Grauer Fuchs nahmen nicht teil an den Tänzen. Während die Stimmung des Volkes von Jubel über die ausgiebige Jagd geprägt war, waren die vier, die in der Nähe von Adlerflügels Tipi saßen, ernst und in sich gekehrt.

Nachdem sie ausgiebig gespeist hatten, sahen sie sich kurz die Tänze an, aber als der Vorhang der Dämmerung fiel, standen sie auf und machten sich auf den Weg zu ihrem Lager. Honigbär und Grauer Fuchs liefen neben ihnen her, sprachen selten, aber wertschätzten die gemeinsamen Momente. Während die Frauen zwei Lederbeutel mit dem geräucherten Fleisch füllten, sattelten die Männer die Pferde und kontrollierten ihre Ausrüstung. Zuvor hatten sie ihre Gewehre und Pistolen gereinigt und geladen und die Packsättel repariert. Nun, da die Pferde und Packpferde bereit waren, traten sie vor die Frauen, um sich von ihnen zu verabschieden.

Die Gedanken der beiden Männer über die Zukunft, ihre Möglichkeiten und Gefahren, waren nicht mehr nur auf diejenigen beschränkt, die sich in der Sicherheit ihrer Tipis oder Hütten aufhielten. Diese vier Freunde hatten viele Momente damit verbracht, über ihre Zukunft nachzudenken, sowohl gemeinsam als auch getrennt voneinander. Die menschliche Sehnsucht nach einem Zuhause und Herd lockten Gabriel und Ezra, aber Besorgnis und Vorsicht drängten die Gedanken beiseite, wann immer sie darüber nachdachten, was ihnen bevorstehen könnte. Nun mussten sie Abschied nehmen. Ein Abschied von denen, die geschätzt und sogar geliebt wurden, wenn es auch noch unerfüllte Liebe war. Und mit der Gefahr, die drohte, war es möglich, dass sie nie Erfüllung finden würde.

Sie sahen einander an, umarmten sich und hielten einander fest. Dann wandten sich die Männer von den Frauen ab, stiegen auf ihre Pferde, nahmen die Zügel auf und ritten in die Nacht. Keiner der Männer war bereit, auf die Frauen zurückzublicken, wohl wissend, dass sie versucht sein könnten, ihre Meinung zu ändern und die Osage damit in Gefahr bringen würden. Sie ritten weg, führten die Packpferde und blickten zum Nordstern, um sich leiten zu lassen.

24

FINTE

Die dünne Mondsichel hing einsam am dunklen Himmel. Zufällig verstreute Sterne, die ihr Licht angezündet hatten, lugten hinter schweren Wolken hervor und die Welt erschien wie ein einziger großer Schatten. Die Ebenen waren hoch mit Indianergras und blauen Gräsern bewachsen. Sie waren vermischt mit Wuchergras und dem buschigen Pfeilfedergras. Die nächtlichen Brisen bewegten das verblassende Grün in Wellen, die die Nachtreisenden vorwärts lockten. Irgendwo heulte ein Kojote seine romantischen Rufe in der Hoffnung auf eine Antwort. Die Zikaden surrten rhythmisch in die Nacht und wetteiferten mit dem gelegentlichen Ochsenfrosch, der in seiner Revierpfütze prahlte.

Die Männer waren in düsteren Gedanken versunken, folgten der Büffelherde durch die aufgewühlte Erde und genossen den zügigen Trab der Pferde, der sie in ihren Sätteln schaukelte. Das Knarren des Sattelleders schuf seinen eigenen Rhythmus passend zu den Gedanken der tief in Grübelei versunkenen Freunde. Wie schnell hatten sich die Pläne und Träume der Männer mit dem Eintritt der Frauen in ihr Leben geändert. Als sie Philadelphia verließen, hatte keiner der

Männer die Möglichkeit in Betracht gezogen, eine Frau als Teil
ihrer Träume zu haben. Mit dem Gedanken an Abenteuer und
die Erkundung der wilden Grenze hatten sie Bedenken in
Bezug auf andere Dinge und legten die üblichen Träume
junger Männer beiseite. Doch nun wurden beide von Bildern
und Erinnerungen an zwei Frauen geplagt, die vor kurzem in
ihre Gedanken und ihre Leben getreten waren.

Gabriel hatte ausführlich mit Adlerflügel gesprochen, ihn
über das Gelände und die Flüsse, die vor ihnen lagen, befragt
und sich nach möglichen Orten für einen Hinterhalt oder nach
Fluchtmöglichkeiten erkundigt. Mit diesen Informationen im
Kopf verließ er den Weg der Herde und führte sie fast exakt
Richtung Westen. Er wollte den Verdigris Fluss erreichen, vielleicht an der Stelle des zweiten Handelsposten von Chouteau
oder vielleicht noch weiter davon entfernt. Adlerflügel hatte
vorgeschlagen, den Verdigris oder den Fall-Fluss zu nutzen, um
ihre Verfolger zu verwirren und den beiden Freunden damit
Zeit zu verschaffen, um einen Hinterhalt zu legen oder das
Lager der Verfolger anzugreifen.

Als er in den Himmel blickte, schätzte er, dass es kurz nach
Mitternacht war, und sie hielten an einem kleinen Bach an, um
den Pferden eine Pause zu gönnen und ihre Nüstern durch-
schnauben zu lassen. Gabriel holte etwas Rauchfleisch heraus
und setzte sich ins Gras am Ufer, die Füße in Richtung Wasser
gestreckt, und als Ezra neben ihn auf sein Hinterteil plumpste,
teilte er das Fleisch mit ihm. Ezra kaute auf dem Dörrfleisch-
streifen herum, riss ein weiteres Stück ab und sprach mit
vollem Mund: "Was würden wir nur anfangen, wenn wir mit
Frauen reisen würden?", fragte er, da er wusste, dass beide
erwogen hatten, die Frauen mitzunehmen.

Gabriel neigte den Kopf zur Seite und sah seinen Freund
an: "Du hast also darüber nachgedacht, hm?"

Ezra kicherte und fragte: "Hast du das nicht auch?"

"Ja, denke schon, vor allem nachdem Honigbär sagte, sie

wolle mit mir kommen. Aber da diese Kopfgeldjäger hinter uns her sind, nun ja..."

"Ich weiß. Und jedes Mal, wenn ich darüber nachdenke, sehe ich, wie wir mit zwei Frauen und zwei Kindern unterwegs sind und wer weiß was auf uns zukommt. Dann überlege ich, dass ich sie erst seit ein paar Tagen kenne, und ich frage mich, was wohl in mich gefahren ist."

"Sie sind beide gute Köchinnen!", erklärte Gabriel und erinnerte sich.

Wieder kicherte Ezra: "Wenn das nicht wahr ist!"

Sie entspannten noch eine Weile länger, aßen ihr Fleisch und dachten nach, dann fragte Ezra: "Diese Burschen, die uns folgen, wir wissen oder glauben zu wissen, dass es derselbe Haufen ist, mit dem wir in Neu Madrid zusammengestoßen sind. Also, fangen wir einfach an zu schießen, oder was?"

"Wir können nicht einfach anfangen zu schießen, aber ich will auch nicht irgendwo erwischt werden, wo *sie* einfach anfangen auf uns zu feuern. Ich habe darüber nachgedacht, und wenn wir irgendwo hinkommen, wo wir uns vielleicht an sie anschleichen können, um sicher herauszufinden, wer sie sind und warum sie uns verfolgen, dann planen wir die Dinge etwas anders. Aber wir müssen einfach die Karten ausspielen, die uns gegeben werden", schlug Gabriel vor.

"Und das ist es, was mir nicht gefällt. Wir dürfen ihnen nicht die Kontrolle über die Situation überlassen, was auch immer die Situation sein mag. Ich glaube immer noch, dass wir in die Offensive gehen und alles tun müssen, was wir können, um sie zu entmutigen, auch wenn das bedeutet, einige von ihnen zu töten."

Gabriel verengte die Augen: "Als wir in Philadelphia waren und selbst als wir durch die Wälder zogen, habe ich nie erlebt, dass wir Männer töteten. Doch als wir auf dem Fluss waren und von den Flusspiraten und Kopfgeldjägern angegriffen wurden, gingen wir recht leicht mit dem Tod um. Und das beunruhigt mich ein wenig. Dich nicht auch?"

Ezra stand auf und warf einen Stein ins Wasser, dann stellte er sich seinem Freund gegenüber. "Ich sehe das nicht so. Ich meine, der Gedanke jemanden zu töten, fällt mir nicht leicht, aber wenn sie versuchen, mich oder Freunde von mir zu töten, ist es das Einzige, was wir tun können. Das ist eine harte Zeit, in der wir leben, mein Freund, und es braucht harte Männer, um zu überleben und daran zu arbeiten, die Welt zu einem besseren Ort zu machen. Wenn mein Vater von dem Gebot sprach, "Du sollst nicht töten", erklärte er immer, dass es heißt, niemanden zu ermorden. Es besteht ein großer Unterschied zwischen dem Töten um des Tötens Willen und dem Töten zur Selbstverteidigung. Deshalb schickte Gott David gegen Goliath, wohl wissend, dass er Goliath töten musste, und viele andere Male steht in der Bibel, wie das Volk Gottes den Tod über diejenigen brachte, die ihm Schaden zufügen wollten. Also nein, es belastet mich nicht, wenn wir töten müssen, um zu überleben."

Gabriel stand auf und legte seine Hand auf Ezras Schulter, schaute ihn ganz bedrückt an und sagte: "Du würdest einen guten Prediger abgeben! Hast du jemals darüber nachgedacht, die Priesterschaft zu deiner Lebensweise zu machen?"

Ezra lachte: "Du weißt nicht, wie oft mein Vater diese Frage schon gestellt hat. Jetzt lass uns weiterreiten, bevor ich eine neue Predigt beginne!"

Als sich der dunkle Schleier der Nacht zu lüften begann, näherten sich die beiden Freunde den Bäumen in der Nähe des Verdigris-Flusses. Obwohl die meisten Bäume ohne Blätter waren und wie Skelette im gedämpften Licht standen, klammerten sich einige wenige hartnäckig an ihre verbliebene Blätter. Fast schien es so, als schüttelten sie Decken aus braun gefärbten Blättern auf die Vorbeireitenden. Das Laub knirschte unter ihren Füßen, als sie sich dem Flussufer näherten, und

Gabriel zog an den Zügeln und lehnte sich auf den Sattelknauf, um den Fluss zu betrachten. Sein erster Blick bestätigte, dass der Fluss nicht mehr als achtzig Fuß breit war und die Kräuselungen an der Oberfläche deuteten auf flaches Wasser hin. Er blickte Ezra an: "Geben wir den Pferden die Chance, ein wenig zu grasen, und uns etwas auszuruhen, dann gehen wir weiter. Ich denke, wir werden diese Stelle für das nutzen, was wir geplant haben." Er schwang sich vom Sattel und entfernte Zaumzeug und Sattel von Ebenholz. Gabriel schnappte sich eine Handvoll Gras, um den Hengst abzureiben.

Ezra, der damit beschäftigt war, seinen Fuchswallach abzureiben, fragte: "Und was genau haben *wir* geplant?"

"Du wirst schon sehen, du wirst schon sehen!", antwortete Gabriel grinsend.

Sie nahmen sich die Zeit, Kaffee zu kochen, das übrig gebliebene Maisfladenbrot aufzuwärmen und frisches Fleisch zu kochen. Auf Gabriels Vorschlag hin streckten sie sich für einen kurzen Schlaf aus, so dass die Pferde genügend Zeit zum Grasen und Ausruhen hatten.

Bei strahlendem Sonnenschein die Augen aufschlagend, erhob sich Gabriel, streckte sich und schüttelte dann Ezra, bis er aufwachte. "Lass uns gehen, Schlafmütze. Wir können später schlafen!"

Während Ezra die ganze Zeit grummelte, sattelten sie auf und machten sich auf den Weg über den Verdigris. Es war eine leichte Überquerung. Sie stiegen am gegenüberliegenden Ufer aus dem Fluss und ritten durch die dünn gewachsenen Bäume ein kurzes Stück in die Ebene, als Gabriel anhielt. "Lass uns jetzt zu den Bäumen zurückkreiten. Danach gehen wir zu Fuß die Spur zurück und verwischen diese." Ezra runzelte die Stirn, sah seinen Freund an, und als Gabriel sein Pferd wendete, folgte er ihm.

Wieder bei den Bäumen angekommen, standen sie nun an einer anderen Stelle, wo die Blätter dicht auf dem Boden lagen.

Gabriel stieg ab und band Ebenholz fest. "Jetzt folge meinem Beispiel. Wir wollen unsere Spur verwischen und dann hier durch diese Landzunge ziehen, wo der Fluss eine Kehrtwende macht. Dann bleiben wir eine Weile im Wasser, bevor wir stromaufwärts wieder aus dem Wasser reiten und wieder Richtung Westen gehen."

"Oh, ist das alles? Das ist doch gar nichts!", antwortete Ezra sarkastisch.

Beide Männer griffen nach einem Ast, der noch Blätter hatte, und gingen dann zu der Stelle zurück, wo sie gewendet hatten. Nach und nach fegten sie ihre Spuren weg, so dass es so aussah, als ob die Spuren allmählich verschwanden. Dann sammelte Gabriel mit Ezra eine Handvoll trockener Erde und kleine Zweige und siebte sie durch seine Finger. Es wirkte, als ob die Erde auf natürliche Weise auf den Boden gefallen war und überdeckte die Kratzspuren der Zweige. Als beide wieder bei den Bäumen waren, ließ er Ezra die Pferde zum Flussufer führen, während er ihnen folgte. Gabriel trat die Blätter in die Luft und sie wirkten aufgelockert und ungestört, als ob niemand hier durchgeritten wäre.

SIE GINGEN WIEDER in den Fluss, bewegten sich in einem scharfen Winkel zum anderen Ufer hinüber und kamen deutlich stromaufwärts der Stelle heraus, an der sie ursprünglich in den Fluss geritten waren. Sie überquerten die schmale Landzunge, wo der Fluss eine scharfe Kehrtwende machte, und ritten dann abermals ins Wasser. "Ich nehme die andere Seite des Ufers, du bleibst auf dieser Seite. Auf diese Weise haben wir keine vier Pferde, die den Boden in einer Reihe aufwühlen. Dieses grau-grüne Wasser wird nicht viel erkennen lassen, aber wir werden vielleicht besser eine halbe Meile flussaufwärts durchs Wasser reiten, bevor wir wieder an Land gehen."

"Zeig mir den Weg, mein Freund. Ich folge einfach, wie du

sagst", antwortete Ezra und beobachtete Gabriel, wie er Ebenholz ins Wasser lenkte. Die Führungsleine zum fuchsroten
Packpferd spannte sich straff, als die Stute sich ein wenig zierte,
aber sie wurde nach vorne gezogen und folgte schließlich dem
Hengst. Auf der anderen Seite angekommen, blickte Gabriel
zurück und sah, wie Ezra seinen Fuchswallach vom Ufer weg
ins Wasser trieb, während das rotbraune Packpferd ihm bereitwillig folgte. Mit Gabriel am Westrand und Ezra am Ostufer
des Flusses ritten sie auf ihren Pferden im Wasser die Uferböschung entlang. Der kiesige Flussboden machte das Gehen
leicht für die Pferde und das trübe Wasser verwischte die
Spuren.

Gabriel betrachtete das stromaufwärts gelegene Gelände
und suchte nach einer niedrigen Uferböschung, um das
Herausklettern für Ebenholz zu erleichtern, als Ezra erschro-
cken aufschrie und der große Fuchswallach ängstlich
schnaubte. Das Pferd bäumte sich auf und scharrte dann
verunsichert mit einem Vorderbein im Wasser. Ezra griff mit
einer Hand nach seiner Sattelpistole, um sich mit der anderen
an den Zügeln festzuhalten, umklammerte mit den Beinen die
Seiten des Pferdes und suchte im Wasser nach dem, was sein
Pferd so erschreckt hatte. Er senkte die Pistole, zielte schnell
und schoss auf das Wasser in der Nähe eines tiefhängenden
Astes einer Ulme. Er spannte den Hahn abermals und feuerte
erneut. Er rammte die Pistole schnell wieder in das Holster
und riss an den Zügeln des Wallachs, um in die Mitte des
Flusses zu gelangen. Er blickte mehrmals über die Schulter in
Richtung des Baumes und des nahe gelegenen Wassers, trieb
seinen Wallach weiter an und zog die Führungsleine des Pack-
pferds straff an seinem Sattelhorn fest. Vor einem verblüfften
Gabriel ritt er ans trockene Ufer.

Auch Gabriel lenkte Ebenholz aus dem Wasser, und als er
oben auf der Böschung angekommen war, stieg er in der Nähe
von Ezra ab, der gerade den Hals seines Pferdes streichelte und

versuchte, das zitternde und nervös tänzelnde Pferd zu beruhigen. Gabriel fragte: "Was sollte das alles?"

"Wassermokassin! Und zwar 'ne echt große!" erklärte Ezra, der immer noch daran arbeitete, sein Pferd zu beruhigen.

"Oh, ist das alles?", sagte Gabriel.

"*Ist das alles?* Wenn du das gewesen wärst, wärst du vom Sattel auf dieses Ufer gesprungen! Ich kenne dich und deine Angst vor Schlangen, und es gab keine Zeit, in der du im selben Land sein wolltest wie eine Schlange, geschweige denn, dass eine direkt auf dich zu schwimmt!"

Gabriel lachte: "Da hast du Recht, mein Freund, aber lass uns weiterreiten. Ich will den nächsten Fluss erreichen, von dem Adlerflügel mir erzählt hat, und er sagte, dass er ungefähr einen Tag oder weniger von hier entfernt sei. Es soll noch mehr Hügel und so geben was eine gute Deckung ist für das, was immer wir entscheiden als nächstes zu tun."

"Ist mir recht, solange es keine Wassermokassinschlangen gibt", murmelte Ezra, stieg wieder in den Sattel und folgte Gabriel.

25

MESA

Die Sonne war gerade dabei nach einem Ruheplatz am westlichen Horizont zu suchen, als Gabriel und Ezra den Fall-Fluss überquerten. Sie arbeiteten sich durch die kahlen Hickory- und Eichenbäume, um den Hang zum flachen Tafelberg, der die weite, von ihnen durchquerte Prärieüberblickte, zu erklimmen. Oben angekommen suchten sie sich einen Lagerplatz am Rande einer dichten Gruppe von Hickorybäumen aus, banden den Pferden jeweils ein Vorderbein zurück, um sie am Weglaufen zu hindern und legten die Ausrüstung für das Lager bereit. Gabriel griff tief in eine seiner Satteltaschen und zog ein Lederetui heraus, der das Dollond-Messingfernrohr enthielt. Es war der Stolz der Sammlung seines Vaters gewesen. Das in London gefertigte Fernrohr bestand aus vier Messingzylinder, die zum Transport auf einen Fuß Länge zusammenschiebbar waren. Ausgezogen war das Fernrohr einen Meter lang. "Ich werde einen Blick auf unsere zurückgelegte Strecke werfen und sehen, ob es irgendein Zeichen von diesen Kopfgeldjägern gibt", erklärte Gabriel, während Ezra mit der Vorbereitung des Abendessens begann.

Mit einem Nicken von Ezra ging Gabriel zum Rand des

Tafelbergs, drang durch das Unterholz und fand ein Paar Felsbrocken, die nahe dem Abgrund lagen. Er setzte sich auf einen
davon, zog die Knie an und zog das Teleskop für einen ersten
Blick über die Ebene aus. Sie waren absichtlich direkt über das
trockene Land der Prärie geritten, von der Gabriel vermutete,
dass es sich um einen vorzeitlichen See gehandelt haben
könnte. Sie waren absichtlich durch das ausgetrocknete Seebe-
cken geritten um Spuren zu hinterlassen, denen selbst ein
Greenhorn folgen konnte. Das Land unterhalb des Tafelbergs
war von mehreren Zuflüssen durchzogen, die schließlich in
den Fall-Fluss mündeten. Die meisten waren recht klein und
einige führten wohl erst nach Regenfällen Wasser. Gabriel
dachte, dass dieselben Bäche jedem, der ihnen folgte, Schutz
böten, aber andererseits auch jeden leicht von der Tafelberg-
spitze aus angreifbar machten. Der flache Gipfel des Tafelbergs
erhob sich etwa hundertfünfzig Fuß über den Talboden und
bot eine ausgezeichnete Aussicht auf das weite Grasland
zwischen ihnen und dem fernen Verdigris-Fluss.

Mit der Sonne im Rücken hatte er ein ausgezeichnetes
Panorama vor sich. Sorgfältig beobachtete er die Gegend nach
Bewegungen und erspähte mehrere Rehe, die sich zum
Trinken zum Wasser bewegten. Gabriel sah auch ein paar
Kojoten, die im Gras spielten und wahrscheinlich Kaninchen
jagten, und einen Rotschulterfalken, der über ihm kreiste.
Aber keine Kopfgeldjäger.

Seine Gedanken kreisten um das Problem mit den Geset-
zeslosen, als er zurück ins Lager ging. Ezra hatte ein kleines
Feuer angezündet und die Kaffeekanne erfüllte bereits ihre
Aufgabe am Rand der Kohlen. Er sah seinen Freund an, grinste
und sagte: "Ich glaube, es wird noch ein oder zwei Tage dauern,
bis sie uns einholen, aber ich glaube nicht, dass wir einen
besseren Ort für das Treffen finden könnten als genau hier."

Ezra nickte an dem Feuer vorbei. "Mit dem kahlen Gipfel
da draußen und den Bäumen, die den Rand säumen, haben

wir gute Deckung in drei Richtungen und die weite Ebene ist gut zu überschauen. Ich denke du hast recht."

"Morgen möchte ich jede Ecke dieses Tafelberges erkunden. Auch die Pfade, die von unten hier raufführen. Wir sind auf dem unübersehbaren Pfad hier hochgekommen, aber ich bin sicher, dass es noch andere Wege gibt. Wir müssen das Gebiet gut kennen und planen, was wir tun wollen. Ich glaube nicht, dass dies Männer sind, die leicht zu schlagen sind. Sie haben viel Mumm gezeigt, uns bis hierher zu folgen, also werden sie nicht so leicht aufgeben."

"Hmmhmm, aber wir haben mehr Männern den Garaus gemacht als diesen hier. Erinnerst du dich an die Flusspiraten? Es waren doppelt so viele und wir haben es ihnen gezeigt!", erklärte Ezra und schlug mit der Faust in die offene Handfläche, um seine Worte zu unterstreichen.

"Ja, aber wir konnten sie überraschen und wir führten den Angriff. Jetzt hat sich der Spieß umgedreht; wir wissen nicht, wann, wo und wie sie auf uns stoßen werden. Und bevor du etwas sagst, ich stimme dir zu, dass wir den Angriff vor ihnen durchführen müssen. Aber im Moment wissen wir noch nicht einmal, wo sie angreifen werden", murmelte Gabriel und griff nach der Kaffeekanne.

"Nun, eines weiß ich und das ist, dass wir mit diesem Ding einen kleinen Vorteil haben", fügte Ezra hinzu und deutete auf das Fernrohr auf Gabriels Schoß.

"Hoffentlich. Aber ich glaube, sie haben einen guten Fährtenleser und er wird wahrscheinlich weit vor den anderen auskundschaften, also müssen wir vielleicht versuchen, sie glauben zu lassen, dass wir dort sind, wo wir nicht sind!"

"Wie sollen wir das machen?" Ezra, beugte sich nach vorne, um sich Kaffee einzuschenken, und sah Gabriel fragend an.

"Das weiß ich nicht, jedenfalls noch nicht, aber wir müssen darüber nachdenken."

DER BREITE WEG zwischen dem Dorf Osage und Fort Carondelet erlaubte es der Bande, zu zweit Seite an Seite zu reiten.
Angeführt von Bucky Ledbetter, dem Fährtenleser, und dem
Kerl, der den Spitznamen Eichhörnchen trug, war die Gruppe
entlang des Pfades verstreut und keiner zeigte Begeisterung für
ihre Aufgabe. Frenchy sah Frank an: "Nun, zumindest hatte er
Recht, dass sie im Dorf waren. Jetzt können wir hoffentlich von
den Händlern eine genauere Spur von ihnen rausfinden."

Frank brummte: "Bucky hat sich gut geschlagen, und wenn
sie gefunden werden können, wird er sie auch finden."

"Wir müssen hier auch noch Vorräte besorgen, nicht
wahr?", fragte Frenchy.

"Bezahlst du?", knurrte Frank ihn unfreundlich an.

"Ich habe kein Geld!", antwortete Frenchy.

"Wenn wir keine Vorräte besorgen, gehen diese Männer
nicht weiter! Sie klagen sowieso schon, weil wir schon zu lange
auf der Jagd sind."

Hinter ihnen kam prompt eine Erwiderung: "Drei Wochen
sind lang genug, um einen Mann zu jagen", rief Aaron Cald-
well, der Mann, der sonst so schweigsam war. "Und das, was
wir dafür bekommen, wenn wir ihn liefern, wird immer kleiner
und kleiner! Wir haben die Schnauze voll von dem, was du uns
versprochen hast!"

"Hört, hört!", antwortete Edgar Reese, und sogar Eichhörnchen hatte sich im Sattel umgedreht, um den wachsenden
Klagen sein "Genauso ist es!", hinzuzufügen.

"Ach, haltet die Klappe! Ihr alle! Wir machen so lange
weiter, wie ich sage, und Aufhören kommt nicht in Frage,
verstanden?", rief Frank und drehte sich im Sattel nach hinten,
so dass es jeder hören konnte.

Es gab ein Gemurre unter allen Männern, aber keiner
beschwerte sich weiter. Frank wandte sich an Frenchy: "Bist du

sicher wegen des Kopfgeldes? Mit den tausend Dollar, meine ich?"

"Natürlich, und ich denke, wir können noch mehr aus dem alten Mann herausholen. Vielleicht doppelt so viel, wenn wir es richtig anstellen", vermutete Frenchy, der darauf bedacht war, den bedeutend größeren Frank zu besänftigen.

Frank nickte zu der Lichtung zwischen den Bäumen: "Da ist das Fort. Wir werden sehen, was wir tun müssen, um Nachschub zu bekommen."

"Und hoffentlich finden wir etwas über Stonecroft heraus", fügte Frenchy mit einem Nicken und einem zustimmenden Brummen von Frank hinzu.

SIE WURDEN von einem Mann am Eingang des Forts begrüßt, der mit hochgekrempelten Hosen, hochgeschobenen Ärmeln seiner verblichenen langärmligen Unterwäsche und den Daumen in die Hosenträger geklemmt dastand. Er blies Rauch aus einer Meerschaumpfeife, die locker im Winkel seines Mundes steckte. Eine gestrickte Fischermütze zierte seinen Kopf und schwere Schnurrbarthaare, die noch kein vollständiger Bart waren, ließen seine Gesichtszüge schmutzig aussehen. Er hob eine Hand, als er "*Bonjour!*" sagte.

Frenchy antwortete: "*Bonjour, Monsieur!*"

Der Mann lächelte, trat aus der Tür und wartete darauf, dass die Männer abstiegen. Frenchy sprach, zuerst auf Französisch, dann auf Englisch, um ihm zu sagen, dass sie Vorräte benötigten.

"*Oui, oui.* Wir haben reichlich Vorräte. Haben Sie Felle, mit denen Sie handeln können?", fragte der als Adrien bekannte Mann.

"Nein, nein, wir bezahlen sie einfach. Aber wir brauchen eine ganze Menge. Während Sie das Zeugs richten, packen wir auf", antwortete Frank. "Zuerst brauchen wir etwas Maismehl,

Zucker, Salz, Mehl, Bohnen, und dann etwas Pulver und Blei. Wir sollten wahrscheinlich ein paar Handelswaren für die Rothäute besorgen, meinst du nicht, Frenchy?", knurrte der große Mann und sah seinen Partner an.

"Ja, ja. Das wäre gut. Wir werden zu den Osage gehen und Handel treiben." Er blickte Adrien an: "Übrigens, kamen vor ein paar Tagen einige Freunde von uns hier durch. Sie kundschaften Dinge für uns aus und wir wollen sichergehen, dass wir auf dem richtigen Weg sind. Erinnern Sie sich an einen jungen Kerl namens Gabriel Stonecroft, groß und mit blonden Haaren? Er war mit einem Neger, seinem Helfer, zusammen."

"Natürlich, ja, es gab zwei solche Männer und sie hatten auch eine Osage-Frau dabei. Ich glaube, sie sagten, sie gingen mit ihren Leuten auf Büffeljagd. Lassen Sie mich mal nachdenken." Er hielt inne und dachte: "Ja, ich glaube, er sagte, sie würden bis zum Verdigris gehen, dem Standort des anderen Chouteau-Postens."

"Gut, gut", antwortete Frenchy und nickte Frank zu: "Das ist genau das, was wir besprochen hatten. Er wird dort wahrscheinlich auf uns warten. Wie weit, würden Sie sagen, ist es noch?"

"Etwa vier Tage, mehr oder weniger. Die Wagen brauchen von hier aus vier bis fünf Tage, aber da die Straße besser wird, vielleicht auch weniger", antwortete Adrien.

Während die Männer sprachen, holte der Angestellte die Vorräte, machte sich Notizen über die einzelnen Posten und sah zu, wie die Männer sie zu den Packpferden brachten. Der Tresen war leer, als er begann, das Ergebnis zu addieren. Er sah Frank an und erwartete, dass der große Mann bereit sein würde zu zahlen, aber er stand einfach nur an den Tresen gelehnt da. "Das macht sechsundzwanzig Dollar", erklärte Adrien und zwang sich zu einem Lächeln.

Frank nickte, drehte dem Schreiber den Rücken zu und tat so, als würde er einen Geldbeutel holen, aber als er sich umdrehte, hielt er eine Pistole vor sich und spannte den Hahn, während er lächelte. "Sie können den Rest behalten." Er drückte den Abzug und die Explosion und der Rauch erfüllten den Raum. Der Angestellte griff sich an die Brust, die Augen vor Überraschung und Angst weit aufgerissen, und sackte zu Boden. Ein weiterer der drei Angestellten kam in den Raum gerannt, blieb stehen, erblickte die Leiche seines Kollegen und starrte Frank an. Der große Mann hielt ein Messer hüfthoch, die Klinge nach oben, stürzte sich nach vorne, packte den Angestellten am Hemd und zog ihn in das Messer. Der Angestellte keuchte und griff nach Frank, dann rutschte er zu Boden.

Frank und Frenchy hörten einen Schuss von draußen und sahen zur Tür und erwarteten den anderen Angestellten, aber niemand erschien. Frank ging zur Tür, sah Bucky über der Leiche des dritten Händlers stehen und grinste Frank an. Der große Mann nickte zustimmend, dann bellte er Befehle: "Lasst uns die Vorräte festbinden. Wir haben noch einen langen Weg vor uns, also steigt auf!"

Frank sprach mit Frenchy: "Lasst uns dieses Gebäude zuschließen. Wir können es leerräumen, wenn wir wieder durchkommen, und vielleicht so viel für die Handelsgüter bekommen wie für Stonecrofts Kopf!" Er drehte sich zum Gebäude um, trat durch die Tür, grinste die toten Männer höhnisch an, nahm einen Hammer und ein paar Nägel und ging hinaus, um die Tür zuzunageln. "Das reicht fürs Erste. Sollte die Rothäute fernhalten." Er sah Bucky an: "Schafft die Leiche zu den Bäumen!"

Frenchy sagte zu Frank: "Sagst du ihnen, dass es vier Tage bis zum Verdigris sind?"

"Nein! Sie brauchen es nicht zu wissen. Aber wir sollten besser die beiden dann finden, sonst kämpfen wir gegen unsere eigenen Männer", erklärte er, als er sich auf sein Pferd schwang.

26

TÄUSCHUNGSMANÖVER

S ie gingen in entgegengesetzter Richtung zu den Bäumen und durchkämmten das gesamte Gelände in der Nähe des Tafelbergs. Sie suchten vor allem nach Wegen, die zum Gipfel führten oder einen markanten Pfad, der vom Lager weg führte, einen Weg, der müde Jäger dazu verleiten würde, den offensichtlichsten und einfachsten Pfad zu wählen. Ihr Plan war es, jede wahrscheinliche Route, die von den Kopfgeldjägern genommen werden könnte, und jede mögliche Angriffs- oder Verteidigungsstelle in der Nähe zu kennen. Gabriel dachte, es gäbe keine Möglichkeit vorherzusagen, was die Bande tun würde, aber wenn er sich in ihre Lage versetzen würde, könnte er es vielleicht vorausahnen. Inzwischen könnten einige oder alle von ihnen der Jagd überdrüssig und bestenfalls verärgert sein und würden nach einem Ort suchen, an dem sie sich ausruhen könnten.

Sie würden in der Nähe von Wasser lagern müssen und für die Pferde eine Weide brauchen. Dennoch würden sie sicher auch einen Lagerplatz suchen, der im Falle eines Indianerangriffs verteidigt werden könnte. Immerhin war dies das Osage-Land und sie kamen zudem gefährlich nahe an das Gebiet der

Kiowa heran. Während er sich durch die Bäume arbeitete, suchte er nach Wegen und Lagerplätzen - alles, was in einem laufenden Kampf Deckung bieten würde. Er musste die Beschaffenheit des Geländes kennen und in der Lage sein, es zu seinem Vorteil zu nutzen, ganz gleich, was passierte.

Sie trafen sich am Fuße des steilen Abhangs und Gabriel erklärte Ezra, was er dachte. "Wenn wir wüssten, wo sie lagern werden, falls sie sich für einen Platz in der Nähe entscheiden, wären wir ihnen einen Schritt voraus."

Ezra nickte: "Ich habe dasselbe gedacht. Folge mir", sagte er, während er seinen Wallach zu einer Wende aufforderte. In weniger als zwanzig Metern Entfernung näherte er sich dem Rand einer grasbedeckten Lichtung. Sie grenzte an den Fluss, bot ein niedriges Ufer und leichten Zugang zum Wasser und ging bis zum Steilhang zurück, was einerseits eine gute Deckung, aber auch einen guten Zugang ermöglichte. Gabriel sah sich um und stellte sich dann in seine Steigbügel, um über den Fluss auf die dahinter liegenden Ebene zu blicken. Er setzte sich zurück und drehte sich in seinem Sattel, um in alle Richtungen zu schauen, dann hob er seine Augen zum Tafelberg. Er grinste Ezra an: "Wenn es uns gelingt, sie hierher zu locken, könnten wir einen Angriffsplan entwerfen." "Was wäre, wenn wir sie glauben ließen, dass wir hier kampieren?" fragte Ezra. "Wir lassen es so aussehen, als wären wir hier aus dem Fluss gekommen, hätten ein Feuer gemacht... all die Dinge, die den Eindruck erwecken, als hätten wir einen Tag oder länger hier Rast gemacht..."

Gabriel sah seinen Freund an, ein breites Grinsen erschien auf seinem Gesicht und er sagte: "Du bist ziemlich gut, wenn es ums Täuschen geht! Lass es uns genau auf diese Art machen!"

Sie brachten die Packpferde und die Packtaschen zu der Lichtung, zäunten dann alle vier Pferde ein und ließen sie nach Belieben grasen, während die beiden Männer durch den Lagerplatz stapften, Brennholz sammelten, Feuer machten,

Bettzeug ausrollten und alles taten, um auf dem Platz den Eindruck zu hinterlassen, als wären sie zwei oder mehr Tage dort gewesen. Ezra führte die Pferde zum Fluss, um Wasser zu trinken, bewegte sie um den vermeintlichen Lagerplatz herum, um viele Spuren zu hinterlassen, brachte sie zurück zu der eingezäunten Fläche und wiederholte die Aktion dann wieder.

Gabriel sah sich um, zufrieden damit, dass sie ihr Bestes getan hatten, um ein falsches Lager vorzutäuschen, und schlug dann vor: "Wie wäre es, wenn du vorausgehen und ein Essen für uns kochen würdest, während ich wieder nach oben auf den Gipfel gehe und mein Teleskop benutze, um nach dem Rechten zu schauen?"

Ezra grinste, erfreut über seinen Vorschlag und den Angriffsplan, der sich langsam abzeichnete, und antwortete: "Natürlich. Je länger wir hierbleiben, desto mehr wird dieses Lager so aussehen, als seien wir schon eine Weile hier. Das heißt, solange wir nur weg sind, wenn sie hier kommen, finde ich es gut!"

VERRÜCKTER WOLF HIELT sein Pferd neben Blauer Mais und Adlerflügel an. Er drehte sich um und zeigte hinter sich: "Sie kommen. Die weißen Männer, von denen unser Kundschafter erzählte, gingen in unser Dorf. Es sind so viele", sagte er und hielt alle Finger der einen und der anderen Hand hoch.

Die Osage waren auf dem Weg und kehrten in ihr Dorf in der Nähe von Fort Carondelet zurück. Die Travois waren mit Büffelfleisch beladen, manches geräuchert und manches noch roh. Die Pferde waren schwer bepackt und viele der Menschen liefen neben den Tieren. Sie wussten, dass sie nicht in Gefahr waren, denn mit mehr als vierzig Kriegern und vielen Frauen, die sowohl mit Gewehr sowie einem Bogen genauso gut schießen konnten wie jeder Mann, fürchteten sie niemanden.

Aber sowohl Blauer Mais als auch Adlerflügel wussten, dass diese Schurken auf der Spur der beiden Männer waren, die mit ihnen gejagt hatten und die an ihrer Seite gegen die Pawnee gekämpft hatten. Da diese Weißen versuchten ihre Freunde zu töten, war es für die Osage, als ob sie selbst angegriffen würden.

Adlerflügel sah Häuptling Blauer Mais an und begann zu sprechen, aber der Häuptling hielt seine Hand hoch: "Ich weiß, was du tun würdest. Geh, und mögen du und all unsere Krieger bald gesund zurückkehren."

Adlerflügel nickte, wendete sein Reittier und ritt die Reihen seines Volkes entlang und wählte die Krieger aus, die ihn begleiten sollten. Honigbär sah ihn und fragte: "Geht es um die Männer, die hinter unserem Freund, dem weißen Puma her sind?"

"Ja."

"Dann werde ich mit dir gehen!", erklärte sie, legte das Gewehr, das ihr Gabriel gegeben hatte, über den Widerrist ihres Pferdes und sah den Kriegsführer an. Ein einfaches Nicken von ihm genügte und sie folgte ihm, als er seine Schar versammelte. Er wählte acht weitere erprobte Krieger aus, um seine Kriegstruppe auf Zehn zu vervollständigen. Sie waren allesamt erbarmungslose Kämpfer und kampfbereite Krieger. Die meisten hatten sowohl Gabriel als auch Ezra während des Scharmützels mit den Pawnee und auf der Jagd kennen und respektieren gelernt und betrachteten beide Männer als Freunde. Das Band der Brüderlichkeit war oft stärker als das des Blutes oder der Rasse, und es gab oft Krieger, die ihr Leben für die Verteidigung von Freunden und Familie geopfert hatten. Es gab keinerlei Vorbehalte oder Zögern von Seiten der Krieger; Eifer und Entschlossenheit zeigten sich auf ihren Gesichtern und in ihrer stolzen Haltung.

Adlerflügel führte sie in die Bäume, da sie bis zu dem von ihm ausgewählten Zeitpunkt keinen Kontakt mit den weißen

Männern aufnehmen wollten, also nachdem diese den Aufent-
haltsort ihrer Freunde ausfindig gemacht hatten. Bis zu diesem
Moment würden sie diesen Halunken folgen wie ein Schatten.
So konnten sie auch mehr über ihren Feind herausfinden.

BUCKY RITT im Galopp auf die anderen zu, lehnte sich zurück
und sprach mit Frank und Frenchy. "Du solltest vielleicht zu
den Bäumen gehen oder dich sonst wo verstecken. Das ganze
Osage-Dorf kommt zurück, und sie reiten genau diesen Weg
entlang. Ich glaube nicht, dass sie für euch zur Seite gehen
wollen."

"Ich werde nicht für einen Haufen Squaws und Kinder zur
Seite gehen!", erklärte Frank, empört darüber, dass Bucky dies
überhaupt vorgeschlagen hatte.

Bucky lachte: "Nun, du kannst tun, was du willst. Aber
wenn ich du wäre und es mit etwa vierzig Kriegern zu tun
hätte, von denen jeder locker so groß oder sogar noch größer
ist wie du und alle gefährlicher als ein Bär mit einem Dorn in
der Pfote, dann würde ich verschwinden!" Ohne einen
weiteren Kommentar trieb er sein Pferd in das buschige Unterholz, das vermischt mit grauen Pappeln entlang des Flussufers
wuchs.

Frenchy schaute Frank an, schaute dann den Weg hinunter,
und obwohl er nichts sah, wendete er sein Pferd und ritt Bucky
hinterher. Als die anderen drei, einschließlich des Frank
immer treu ergebenen Eichhörnchens, ihre Pferde in die
Baumreihe trieben, murrte Frank und folgte ihnen schließlich
widerwillig.

Sie fanden einen schwach ausgeprägten Wildpfad, der sie
tiefer in den Wald und in die Nähe des Gipfels eines niedrigen
Hügels führte, von dem aus man den Pfad darunter nur sche-
menhaft sehen konnte. Weniger als eine Viertelstunde später

tauchten die ersten Osage aus dem Dorf auf. Offensichtlich führte einer der Anführer den Zug des Stammes an. Er ritt stolz aufgerichtet zusammen mit einem weiteren Krieger, der ihm in Würde in nichts nachstand. Beide trugen Federn in ihren Skalplocken und eine Decke, die locker um eine Schulter gelegt und über die Beine drapiert war. Es war ein kühler Morgen, und andere trugen lange Mäntel oder Umhänge aus Büffelfell gefertigt, die teilweise sogar schützende Kapuzen hatten. Die weißen Männer waren von ihren Pferden abgestiegen und verharrten still, reckten sich aber, um von ihrem versteckten Ausguck so viel wie möglich zu sehen. Die Prozession bestand aus vielen beladenen Pferden und mehreren schwer beladenen Travois-Gestellen. Dass die Jagd reiche Beute eingebracht hatte, war nicht nur durch die vielen Fleischbündeln, sondern auch anhand der fröhlichen Stimmung der Menschen offensichtlich. Die lange Reihe der Osage-Frauen und Kinder wurde immer wieder von Kriegern unterbrochen, die Lanzen und andere Waffen stets bereithielten und deren Wachsamkeit durch ihre Haltung und die Art und Weise deutlich wurde, wie sie die Umgebung beobachteten.

Bucky trat neben Frank, stupste ihn an und flüsterte: "Siehst du was ich meine? Das sind die größten Rothäute, die ich je gesehen habe!"

"Ja, ich verstehe, was du meinst. Und das sind die, die die Köpfe ihrer Feinde auf einen Stock stecken?"

"Ja, genau, das sind genau die. "

"Hast du eine Spur von den beiden, die wir suchen, gesehen?", fragte Frenchy.

"Nein, ich glaube nicht, dass sie bei den Rothäuten sind, aber ich halte die Augen offen!", antwortete Bucky.

"Wenn wir zurückkommen, gibt es eine Möglichkeit, dass wir denen hier nicht wieder begegnen müssen?", fragte Frank und gab damit seine wachsende Angst vor den Osage-Kriegern zu.

"Oh, ich denke, ich kann einen anderen Weg finden. Ich sehne mich auch nicht gerade danach mich mit denen anzulegen. Nein Sir, bei Gott nicht! ", antwortete Bucky, "aber was ist mit dem ganzen Zeug im Fort des Händlers?"

"Hm, ja. Ich denke, wir müssen nochmal genau darüber nachdenken." Er hob seine Augen zum Himmel, um das verbleibende Tageslicht zu beurteilen: "Meinst du, wir schaffen es vor der Dunkelheit bis zu der Stelle, wo die Büffeljagd stattgefunden hat?"

Auch Bucky schaute in den Himmel. Er schätzte, dass es Mitte Nachmittag sein müsste, und antwortete: "Naja, vielleicht, wenn wir uns beeilen. Es ist nicht allzu weit, vielleicht zehn, zwölf Meilen. Dort gibt es einen guten Platz zum Lagern. Ich denke, wir könnten es wahrscheinlich schaffen."

"Gut, dann lasst uns weiterreiten!", erklärte Frank und versuchte, seinen befehlerischen Ton wiederzugewinnen.

Sie waren drei Tage lang, seit sie das Fort verlassen hatten, ein hartes Tempo geritten, aber sie schienen ihrer Beute nicht einen Deut näher gekommen zu sein als zuvor. Frank und Frenchy hatten über die verärgerten Männer gesprochen und waren sich einig, dass sie diese nicht noch mehr antreiben konnten, wenn es nicht bald ein Anzeichen dafür gab, dass sie sich ihrer Beute näherten. Frank war überzeugt, dass die beiden Männer nicht weit von dem Lager der Jagd entfernt sein würden, da sie ja keinen Grund hätten, sich zu beeilen.

Er war sich sicher, dass Stonecroft keine Ahnung hatte, dass sie ihm folgten, und er plante, sie zu überraschen und kampflos festzunehmen. Bei dem Gedanken daran erinnerte er sich an das letzte Mal, als er sich mit dem Mann angelegt hatte, und rieb seinen Arm, der immer noch von dem Bruch schmerzte, aber gut verheilte. Er dachte darüber nach, was er dem schlaksigen jungen Mann antun wollte, der ihn vor seinen Männern gedemütigt hatte. Aber das würde warten müssen; es gab da noch eine Ungereimtheit wegen des Kopfgeldes. Je mehr Frank mit Frenchy sprach, desto sicherer war er sich, dass der Mann ihm nicht alles über die Kopfgeldprämie gesagt hatte. Er dachte wohl, er könnte versuchen, ihnen etwas vorzuenthalten, und wenn seine Vermutung der Wahrheit entsprach, könnte das Kopfgeld erheblich mehr als tausend Dollar betragen. Er grinste bei dem Gedanken, so viel Geld in der Hand zu haben und was er damit alles tun könnte, vor allem, wenn er es nicht teilen müsste.

27

RÄUBER

Die untergehende Sonne blendete ihre Augen, als sie den westlichen Himmel mit ihrem strahlenden Gold und Orange bemalte. Die Silhouette eines berittenen Mannes zeichnete sich quer auf dem Weg ab. Sie war leicht zu erkennen an seinem ramponierten Hut und der Art, wie er im Sattel hing. Mit auf dem Knauf ruhenden Händen wartete er darauf, dass sich die Männer näherten. Als Frank und Frenchy neben ihm ankamen, zeigte Bucky auf den bewaldeten Steilhang: "Das war das Indianerlager und sie hielten ihre Jagd direkt auf der anderen Seite des Steilhanges ab. Das ganze Gelände wurde von der Herde durchpflügt. Die, hinter denen wir her sind, zogen sich zurück und hatten ihr Lager dort hinten." Er zeigte auf das südliche Ende der Klippe in Richtung der untergehenden Sonne. "Ich kann die Spuren des großen, schwarzen Hengstes überall erkennen!"

"Also kreuzten sie die Fährte der Büffel?", fragte Frank.

"Ja, genau", antwortete der Spurenleser.

"Kannst du ihren Spuren folgen?", murrte Frank, der sich in seinem harten Sattel anfing unwohl zu fühlen.

"Hmmhmm, klar, aber nicht vor morgen früh!", erklärte Bucky.

"Wie nah sind wir ihnen auf den Fersen?", fragte Frenchy.

"Oh, 'nen Tag, vielleicht eineinhalb. Sie bewegen sich nicht zügig, also, wenn wir uns beeilen, könnten wir ihnen bald auf die Pelle rücken", antwortete Bucky.

Die Meute schlug ihr Lager in der Nähe desselben Baches auf, an dem auch die Osage gelagert hatten. Alle Männer murrten verärgert und jammerten, aber keiner tat es laut genug, um Franks Zorn zu erregen, der sich seinerseits aber auch genug über die Situation beklagt hatte. Er trat gegen seine Bettrolle und versuchte, sie unter einer großen Eiche auszurollen, als Eichhörnchen an seine Seite kam und fragte: "Wie lange wollen wir die beiden noch jagen?"

Frank drehte sich zu seinem langjährigen Handlanger an und knurrte: "Bis wir sie erwischen, was denkst denn du?"

"All die anderen", er nickte zu den anderen Männern, "sind nicht glücklich. Ich habe kein Problem, wohlbemerkt, aber die da drüben schon. Sie wollen zurück zum Fluss und zur Piraterie."

"Piraterie? Sie wollen zurück auf den Fluss? Aber an eines denken sie nicht: 'Wir haben kein Boot!'", knurrte Frank und ließ sich auf die Knie fallen, um seine Decken zu richten. Er stand Eichhörnchen gegenüber: "Bucky sagte, dass wir die beiden in nicht mehr als anderthalb Tagen einholen werden. Er senkte seine Stimme und zog seinen Kumpan heran: "Wir können sie kriegen und dann können wir die Jammerer auf dem Rückweg loswerden." Er grinste seinen Handlanger an.

Der lachte: "Kann ich mein Messer benutzen?" Es bereitete ihm immer Vergnügen sich an schlafende Beute anzuschleichen und ihnen im Schlaf die Kehle aufzuschlitzen. Er hatte sich oft an größeren Feinden gerächt, die ihn wegen seiner kleinen Statur und seiner quietschenden Stimme verspottet hatten. Der Gedanke, es bei einigen seiner momentanen

Begleiter gleich zu tun, verlieh ihm eine gewisse Fröhlichkeit, die von Frank nur allzu gut verstanden wurde. Einige von ihnen hatten sich bereits über Eichhörnchen lustig gemacht.

Frank klopfte ihm auf den Rücken: "Natürlich kannst du dein Messer nehmen, mein Freund, natürlich kannst du das!"

Bucky hatte ein großes Weißschwanzreh erlegt, welches nun an einem großen Ast einer nahen Eiche hing. Frenchy war mit dem Kochen beauftragt worden und hatte die Lenden herausgeschnitten und in mehrere, handflächengroße Steaks zerlegt. Diese brutzelten nun über dem Feuer. Gut versorgt nach ihrem Überfall auf die Händler, blubberte ein Topf mit Wasser am Rand der Kohlen, und Frenchy hob den Deckel an, um eine Handvoll frisch gemahlenen Kaffee hineinfallen zu lassen. Er hatte eine Pfanne voller Brötchen gemacht, die nun neben dem Feuer unter einem Haufen heißer Kohle, die auf dem Deckel der Pfanne lagen, gebacken wurden. Einige von Bucky gesammelte Wildkarotten waren am Rand des Feuers unter die Kohlen geschoben worden. Frenchy lehnte sich zurück, um zuzusehen, wie das Essen zubereitet wurde.

Die anderen hatten ihre Arbeit erledigt, die Pferde versorgt, die Ausrüstung auf einen Haufen gestapelt und das Bettzeug ausgerollt, und einer nach dem anderen kamen sie zum Feuer, gespannt auf das Abendessen. Sie saßen still, warteten und starrten in die Flammen, bis Edgar Reese fragte: "Also, wie lange noch?" Die Frage wurde gestellt, ohne dass Reese irgendjemanden direkt ansprach oder ansah.

Frank blickte den Mann an und antwortete: "Bucky sagt, wir sind einen Tag, oder eineinhalb Tage hinter ihnen. Er sagte, sie hätten es nicht eilig und kämen nicht schnell vorwärts, wenn wir also morgen früh losreiten, könnten wir sie bei Einbruch der Dunkelheit einholen oder vielleicht auch etwas später."

Edgar sah Frank an, war einen Moment lang still, bevor er antwortete. Edgar wusste, dass Frank ein gemeiner Mann und dreckiger Kämpfer war. Er dachte sich nichts dabei, einem Mann in den Rücken zu schießen oder noch Schlimmeres, aber Edgar kannte auch seine eigenen Kampffähigkeiten und dachte, er könnte Frank am wahrscheinlichsten in einem Nahkampf schlagen. Frank war jedoch keiner, der fair kämpfte. Er kämpfte immer um den Sieg, egal was es kostete. Edgar sah den großen Mann an und antwortete: "Dann eben zwei Tage. Zwei Tage. Wenn wir sie bis dahin nicht haben, steige ich aus!"

Frank blickte Edgar an und knurrte: "Mächtig schwer wegzureiten, wenn man mit Blei beschwert ist!"

"Das gilt auch für dich, Frank", antwortete Edgar, als er Franks Blick unerschrocken erwiderte.

Frenchy warf ein: "Das Essen ist fertig! Lasst uns essen!"

Für einen unangenehmen Moment bewegte sich niemand, bis Frank die Augen senkte und einen Teller aufhob: "Leg etwas Fleisch darauf!", forderte er, und zeigte auf den Zinnteller. Er stand auf und trat die Kohlen und den Deckel von der Pfanne, stach mit seinem Messer in eines der Brötchen. Dann wühlte er in den Kohlen am Rande des Feuers herum und fischte ein paar Wildkarotten mit dem Messer heraus und legte sie auf seinen Teller. Er goss sich eine Tasse Kaffee ein und lief allein weg vom Feuer, um im Dunkeln am Rande des Feuerscheins zu schmollen.

FRANK ZWANG die mürrische Truppe bei Tagesanbruch der Spur von Gabriel und Ezra zu folgen. Bucky, der die ungefähre Richtung kannte, in die die beiden Männer geritten waren, trieb sein Pferd auf dem aufgewühlten Boden des Büffelpfads entlang. Ein erfahrener Fährtenleser konnte das Alter einer Fährte an der Verwitterung und dem Trocknen der Erde auf der Spur erkennen. Bucky fand es einfacher als erwartet, der Spur von Gabriel und Ezra zu folgen, da sich die von ihren Pferden hinterlassenen Spuren nicht nur in Größe und Form, sondern auch in der Frische von der Spur der Büffel unterschieden. Der von den Büffeln durchpflügte Boden war ausgetrocknet und zerbröckelt, während die Spuren der Pferde dunkler und frischer waren. Sie folgten einem direkteren Weg. Bucky trat sein Pferd in den Galopp und drängte voran, denn er wollte die beiden Männer überholen.

Nach weniger als einer Stunde Ritt auf dem Pfad der Bisons entdeckte Bucky, wo seine Beute nach Westen abgebogen war, und folgte sofort der neuen Spur. Er ritt auf einen kleinen Hügel hinauf, um die Gegend nach dem möglichen Ziel der beiden Männer abzusuchen. Er stand, die Zügel seines Reittiers in der einen Hand, die andere schützend vor seine Augen haltend, während er nach Westen in Richtung Verdigris-Fluss starrte. Das von Bäumen gesäumte Ufer wies auf den Flusslauf hin und Bucky lächelte, denn er sah die offensichtlichen Spuren der vier Pferde, die er verfolgte. Er stieg auf, ritt von der Anhöhe herunter und entschied sich dabei, seine Route zu variieren und nicht direkt den Spuren der beiden Männer zu folgen. Wenn sie, wie er vermutete ihren zurückgelegten Weg beobachteten, wollte er sich nicht verraten, also ritt er in den niedrigen Bodensenken und ausgetrockneten Bachläufen der Ebene.

Bucky hielt oft an, um ein Zeichen auf dem Weg zu hinterlassen, um es Frank und den anderen zu erleichtern, ihm zu folgen. Manchmal benutzte er Steine oder Stöcke, die einen Pfeil auf dem Boden darstellten. Manchmal hinterließ er ein Brandzeichen an Bäumen zurück oder brach Äste ab, die er verdrehte, um den Weg zu weisen. Er wusste, dass er die Wegweiser einfach halten musste, denn Frank und seinen Männern fehlten selbst grundlegende Fähigkeiten eines Trappers.

Als er zum Verdigris-Fluss kam, ritt er am Ostufer entlang und suchte nach den Spuren, wo die beiden Männer das Wasser überquert oder ihr Lager aufgeschlagen hatten. Innerhalb weniger Augenblicke fand er ihr Lager und stellte sich an das Ufer, um zu sehen, ob er feststellen konnte, wo sie den Fluss erneut überquert hatten und am anderen Ufer an Land gegangen waren. Fast direkt gegenüber dem Lager sah er die offensichtlichen Spuren der vier Pferde, die die Sandbank überquert hatten, und auf dem Gras auf der anderen Seite das Ufer betreten hatten. Er grinste und glaubte, dass Gabriel und Ezra nicht wussten, dass sie verfolgt wurden, und sich nicht bemüht hatten, ihre Spuren zu verwischen. Er kicherte und schüttelte den Kopf, als er dachte: "Das ist fast zu einfach! Sie werden nicht wissen, was sie getroffen hat, wenn wir sie einholen." Wahrscheinlich würde es Morgen soweit sein.

Bucky zog Sattel und Zaumzeug von seinem Pferd und band es an einen Pflock, dass das Tier grasen konnte. Dann streckte er sich unter der großen Eiche aus, um etwas Schlaf nachzuholen, während er auf Frank und seinen Haufen Halsabschneider wartete. Er lächelte, als er sich hinlegte, und dachte darüber nach, was er mit seinem Anteil am Kopfgeld machen würde.

Als Frank und die anderen herangeritten kamen, stand Bucky auf, die Hände auf den Hüften und grinste. Frank knurrte: "Ich dachte, du sagtest, du würdest sie um diese Zeit finden."

"Sie sind nicht weit und sie bewegen sich langsam, also bin ich sicher, dass sie nicht wissen, dass wir ihnen folgen." Er drehte sich um und zeigte auf das andere Ufer: "Siehst du das? Dort überquerten sie das Ufer und schlugen hier ihr Lager auf. Diese Spuren sind noch nicht so alt, ich weiß also, dass wir sie morgen einholen werden!" Bucky drehte sich um und sah Frank mit einem zufriedenen Grinsen im Gesicht an. Er blickte die anderen an: "Also, Männer, ich glaube, wir werden unser Geld von dieser Belohnung schon sehr bald ausgeben! Und ich habe mir in Neu Madrid ein Mädchen besorgt, das sehnsüchtig auf meine Rückkehr wartet!"

Edgar und Aaron, die mit ihren Pferden hinter Frank und Frenchy saßen, sahen sich gegenseitig an. "Wird aber auch Zeit!" knurrte Edgar, während Aaron zustimmend nickte. Die beiden hatten sich verbündet und waren den ganzen Tag zusammen geritten. Frank glaubte, dass sie ihre Flucht oder eine andere List planten. Wie es bei Dieben und anderen Verbrechern war, traute keiner dem anderen und verurteilte sein Gegenüber immer nach seinen eigenen Taten und Gedanken. Aber das war immer so bei den Menschen; das Maß, nach dem wir andere beurteilen, ist jenes, welches wir am besten kennen, und das ist unser eigenes. Andere sind größer oder kleiner als wir, dicker oder dünner, gemeiner oder besser. Und in den Augen derer, die ihr Leben damit verbringen, andere zu täuschen und auszunutzen, geht man davon aus, dass jeder Mensch genauso trügerisch und verworfen war wie sie selbst. Man konnte niemandem vertrauen. Franks einzige Möglichkeit, mit denen umzugehen, die sich gegen ihn wandten, bestand darin, sich zuerst gegen sie zu stellen, und er hatte bereits begonnen, seine Bündnisse und Pläne zur Erreichung seiner Ziele zu schmieden.

28

VERFOLGUNGSJAGD

Als Frank sich auf seine Ellbogen erhob, war das erste Licht des Morgens bereits rosa und am Verblassen. Er stöhnte auf, als er sich erhob, wütend auf den neuen Tag und seinen schlechten Schlaf in der Nacht zuvor. Niemand hatte das Feuer angefangen, und ein kurzer Blick zu seinen Männern sagte ihm, dass Bucky verschwunden war. Er knurrte: "Steht auf! Sofort!" schrie er alle aber keinen bestimmten an. Er rollte seine Decken zusammen und taumelte dorthin, wo die Pferde angebunden waren. Nach Sattel und Zaumzeug greifend, schnappte er nach dem Führungsseil seines Pferdes, das mit großen Augen zurückschreckte, nachdem es zuvor schon oft die Wut des Mannes erlebt hatte. Frank knurrte: "Komm her, du Krähenköder!" und zog den Schimmel gewaltsam heran. Eine Hand an der Leine haltend, schwang er die Decke, dann den Sattel auf den Pferderücken. Während das Tier sich beruhigte, begann er, den Sattelgurt um den Bauch des Schimmels zu legen und festzuschnallen. Die anderen waren seinem Beispiel gefolgt und hatten den ganzen Weg über gemurrt. Edgar fragte: "Wollen wir nicht essen? Trinken wir wenigstens einen Kaffee?"

"Nein, ihr habt schon zu lange geschlafen. Wir müssen losziehen!" Während er vor sich hin schimpfte, bemerkte er eine Bewegung gegenüber und schaute über den Fluss. Er sah, dass Bucky bereits zurückkehrte. Er ging zum Uferrand und brüllte: "Schon gefunden?"

"Nein! Sie haben ihre Spuren verwischt, also werde ich ein wenig suchen müssen, um sie zu finden. Bucky, der in seinen Steigbügeln stand und seine Hände an den Mund hielt, rief: "Wer ist da drüben schon auf und will mir helfen?"

"Das mache ich, warte auf mich!", antwortete Frank, und murmelnd, während er sich umdrehte, sah er Edgar an: "Du und Aaron, setzt Kaffee auf und backt die Brötchen auf und wärmt das Fleisch. Wir kommen bald wieder und holen uns welches."

Edgar grinste erleichtert und antwortete: "Klar, Boss, das mache ich!"

Frank stieg auf und machte sich auf den Weg zum Fluss, wurde aber von Bucky gestoppt, der von der anderen Seite rief: "Du reitest auf dieser Seite am Ufer entlang und schaust, ob sie über den Fluss zurückgekommen sind. Ich werde hier das Gleiche tun!"

Frank winkte, um ihm zu zeigen, dass er verstanden hatte und lenkte sein Pferd am Ufer entlang, um mit der Suche zu beginnen. Er war etwa hundert Meter in und aus den Bäumen geritten und hatte das Flussufer, die Sandbänke und die Baumgrenze nach irgendeinem Zeichen abgesucht, als er schließlich sah, was seiner Meinung nach ihre Spuren sein könnten. Er stieg ab und suchte die dicht liegenden Blätter und Äste ab, griff dann zu einem Stock und benutzte ihn, um die Blätter aufzurühren. Er folgte der schwachen Spur, kam zu einem Abschnitt mit kaum mehr als getrocknetem Gras, und sah die deutlichen Spuren von mindestens zwei Pferden. Er blickte nach vorne, sah, dass die Spur zurück zum Flussufer führte, wo sich der Fluss fast eine Kehrwendung machte, und stieg auf.

Als er an das Ufer gegenüber von Bucky zurückkehrte, stand er in seinen Steigbügeln auf und rief: "Ich glaube, ich habe etwas gefunden", und winkte ihn zu sich. Sie folgten den Spuren quer durch die Landzunge zwischen den Flussbiegungen und kamen zum Ufer, wo die Spuren ins Wasser führten. Bucky hielt sich zurück, schattierte seine Augen, um über den Fluss zu schauen: "Sie ritten ins Wasser hinein, aber ich kann nicht sehen, wo sie herauskamen!" Frank schaute auch, aber das andere Ufer behielt sein Geheimnis für sich.

"Was jetzt?", knurrte Frank, als er seinen Fährtenleser ansah.

Bucky sah den großen Mann an, zog seine Maiskolbenpfeife heraus und zündete die Reste des Tabaks an. Nachdem er einen tiefen Zug genommen hatte, antwortete er: "Dasselbe, was wir gerade getan haben. Du nimmst dieses Ufer, ich gehe hinüber!", und trieb sein Pferd ins Wasser. Beide Männer ritten durch die sich verdichtenden Bäume, sie bewegten sich im Zick Zack durch die Stämme und suchten die Flächen mit Blätter und Gräser ab. Sie suchten nach irgendeiner Spur, das von dem Durchkommen zweier Männer und vier Pferden erzählen würde. Nach einer weiteren Viertelstunde rief Bucky: "Gefunden!" Frank ritt aus den Bäumen heraus und näherte sich dem Ufer. Er sah Bucky vom anderen Ufer aus winken und rief: "Ich folge ihnen, komm du mit den anderen nach!" Frank winkte und kehrte zum Lager zurück. Er war ebenso begierig auf etwas zu essen und einen Kaffee wie auf die Verfolgung.

Die lange Ebenen am Verdigris Fluss und dem Fall Fluss bot den Männern kaum Bedenkzeit und sie hatten nun noch mehr zu klagen. Der kalte Winterwind riss an ihren Klamotten, griff ihnen mit eisigen Fingern um die Kehle und griff in ihre zerrissenen Kleider. Eichhörnchen war der Erste, der nach seinen Decken griff und sie um sich wickelte. Die anderen folgten seinem Beispiel, und schon bald begannen ihre Pferde mit hängenden Köpfen und kleinen Eiszapfen an ihren Mähnen und Nasen baumelnd, bei jedem Tritt das Eis zu durchbrechen, das an den langen, trockenen Gräsern hing. Die erschöpften Tiere taumelden und stolperten. Franks Pferd ging in die Knie und warf den stämmigen Mann über den Kopf ab. Er überschlug sich in dem Durcheinander von Eiszapfen. Der kalte Wind war erbarmungslos und biss sich auf jedem Stück entblößter Haut fest.

Frenchy rief: "Wir müssen anhalten und ein Feuer machen! Wir bringen die Pferde um!"

Edgar knurrte: "Wir bringen uns um, meinst du!"

Frank war aufgestanden und hielt die Zügel seines Pferdes in der Hand, als er nach einem Unterschlupf suchte. Er erspähte einige Büsche und Baumkronen, die aus einer niedrigen Senke herausragten, und sagte: "Da! Er begann, auf die versprochene Deckung zuzugehen. Auf dem Boden befand sich ein kleines Wasserloch aber die Bäume und die Neigung der Böschung gaben ihnen Schutz vor dem eisigen Wind. Die Männer stiegen bereitwillig ab und ließen ihre Pferde aus dem eisumrandeten Becken trinken. Aaron hatte eine Armladung Holz gesammelt, und Edgar und Eichhörnchen suchten etwas Anzündholz, und bald schon loderte ein Feuer. Die Männer standen um die Flammen herum, streckten die Hände aus und rieben sie aneinander, damit das Blut wieder fließen konnte. Das verkrustete Eis auf ihren Mänteln tropfte in kleine Pfützen zu ihren Füßen, und die Männer standen still und lauschten dem unheimlichen Wind, der durch die skelettartigen Äste der Bäume über ihren Köpfen pfiff.

Bucky fand den Zufluchtsort und ritt hinunter in den niedrigen Unterstand. Er stieg aus dem Sattel und ging zum Feuer, wo er sich zu den Männern bei den Flammen gesellte. Er sah Frank an: "Ein Stück weiter gibt es einen besseren Lagerplatz. Er liegt am Fluss, aber an einem Steilufer, geschützt von Bäumen und viel Gras. Das ist ein guter Ort, um den Sturm abzuwarten, der wahrscheinlich nicht lange anhalten wird. Die Jungs haben dort geschlafen und sind heute weiter geritten. Sie waren nur ein paar Stunden weg, als ich ins Lager kam." Er hielt inne und schaute sich um: "Und bei diesem Sturm könnten sie sogar umdrehen zu dem Lagerplatz und uns dort finden!

Die anderen sahen sich um, und Frank fragte: "Wie weit?"

"Oh, ein oder zwei Meilen, das ist alles", antwortete der grinsende Fährtenleser.

"Wir wärmen uns auf, geben den Pferden eine Verschnaufpause, dann brechen wir auf. Vielleicht wird der Wind ein wenig nachlassen", erklärte Frank und dachte dabei mehr an seinen eigenen Komfort als an den der anderen.

GABRIEL UND EZRA waren wieder auf die Spitze des Tafelbergs geritten und fanden ein noch besseres Lager als zuvor. Eine große Felswand hatte eine große Nische im Stein, die einen schützenden Überhang und Rückendeckung bot. In der kleinen Schutzinsel hatten sie ein warmes Feuer, und ihre Pferde waren am äußersten Ende der Felsen angebunden und genossen die Deckung vor dem kalten Wind. Der neblige Regen, der sich schnell in Eis verwandelt hatte, war nun schwächer, aber der Wind heulte und wimmerte weiter um die Felsen herum. Das Feuer war vor der Entdeckung sicher, da die umliegenden Felsblöcke es vor neugierigen Blicken, sowie dem Wind abschirmten. Gabriel hatte einen langen flachen Stein als eine Art Spiegel aufgestellt, um den größten Teil der Wärme innerhalb der Felsnische zu halten.

Die Sonne versteckte sich schamvoll, da sie nicht ihrer Aufgabe entsprechend Licht und Wärme spendete. Sie hatte Zuflucht hinter den hohen dunkelgrauen Wolken, die über den Himmel zogen, gesucht. Das Halbdunkel kündigte die kommende Nacht an, und die beiden Freunde sahen der Kaffeekanne bei ihrem Vibrieren auf den Kohlen zu, während sie darauf warteten, dass das tägliche Aufbrühen fertig war.

"Glaubst du, sie kommen heute Abend?", fragte Ezra, der das Warten satthatte. Er war bestrebt, diesem Katz-und-Maus-Unsinn ein Ende zu bereiten, vor allem, weil er sich selbst als die Maus betrachtete.

"Keine Ahnung. Hängt davon ab, wie nahe sie uns bereits sind. Wenn ihr Fährtenleser das Lager unten findet, dann vielleicht. Aber ich werde bald nachsehen. Der Regen hat nachgelassen, aber der Wind geht immer noch durch Mark und Bein. Ich schaue aber bald das Lager unten genau an." „Das Eis könnte das Herumschleichen etwas unsicher für dich machen."

"Ach, nicht wirklich. Ich glaube nicht, dass die Blätter zu eisig geworden sind. Wahrscheinlich sind sie nur nass, und das macht das Schleichen umso leiser."

"Vielleicht!", antwortete Ezra und dachte nach.

Der Wind wurde unregelmäßig, flüsterte durch die Bäume und um die Felsen herum und verabschiedete sich schließlich für die aufkommende Nacht. Gabriel steckte das Etui mit dem Fernrohr in sein Hemd, schlüpfte in den schweren Mantel und machte sich auf den Weg zu den Felsen am Rande des Tafelbergs. Kaum hatte er seinen Platz eingenommen und begonnen, sein Fernrohr Richtung Gesicht zu heben, sah er Bewegung in der offenen Ebene unter ihm. Er zog seine Knie zur Unterstützung an und legte das Zielfernrohr aus, dann hob er das Okular an und legte das kalte Messing an sein Gesicht, fokussierte die Linse und suchte das Gelände ab. Es waren mehrere Männer auf Pferden, die auf ihren Pferden trabten, während sie geradewegs auf die Klippe zusteuerten. Er kauerte sich gegen die Kälte zusammen, hielt das lange Zielfernrohr ruhig und konzentrierte sich auf die führenden Reiter.

Alle Männer waren in Decken eingehüllt, das Kinn jeweils tief in den Kragen gesteckt, die Hüte heruntergezogen. Nur der

Größe nach zu urteilen, war der Anführer sein Erzfeind aus Neu Madrid. Insgesamt sechs Männer, kein anderer so groß wie ihr Anführer, und ein wesentlich kleinerer, drahtig aussehender. Gabriel erinnerte sich an den kleinen, mageren Zwerg, der dem großen Mann im Kampf zur Seite gestanden hatte. Sie hatten ihm einen Spitznamen gegeben. Gabriel dachte nach. Kaninchen oder Eichhörnchen ... Das war's... Eichhörnchen! Gabriel war sich jetzt sicher, dass dies dieselben Männer waren, denen sie in Neu Madrid entgegengetreten waren, aber jetzt waren es noch mehr Männer. Damals waren nur vier im Gasthaus gewesen, aber jetzt folgten Ezra und ihm sechs Männer. Vielleicht waren die anderen der wahre Grund für die Verfolgung. Vielleicht hatten sie den Schlägern die Nachricht vom Kopfgeld überbracht. Es spielte jedoch keine Rolle. Gabriel spürte, dass ein Kampf auf ihn zukam, und er war entschlossen, dass dies ein Kampf sein würde, mit dem Ziel jede weitere Verfolgung zu beenden. Er wusste, dass Ezra zustimmen würde, da sie es leid waren, wegzulaufen, und nun nicht weiter flüchten wollten.

29

SABOTAGE

G abriel gab den schrillen, sich wiederholenden Ruf des Nachtfalken von sich, um Ezra an seine Seite zu rufen. Sein Freund kam schnell und leise, und kniete sich hinter Gabriel auf den Felsen. Gabe flüsterte, während er das Zielfernrohr an das Auge gehalten behielt: "Sie kommen. Es ist der Haufen aus Neu Madrid; ich erkannte die kleine Ratte sowie auch den großen Schläger. Bei den anderen bin ich mir nicht sicher, aber sie sind uns definitiv auf der Spur." Er gab Ezra das Zielfernrohr, damit er einen Blick auf die Bande werfen konnte. Als er in die die Linse starrte, sagte Gabe: "Sieht aus, als würden sie direkt auf das Lager zusteuern. Ihr Kundschafter muss es gefunden haben, genau wie wir gehofft hatten."

"Du hast Recht. Was sollen wir tun?", fragte Ezra, senkte das Fernrohr und schaute seinen Freund an.

"Lass sie erst mal am Lager ankommen und wir schleichen uns näher heran und belauschen sie. Vielleicht erfahren wir etwas über ihre Pläne und dann entscheiden wir."

· · ·

DIE KOPFGELDJÄGER LIEßEN sich in ihrem Lager nieder, froh, dem kalten Winterwind zu entkommen und ein warmes Feuer und eine warme Mahlzeit zu haben. Mehr auf ihre Bequemlichkeit als auf ihre missliche Lage konzentriert, hatte das Gemurre nachgelassen, wenn auch nur vorübergehend. Frenchy hatte die Aufgabe des Kochens mehr oder weniger geerbt, während die anderen sich um die Pferde und die Ausrüstung kümmerten. Es hing mehr Rehfleisch über dem Feuer, ein Topf mit Bohnen, der über den Flammen baumelte, und Maisfladenbroten buk in der Pfanne. Die Männer starrten in die Flammen und erwarteten das gute Essen.

Edgar sah Bucky an: "Also haben die beiden heute erst das Lager verlassen?"

"Ja, war nicht mehr als ein paar Stunden, bevor ich hierherkam. Angesichts des Windes und des Eises glaube ich nicht, dass sie weit geritten sind. Wahrscheinlich fanden sie entlang des Weges Schutz und ducken ihre Köpfe unter die Decken, anstatt zurückzukommen. Wir werden sie morgen früh finden!", erklärte er selbstbewusst.

Als Frenchy die Mahlzeit für fertig erklärte, machten sie sich an die Arbeit. Mit vollen Tellern und Tassen taten sie eifrig ihr Bestes, um alles Essbare zu verschlingen. Als sie sich zurücklehnten, um volle Bäuche und warme Füße zu genießen, überraschte Frank sie, als er einen Krug herausholte und den Whisky herumreichte.

"So ist es schon besser", verkündete Aaron, der normalerweise immer schwieg. Er nahm einen langen Zug und reichte den Krug an Edgar weiter. Sein Freund steckte seinen Finger durch die Schlaufe und stellte den Krug auf seinen gebeugten Ellbogen, führte die Öffnung an seine Lippen und trank einen großen Schluck. Sein Gebaren rief die Proteste der anderen hervor, denn sie hatten Angst, dass es nicht genug für alle gäbe. Die Bedenken waren groß, dass der oft klagende Trinker wenig für die anderen übriglassen würde. Aber sie waren nicht mehr beunruhigt, als Frank ihnen versicherte: "Es ist genug für alle da, bleibt ganz ruhig sitzen und beruhigt euch!"

GABRIEL UND EZRA TRENNTEN SICH, wobei Gabe den längeren Weg wählte, um an das Lager heran zu schleichen. Er nahm den Weg stromabwärts entlang des Ufers, während Ezra vom Kamm des Tafelbergs in Richtung des nördlichen Waldrands lief. Der Plan bestand darin, sie zu belauschen, dann darauf zu warten, dass sie sich schlafen legten, um dann so viel Schaden anzurichten, wie möglich war, ohne sich selbst zu gefährden. Der eigentliche Angriff würde erst bei Tagesanbruch erfolgen.

Ezra wählte jeden Schritt vorsichtig und lauschte dem Knirschen der dünnen Eisschichten, die der Sturm während dem Tag zurückgelassen hatte. Aber die nächtlichen Winde hatten mildere Temperaturen mitgebracht, die die Eiszapfen, die an den kahlen Ästen von Ulmen, Hickory und Eichen hingen, zum Schmelzen brachten. Der periodisch auftretende Wind kam in Böen, die immer ein Knarren und bröckelndes Geräusch im Wald verursachten, wenn das Eis auf den Boden fiel. Fast schien es wie die Melodie von Hunderten von Waldnymphen, die durch den Wald tanzten. Aber es überdeckte das Anschleichen der beiden Freunde, die sich gleichzeitig mit den Böen zusammen bewegten.

Die Nacht war völlig dunkel, aber die Wolken des Sturms waren weitergezogen. Sterne signalisierten ihre Anwesenheit mit glitzerndem Leuchten, und der Mond war fast zu einem Vollmond herangewachsen. Nachdem sich ihre Augen an die Dunkelheit gewöhnt hatten, bewegten sich sowohl Ezra als auch Gabriel zuversichtlich auf das Lager zu. Ezra schlich auf Ellbogen und Knien gestützt, die Pistole in der Hand, vorwärts und als er in Hörweite des Lagers kam, ließ er sich geräuschlos auf den Bauch fallen, um zu lauschen.

Gabriel kam gut voran. Er war weiter vom Lager entfernt, als er vom Tafelberg herabstieg. Er rannte durch den feuchten Wald, bis er zum Flussufer kam. Er nutzte sowohl die Geräusche des Windes und des schmelzenden Eises als auch das Gluckern des Flusses, um sich dem Lager zu nähern. Er schlich langsam von Baum zu Baum. Als er weniger als sechs Meter entfernt vom Lager ankam, kniete er sich vorsichtig hin. Mit einer der Sattel-pistolen in seiner Hand und der anderen in seinem Gürtel steckend, wartete er und beobachtete. Der Schein des Lager-feuers erhellte die dunkle Nacht und ermöglichte es Gabe, alle vier Männer aus Neu Madrid deutlich zu erkennen.

WÄHREND DIE ANDEREN sich mit dem Whiskey Krug beschäftig-ten, nickte Frenchy Frank leicht zu, damit die beiden zur Seite treten und miteinander reden konnten. Als Frank an seine Seite kam, fragte Frenchy: "Glaubst du, dass Bucky Recht hat damit, dass wir die beiden morgen einholen?"

"Kein Grund, das nicht zu denken. Er ist genauso hungrig auf einen Kampf wie der Rest von uns, wenn nicht sogar noch mehr", antwortete der große Mann.

"Wenn wir sie dann erwischen, machen wir dann alle uns sofort wieder auf den Weg zurück?", fragte Frenchy und beob-achtete Franks Reaktion, um sicher zu sein, dass er verstanden hatte, was er wirklich herausfinden wollte.

Frank kicherte, senkte den Kopf und blickte grinsend auf den Boden: "Oh, da sind wahrscheinlich zwei oder drei, die zurückbleiben könnten."

Frenchy grinste und nickte: "Vergiss nur nicht, ich muss herausfinden, wo wir die Belohnung bekommen, und ich brauche dich, um diese Arbeit zu erledigen. Das Kopfgeld wird etwas größer sein, wenn es nur durch zwei statt durch sechs Anteile geteilt wird."

"Oh, ich vergesse nichts. Vor allem nicht den Teil, wie wir mehr als die ursprünglichen tausend Dollar bekommen!"

Frenchy sah Frank an, entschlossen, die erhöhte Summe des Kopfgeldes für sich zu behalten, und ließ Frank glauben, er sei der Einzige, der das zusätzliche Geld bekommen würde. Er brauchte den Anreiz der zusätzlichen Belohnung zu seinem eigenen Schutz. Er vertraute Frank nicht mehr als Frank ihm vertraute. "Oh, das kriegen wir schon hin. Daran habe ich keine Zweifel, aber es wurden Bedingungen für diese zusätzlichen Tausend gestellt, also behalte das im Hinterkopf, während du dafür sorgst, dass ich gesund bleibe."

Frank knurrte, als er zurück zum Feuer ging, in der Hoffnung, noch einen Schluck Whiskey zu bekommen, bevor alles weg war.

Ezra sah den großen Mann und einen anderen vom Feuer weggehen, während der Rest der Männer den Krug herumreichte. Seine Position ermöglichte ihm einen guten Blick auf einen der Männer am Feuer, der die beiden sich entfernenden Männer beobachtete. Der Mann mit dem Krug in der Hand schaute den beiden sich zurückziehenden Männer hinterher, dann blickte er in die Runde, begann, den Krug zu heben, sprach aber leise: "Ich frage mich, was sie vorhaben", und kippte den Krug für ein weiterer Schluck. "Was meinst du?", fragte der Mann neben ihm.

Edgar sagte: "Die beiden" und nickte Frank und Frenchy hinterher, "als ob sie etwas planen, das uns nicht einbezieht! Das gefällt mir nicht!"

Aaron sah die dunklen Gestalten vom Feuer weg gehen und sagte: "Ja, und ich vertraue Frank nicht. Er würde uns lieber erschießen, als mit uns zu teilen."

Eichhörnchen rief: "Frank würde das nicht tun!"

"Vielleicht nicht bei dir, weil du ja sein Schoßhündchen bist. Aber jeder von uns hat schon einmal gesehen, wie Frank sich gegen andere wendet. Ich sage nur, dass wir uns gegenseitig den Rücken freihalten müssen!", antwortete Edgar und reichte Aaron den Krug.

Eichhörnchen nahm Aaron den Krug ab und kippte ihn für einen großen Schluck. Er dachte dabei über seine Vereinbarung mit Frank nach, und auch darüber, was er mit seinem Messer vorhatte. Als er den Krug von seinen Lippen nahm, lächelte er in Erwartung der ihm gestellten Aufgabe.

Mehr wurde unter den Männern nicht gesagt, und sie gingen zu ihren Wolldecken und legten sich für die Nacht hin. Ezra und Gabriel beobachteten, warteten und ließen den Männern genügend Zeit, in einen tiefen Schlaf zu fallen. Überraschenderweise stellten sie keine Wachen auf. Obwohl ihr Fährtenleser offensichtlich ein Mann des Waldes war und alle wussten, dass sie sich in einem Indianergebiet befanden, fühlten sie sich in ihrem Lager sicher genug. Niemand wollte wohl derjenige sein, der den Schlaf verpasst, weil er Wache spielen musste. Außerdem waren sie, wenn jemand angreifen sollte, mehr als fähig, sich zu verteidigen, so dachten sie zumindest. Der Mann, der denkt, er sei stärker, klüger und listiger als alle anderen besaß die typische Arroganz, die sich in den Köpfen derjenigen abspielt, die sich außerhalb der Reichweite von Gesetz oder Vergeltung wähnen. Sie waren es gewohnt, ihren Willen gegenüber jedem, den sie für schwächer hielten, durchzusetzen.

EDGAR UND AARON lagen mit ihren Füßen gegen das Feuer auf der Südseite, und damit am nächsten bei Gabriel. Frank, Eichhörnchen und Frenchy befanden sich auf der gegenüberliegenden Seite nahe beieinander, und Bucky hatte sich von sich aus näher an den Waldrand am Fuße des Steilhangs des Tafelbergs gelegt. Gabriel hatte den Einzelgänger bereits als klüger als die anderen eingeschätzt. Er war der Mann, vor dem man sich in Acht nehmen sollte, während die beiden ihm am nächsten liegenden am unvorsichtigsten in der ganzen Bande waren. Er und Ezra waren übereingekommen, dass sie, wenn möglich, versuchen würden, einige der Männer zu entwaffnen, wenn dies, ohne sie aufzuwecken möglich wäre.

Gabriel gab den Männern eine gute Stunde nach dem Hinlegen Zeit. Er lauschte den nächtlichen Geräuschen, nicht nur dem gelegentlichen Ruf des Nachtfalken oder der großen Horn Eule, oder dem zwitschernden Ruf der Spottdrossel, sondern auch dem Schnauben, Husten und Schnarchen der Männer. Die meisten atmeten tief und regelmäßig, als Gabriel auf dem Bauch zu den beiden Männern kroch. Er bewegte sich langsam und verstohlen, ließ sich Zeit und blieb stets wachsam. Er hob einen Arm und das gegenüberliegende Bein an und drückte seinen Körper vom Boden weg nach oben, um das schleifende Geräusch des auf dem Boden gleitenden Leders zu vermeiden, welches ihn in tödliche Gefahr bringen konnte. Seine langsame, methodische Bewegung brachte ihn nahe an die Köpfe der beiden Männer heran. Die Gewehre der beiden Männer lagen in der Nähe, die Läufe ruhten hinter der Sitzfläche der Sättel, die ihnen als Kopfkissen dienten.

Er wartete, ließ seine Atmung langsam und ruhig werden, hörte einen Ochsenfrosch in den Gräsern am Fluss und griff dann nach dem Gewehr, das dem Mann, der Edgar genannt wurde, am nächsten lag. Die schlafende Gestalt schnarchte, die Lippen flatterten bei jedem Ausatmen, das Gesicht zu seinem Freund Aaron. Gabriel griff nach unten und tastete nach der Kieferschraube oben auf dem Hammer. Er ergriff den runden Knauf der Schraube und drehte daran, zuerst klemmte sie, dann drehte sie sich etwas leichter. Er legte seine Hand neben den Hammer und fühlte, wie der Feuerstein herausfiel. Er schraubte die Backenschraube ganz heraus und steckte Oberbacke des Mechanismus und Schraube in seine Tasche. Er begann, sich zurückzubewegen, als ihm die Bewegung über den Kohlen des Feuers ins Auge fiel. Bucky war aus seinen

Decken aufgestanden, und mit dem Gewehr in der Hand bewegte er sich leise zu den Bäumen in Richtung Ezra, um sich zu erleichtern.

Gabriel hielt den Atem an, als er den Mann gehen sah. Er hatte eigentlich geplant, das Gewehr des Mannes neben Edgar außer Gefecht zu setzen, aber während Bucky sich umherbewegte, entfernte er sich lieber vorsichtig von dem schlafenden Paar. Er drehte sich um und schlich in tiefer Hocke zu den Bäumen. Als er in Deckung war, stand er auf und drehte sich um, um zurückzuschauen. Er wartete ein paar Minuten, bis Bucky von den Bäumen zurückkam und zu seinen Decken ging. Als er es sich wieder gemütlich gemacht hatte, entfernte sich Gabriel und ging zu ihrem Lager zurück. Er und Ezra würden ihren nächsten Schritt planen und sich auf den Kampf vorbereiten.

30

ZUSAMMENSTOSS

"Als ich gerade anfing, mich zum Lager zu bewegen, stand dieser Typ auf und kam so nahe, dass er fast auf mich getreten wäre! Danach dachte ich, es wäre einfach zu riskant", erklärte Ezra, als die beiden Freunde ihr Feuer zum Aufwärmen des Kaffees wieder entfachten.

"So wie sie um das Feuer herumliegen, denke ich, wir könnten einfach zurückgehen und warten, bis sie sich rühren. Dann könnten wir sie überrumpeln und uns einfach schnappen.

"Was tun wir, wenn sie aufgeben? Dann können wir sie nicht einfach erschießen!", fügte Ezra hinzu.

"Ich vermute, wir entwaffnen sie dann nur und schicken sie zurück nach Neu Madrid", schlug Gabe vor.

"Oh ja, ich kann sie mir genau vorstellen, wie sie sagen: 'Sicher, Mr. Stonecroft, tun Sie uns nichts, Mr. Stonecroft. Wir gehen friedlich und kommen nie mehr zurück, Mr. Stonecroft'!", spottete Ezra.

Gabriel grinste, schüttelte den Kopf und griff nach der Kaffeekanne. Sie waren beide angespannt und brauchten die Auflockerung. Keiner der beiden erwartete, dass die Kopfgeldjäger kampflos aufgeben würden, aber sie wussten, dass sie nicht einfach in ihr Lager stürmen und schießen konnten - obwohl Gabriel durchaus darüber nachgedacht hatte. Als er die Männer unter ihnen betrachtete, bemerkte er, dass er tatsächlich Zielscheiben aussuchte und überlegte auf wen er zuerst und auf welchen er als nächstes schießen würde. Diese Männer jagten ihn wie ein Tier und hatten wahrscheinlich nie in Erwägung gezogen, ihn lebend zu fangen. Er erinnerte sich an den Mann, den er in dem Duell getötet hatte, Jason Wilson, und an seinen Vater, beide bekannt dafür, dass sie blutrünstige Männer waren, die sich wenig dabei dachten, einen anderen Menschen zu töten. Jedes Kopfgeld, das Wilson für Gabriel aussetzte, würde keine Bedingungen bezüglich Leben oder Tod enthalten. Er wusste, dass er doppelt vorsichtig sein musste, denn diese Männer wollten ihn wahrscheinlich tot sehen und dachten nur an das Geld, das sie durch seinen Tod verdienen würden.

Er lehnte sich zurück, tief in Gedanken versunken, während er am heißen Kaffee nippte. Ezra sah die abwesenden Augen und wusste es besser, als Gabriels Gedanken zu unterbrechen. Gabriels kühl berechnender Verstand sollte ruhig ihre Belagerung ausarbeiten. Auch Ezra lehnte sich zurück, genoss seinen Kaffee und betrachtete die Sterne. Während die meisten in die Flammen oder glühenden Kohlen starren würden, wussten sie, dass sie ihre Nachtsicht bewahren und ihre Augen vor der Helligkeit des Feuers schützen mussten. Die Wolken hatten sich aufgelöst, und die Milchstraße wölbte sich über ihnen. Der voll werdende Mond, von nichts verdeckt, teilte sein Licht mit der nächtlichen Welt.

Irgendwo erhob ein einsamer Kojote sein Heulen zu den Sternen, in der Hoffnung auf eine Antwort von einem anderen. Unterhalb des Tafelbergs im Nebengewässer des Flusses prahlte ein Ochsenfrosch, er sei größer als alle anderen, und ein dürrer Ast hielt die großäugige Eule, die in die Nacht hineinrief. Normalerweise waren dies beruhigende Geräusche, aber heute Abend erinnerte es Ezra daran, dass der Frosch, die Eule und der Kojote in der nächsten Nacht ihr Nachtlied singen würden, selbst wenn er in dem bevorstehenden Kampf getötet werden sollte. Dann würde er ihr Lied nicht mehr hören. Es erinnerte ihn an die Predigt seines Vaters "*Ein bisschen Zeit von James genommen*", in der es heißt: "*Denn was ist dein Leben! Es ist sogar wie der Dampf, der für eine kurze Zeit aufsteigt und dann wieder verschwindet!*". Er schüttelte den Kopf und murmelte: "Wenn das mal nicht die Wahrheit ist?"

"Was? Was hast du gesagt?", fragte Gabriel, aus seiner Träumerei erwacht.

Ezra sah auf, ohne bemerkt zu haben, dass er laut gesprochen hatte, und antwortete: "Oh, nichts. Er erinnerte sich nur an etwas, das mein Vater gepredigt hatte: "Das Leben ist ein Dunst."

"Oh", antwortete Gabriel, der nach vorne gebeugt dasaß. Er legte seine Ellbogen auf die Knie und blickte zu Ezra. "Ich glaube nicht, dass wir eine große Wahl haben. Wir müssen sie von zwei Seiten angreifen und unser Bestes versuchen. Du hast deine doppelläufige Sattelpistole und deine Gürtelpistole, und ich habe meine drei Pistolen, und mit unseren Gewehren sollten wir mehr als genug Schuss für sechs Männer haben. Du kannst einmal danebenschießen und ich kann zwei oder drei Mal danebenschießen, und wir haben immer noch genug Kugeln für alle.

"Rede nicht von danebenschießen. Ich nehme auf alle Fälle meine Kriegskeule trotzdem mit!"

"Ich glaube, am kniffligsten ist derjenige, der aufgestanden und zu den Bäumen gegangen ist. Nach ihm wäre es der Große, gegen den ich gekämpft habe, dieser Frank. Aber der Kleine ist gerissen und schlüpfrig wie eine Schlange, also unterschätze ihn nicht!", sagte Gabe, als er laut über seine Einschätzung der Männer nachdachte.

"Ich muss dir recht geben. Aber auch der andere, der mit Frank abseits zum Waldrand ging, um ihr kleines Gespräch abseits der anderen zu führen, könnte kampferprobt sein", fügte Ezra hinzu.

Gabriel schaute in den Himmel und schätzte, dass es etwa zwei bis drei Stunden nach Mitternacht war. Er schaute Ezra an: "Ich schätze, wir machen uns besser bereit."

Sie überprüften in aller Ruhe die Ladungen in jeder Waffe, wobei Ezra sich dazu entschied, das Blei aus seiner Gürtelpistole zu ziehen, die Waffe zu reinigen und neu zu laden. Die anderen Waffen waren bereit, und die Freunde standen auf, umschlossen gegenseitig ihre Hände und zogen sich gegenseitig in eine brüderliche Umarmung. Gabriel sprach zuerst: "Halte den Kopf unten und gehe kein unnötiges Risiko ein."

"Ich bin nicht derjenige, der Risiken eingeht. Diese Ehre fällt meistens dir zu, mein Freund, also lass du selbst den Kopf unten und gehe kein Risiko ein!", antwortete Ezra.

Sie trennten sich und gingen zwischen die Bäume, nutzten die Schatten des Waldes zu ihrem Vorteil und bewegten sich vorsichtig von Baum zu Baum. Beide nahmen einen anderen Weg als zuvor. Sie hatten schon Jahre zuvor die Praxis entwickelt, sich niemals in einer Taktik oder Bewegung zu wiederholen. Gabriels Vater hatte seinen Sohn oft ermahnt: "Entwickle nie eine Gewohnheit, die gegen dich verwendet werden kann!"

Als Gabe hinter der großen Eiche in Stellung ging, beobachtete er die andere Seite des Lagers, auf irgendein Anzeichen von Ezra wartend. Innerhalb weniger Augenblicke sah er nicht mehr als das Ende des Laufes des Lancaster-Gewehres, und er wusste, dass Ezra bereit war. Er blickte über seine rechte Schulter, um den ersten Hauch des trüben Graus des frühen Morgens zu sehen, und wusste, dass die schlafenden Männer jeden Augenblick erwachen würden.

Es war Bucky, der sich zuerst rührte. Er schaute sich im Camp um, dann bei den Pferden, und sah keine Anzeichen dafür, dass er alarmiert sein müsste. Die meisten Rösser standen entspannt mit schiefen Hüften und hängenden Köpfen da und schliefen. Er schob die Decken langsam zurück, stand mit dem Gewehr in beiden Händen und suchte die umliegenden Bäume nach jeglicher Bewegung ab. Da er keine sah, lief er langsam neben Frank vorbei Richtung Wald, aber Frank knurrte: "Wohin gehst du?"

"Schon gut, Frank. Ein Mann hat Dinge zu tun, über die man nicht spricht!", antwortete Bucky abrupt. Ohne einen Schritt zu zögern, ging er zu den Bäumen weiter. Gabriel war besorgt, er könnte Ezra sehen. Ein Alarm würde jetzt die anderen aufmischen, und sie hätten weniger Kontrolle über den Kampf. Er wartete und beobachtete.

Frank streckte sich, warf seine Decken zur Seite und trat Eichhörnchen mit den Füßen: "Steh auf! Setz das Feuer in Gang!", befahl er und sprach laut genug, um die anderen zu wecken. Gabe holte tief Luft und sah zu, wie die anderen anfingen, sich zu rühren. Eichhörnchen stand auf und ging zu den schwelenden Kohlen. Er ging auf Hände und Knie, um das Feuer frisch anzufachen. Er zerbrach Anzündholz, legte es auf die Kohlen und blies in die Glut. Die beiden Männer, die Gabe am nächsten waren, rührten sich, setzten sich auf und begannen aufzustehen. Frenchy stand bereits über seinen Decken, dann begann er, dem von Bucky eingeschlagenen Weg in den Wald zu folgen, und Gabriel sah wie Bucky zurückkehrte. Bis jetzt war Bucky der Einzige, der eine Waffe in der Hand hielt.

Gabe hob sein Gewehr, so dass nur der Lauf neben dem Baum zu sehen war und rief: "Keine Bewegung!" Sein Gewehr war auf Bucky gerichtet, aber er beobachtete auch die anderen. Niemand bewegte sich, dann sprang Bucky vorwärts, fiel auf den Bauch und hob sein Gewehr hoch. Gabe folgte ihm mit seinem Visier und drückte ab. Die große Ferguson Flinte schoss, Zuckte in Gabriels Händen und blies Rauch und Feuer in die Luft. Das Gewehr schickte die Kugel vom Kaliber .65 auf die anvisierte Schusslinie. Gabe sah, wie das Gewehr in den Händen von Bucky Feuer und Rauch spuckte, und die Kugel aus seinem Gewehr grub eine tiefe Kerbe in die Rinde der Eiche, bevor die deformierte Bleikugel ein Loch in Gabes Seite riss und ihn um die eigene Achse schleuderte. Er fing sich rechtzeitig und zog die Sattelpistole aus seinem Gürtel, wobei er beide Hähne gleichzeitig spannte und die Pistolen in die Richtung der Beiden vor ihm schwang, die gerade ihre Gewehre in die Hand nahmen. Er feuerte den ersten Lauf ab, gerade als er das Donnern von Ezras Gewehr außerhalb des Lagers hörte.

Gabe sah, wie Edgar seinen Bauch packte, die Augen hob, um Gabriel anzustarren, und auf die Knie ging, wobei Blut aus seinem Mund tropfte und seine Hände traf, als er fiel. Gabe zielte mit der Pistole auf Aaron, der sein Gewehr nach oben zog, und feuerte den zweiten Schuss ab. Die Pistole zuckte in seiner Hand und spuckte Rauch, der ihm die Sicht auf den Mann nahm. Er hörte das Donnern des Gewehrs und sah Flammen durch den Rauch hindurch. Aaron hatte sich die Kugel aus Gabriels Pistole eingefangen, und sein Gewehr fiel ihm aus den Händen und schoss in den Boden als es sich entlud.

Gabriel ließ die Pistole neben seinem Gewehr fallen, zog seine zweite Pistole aus dem Gürtel an seiner blutgetränkten Taille und suchte nach den anderen Männern. Da nur ein Schuss von Ezra gekommen war, bedeutete das, dass mindestens zwei, wenn nicht sogar drei andere Kopfgeldjäger noch standen. Er machte einen Schritt hinter den Baum, hörte eine Bewegung an der Seite und begann sich umzudrehen, wurde aber mit etwas, das sich wie ein Vorschlaghammer anfühlte, seitlich am Kopf getroffen. Er stolperte zur Seite und versuchte, seine Pistole zu heben, aber sie war zu schwer. Er hob eine Hand an seinen Kopf, senkte sie wieder und sah, dass seine

Hand völlig mit Blut bedeckt war. Er taumelte, seine Beine fühlten sich schwach an, und er fiel auf die Knie. Seine Sicht verschwamm. Er hörte jemanden in der Ferne schreien: "Ich habe ihn! Ich habe ihn!", und er fiel nach vorne auf sein Gesicht. Die Blätter waren nass und kalt, ein Stein lag unter seinen Rippen, er rang nach Luft, und es wurde dunkel um ihn herum. Er dachte, *ich sterbe. Es ist dunkel. Es ist so dunkel. Nein!* Dann lag er still.

SIE KAMEN VON DEN BÄUMEN, waren Schwarz bemalt und sahen aus, als wären sie lebendig gewordene Schatten. Rund um den Kreis des Lagers kamen sie immer näher und näher. Plötzlich erfüllten Schreie den Wald, und Frank und Frenchy schnappten nach ihren Revolvergurten, um zu den Pistolen zu greifen, aber bevor sie die Waffen zum Zielen ziehen konnten, hatten Frank drei und Frenchy vier Pfeile in ihrem Brustkorb stecken. Sie sahen nach unten, dann einander an, und versuchten zu sprechen, aber aus ihren Mündern sprudelte Blut. Beide fielen auf die Knie und dann auf ihr Gesicht, was die Pfeile noch tiefer in ihre Brust trieb.

Der als Eichhörnchen bekannte Mann fing an zu schreien und hielt sich die Augen zu, aber mehr als ein halbes Dutzend Pfeile zischten durch das Lager, um seine Brust und seinen Hals als Zielscheibe zu nutzen. Er erstickte an seinem eigenen Blut und versuchte, um sein Leben zu betteln, aber es kamen keine Worte über seine Lippen. Er krümmte sich zur Seite, die Augen starrten auf die nackten Äste der Ulme, die sich über ihm ausbreitete, gerichtet. Für einen kurzen Augenblick herrschte Stille im Wald, bis die Kriegsschreie der Osage-Krieger durch die Stille hallten. Ezra trat vor, um vom Adler-flügel begrüßt zu werden, dann suchten beide Männer nach Gabriel und sahen die Gestalt von Honigbär neben einem reglosen Körper knien.

31

LAGER

Drei Tage. Drei Tage reiten, beobachten, beten. Ezra folgte den beiden Packpferden, während Honigbär auf ihrem grauen Schimmel ritt, welches das Travois zog. Sie führte den großen schwarzen Hengst an einem Seil. Die dicken Büffelfelle hielten die stille Gestalt warm, aber Gabriel lag immer noch bewusstlos und unbeweglich da. Seine Bandagen und Wickel hatten die Blutungen stoppen können, aber er hatte noch kein Lebenszeichen von sich gegeben. Sein Atem war flach, keine Bewegungen seines Körpers waren zu erkennen und seine Gesichtsfarbe noch blasser als gewöhnlich. Doch Honigbär blieb die ganze Zeit an seiner Seite und kümmerte sich um alles, was er brauchte.

Die Dämmerung hatte ihren Vorhang über das Land gesenkt, als Auftakt zu einer weiteren Zeit der Dunkelheit. Aber der nun volle Mond warf sein schwaches blassblaues Licht auf das Winterlager der Osage. Als die kleine Schar von Kriegern zurückkehrte, wurde sie herzlich und freudig begrüßt, denn die Krieger waren siegreich und stolz auf ihre Rolle in der kurzen Schlacht zurückgekehrt. Frauen und Kinder liefen neben ihren Männern, berührten die Leggings und blickten stolz auf ihre Kriegerkameraden. Blauer Mais und Stehender Elch sahen zu, wie sich das beladene Travois näherte, und der Häuptling blickte besorgt zu Honigbär. Adlerflügel trat zurück und berichtete über den Zusammenstoß, dann zeigte er auf die stille Gestalt auf dem Transportgestell: "Er kämpfte tapfer und hatte drei Feinde getötet, bevor er niedergeschlagen wurde", erklärte der Kriegsführer. "Honigbär hat ihn versorgt und wird bei ihm bleiben!"

Ohne eine weitere Erklärung führte Honigbär ihr graues Pferd zu der mit Rinde bedeckten Hütte, und Ezra half, Gabriel in die Hütte zu schaffen und es ihm auf einer Lage Büffelfell bequem zu machen. Sie sah Ezra an und sagte: "Ihr", dabei nickte sie ihm und Gabe zu, "werdet in dieser Hütte bleiben. Betrachtet sie als eure eigene. Ich werde mich um seine Bedürfnisse kümmern, aber ich werde nicht hierbleiben."

"Was immer du sagst, Honigbär", antwortete Ezra, und mit einem Blick auf Gabriel fuhr er fort: "Glaubst du, er kommt je wieder zu sich?"

"Wir müssen beten und daran arbeiten, um unseren Teil zu tun, und darauf vertrauen, dass Gott, oder Wah-kon-tah, den Rest erledigt."

Sie kniete neben Gabe und wischte mit einem kühlen, feuchten Tuch seinen Kopf und sein Gesicht ab, dann begann sie, die Umschläge und Verbände zu ersetzen.

Ezra brachte ihre Ausrüstung, Sättel, Rucksäcke, Rohlederbehälter und Waffen in die Hütte, dann entzündete er ein kleines Feuer für Licht und Wärme. Er versuchte, sich zu beschäftigen, während Honigbär sich um seinen Freund kümmerte. Ezra machte sich große Sorgen. Noch nie zuvor war es so ernst gewesen. Sicher, er war verwundet worden, aber er hatte sich als stärker als die meisten erwiesen und zuckte mit den Achseln, als ob die meisten Verletzungen ein Kratzer oder Bluterguss wären. Seinen Freund bewusstlos und unbeweglich zu sehen, fast als ob er sich anscheinend nur noch mit einem schwachen Griff am Leben festhielt, der sich immer mehr zu lockern schien, war schwer zu ertragen. Er fühlte sich hilflos und mehr als besorgt, er hatte Angst. Er war hier, weil Gabe immer sein bester Freund gewesen war, mehr wie ein Bruder als nur ein Freund, und sie waren immer unzertrennlich gewesen. Selbst als Gabriel an der Universität war und Ezra mit seinem Vater zusammenarbeitete hatte sie nichts auseinandergebracht. Aber jetzt stand er vor einer ungewissen Zukunft, und er fragte sich, was er tun würde, wenn sein Freund es nicht schaffen würde.

Er atmete tief ein und saß nach vorne gebeugt mit den Ellbogen auf den Knien und dem Kopf in den Händen, unfähig, die Worte zu formen, und erlaubte dem Geist Gottes, für ihn Fürsprache zu halten. Gott kannte sein Herz, und nur Gott konnte sie durch diese Zeit hindurch begleiten. Erinnerungen huschten in seinen Verstand hinein und wieder heraus, Bilder von den beiden, wie sie als Jugendliche durch die Wälder gezogen waren, als junge Männer zusammen gejagt und zusammen gelacht hatten, während sie von der Zeit träumten, in der sie große Entdecker und Abenteurer werden würden. Andere Gedanken kamen im in den Sinn, über ihre gemeinsame Zeit, seit sie Philadelphia verlassen und Seite an Seite gegen Flusspiraten und Kopfgeldjäger gekämpft hatten. Selbst die Zeiten des Kampfes gegen die Shawnee und die Pawnee zauberten ein Lächeln auf sein Gesicht. Doch jetzt waren seine Gedanken an die Zukunft von Sorge und sogar Angst getrübt. Er schüttelte langsam den Kopf und rief zu Gott: "Verschone ihn, Herr! Er ist ein Mann, den du auf so viele Arten gebrauchen kannst, und er ist mein Freund. Verschone ihn, bitte!"

Honigbär beendete ihre Krankenpflege, zog die warme Büffeldecke um Gabriels Schultern zurecht und lehnte sich auf den Fersen zurück. Sie betrachtete die stille Gestalt. Sie hatte erfolglos versucht, ihn dazu zu bringen, etwas Brühe zu sich zu nehmen, und es gelang ihr lediglich, ihm etwas Wasser in den

Rachen einzuflößen. Er hatte es eher aus Überlebensinstinkt als durch Durst zu sich genommen, aber es hatte geholfen. Sie sah Ezra an, der ruhig dasaß und zuschaute. "Er ist ein starker Mann. Ein geringerer Mann wäre schon tot, aber er hält durch, und ich weiß, dass er leben wird.

"Aber wird er wieder gesund? Ich habe von einigen Männern gehört, die eine Kopfverletzung hatten und die danach nie mehr die gleichen waren", sinnierte Ezra.

"Wir können nur warten", beschloss Honigbär und blickte noch einmal auf den Mann, der so still lag. Stoppeln bedeckten sein Gesicht, und seine Augen waren eingefallen, aber sie war entschlossen, die Hoffnung dort zu sehen, wo andere aufgegeben und den Patienten ins Jenseits gehen lassen würden. "Er braucht uns, um mit ihm zusammen um ihn zu kämpfen."

Er begann zu antworten, aber ein Kratzen am Eingang lenkte ihre Aufmerksamkeit auf den Eingang. Grauer Fuchs kam herein und blickte Ezra mit einem schüchternen Lächeln an. Dann blickte sie zu Honigbär. "Ich werde mich zu ihm setzen, während du dir Zeit für dich selbst nimmst."

Honig Bär stand auf und umarmte ihre Freundin: "Ich bin dir dankbar." Sie wandte sich an Ezra und sagte: "Ich werde bald zurückkehren. Ich werde bei ihm bleiben, aber ich kann nicht in dieser Hütte bleiben. Verstehst du das?"

"Sicher, ich verstehe." Er sah seinen Freund an und wieder zu Honigbär: "Wir sind dankbar für alles, was du getan hast. Du bist eine gute Freundin, Honigbär."

DAS FEUER HATTE die Kälte aus der Hütte verjagt, während der Rauch durch das Rauchloch abgeleitet wurde und die Flammen hinterließen warmes Licht, dass alle in der Hütte tröstete. Grauer Fuchs hatte die geschnitzte Holzschüssel mit dem Wasserbeutel, der aus dem Magen eines Büffels geformt war, wieder aufgefüllt und kühlte Gabriels Stirn mit dem feuchten Tuch. Ezra beobachtete die Frau, zu der er sich hinge- zogen fühlte und die zärtliche Art, mit der sie sich um Gabriel kümmerte. Sie lächelte bei der Arbeit und zeigte dennoch ihre Sorge um diesen Mann, den sie kaum kannte, offen. Als sie fertig war, lehnte sie sich zurück und sah Ezra an: "Wirst du bleiben, bis es ihm besser geht?"

Ezra lächelte und nickte: "Ja, wir werden bleiben, bis es ihm besser geht!"

"Es ist gut. Wir", sie nickte leicht in seine Richtung, "werden uns besser kennen lernen." Sie lächelte, als sie sprach, und beobachtete die Reaktion von Ezra auf ihren stillen Vorschlag.

Er lächelte zurück und nickte: "Das würde mir gefallen."

Sie lehnte sich zurück, immer noch neben der Pritsche von Gabriel kniend, und schaute Ezra an: "Erzähle mir von deinem Zuhause und deiner Familie!"

Ezra lächelte und begann, die Geschichte seiner Kindheit und Jugend und seiner Familie zu erzählen. Er berichtete von seinem Vater, dem Prediger, und seiner Mutter, der schwarzen Irin, und dem Einfluss von beiden auf sein Leben. Er sprach einige Zeit lang, oft angespornt durch die Fragen von Grauer Fuchs, teilte bereitwillig seine Geschichte mit. Es war gut, sich daran zu erinnern und zu teilen, aber es erinnerte ihn auch an seine Zeit mit Gabriel, diesem weißen Mann, der ihm näher- stand als ein Bruder und ein ebenso großer Teil seines Lebens war wie seine Eltern und mehr noch. Seine Erinnerungen weckten auch seine Neugierde, und nach einiger Zeit hielt er in seinen Erinnerungen inne. Er blickte zu Grauer Fuchs und sagte: "Jetzt erzähl du mir von deinem Leben und deiner Familie!"

Sie lehnte sich lächelnd zurück, und mit den Händen um ein Knie geschlungen begann sie. Sie sprach über ihre Kind- heit und ihre Familie. Von der Ausbildung, die sie von ihrer Mutter und anderen Frauen im Dorf erhalten hatte, und von der Anleitung durch ihren Vater und ihre Onkel. Sie sprach liebevoll über ihre Zeit mit dem Medizinmann und seiner Frau und erfuhr von den vielen Kräutern und Pflanzen, die für viele Zwecke verwendet werden konnten. Sie erzählte von ihrem Mann, der den hohen Preis von acht Pferden an ihren Vater für die Erlaubnis zahlte, sie als seine Gefährtin zu nehmen. Sie war von anderen umworben worden, war aber etwas überrascht, dass der Mann, von dem man glaubte, er würde ein Kriegshäuptling werden, sich für sie entschieden hatte. Sie sprach liebevoll von ihm und erzählte von den Geburten ihrer Kinder und von der Schlacht, in der ihr Mann getötet worden war. Es war ein Überfall gegen die Kiowa gewesen, und obwohl es ein siegreicher Überfall war, war ihr Mann verwundet worden und kurz danach daran gestorben. Die Erinnerung machte sie traurig, aber sie lächelte Ezra an und fragte ihn, ob er jemals eine Gefährtin gehabt hatte.

"Nein, nein, habe ich nicht."

"Aber du bist ein guter Mann und ein guter Jäger. Warum hast du dir nie eine Frau genommen?", fragte Grauer Fuchs mit gerunzelter Stirn.

Ezra lächelte, schüttelte sanft den Kopf und erklärte: "Bei unserem Volk ist es nicht dasselbe. Ein Mann nimmt sich nur dann eine Partnerin, wenn er den Rest seines Lebens mit einer Frau verbringen will und bereit ist, ihr ein Zuhause zu bieten. Gabe und ich hatten eine ungewisse Zukunft, und es war nicht der richtige Zeitpunkt, um ein Zuhause zu schaffen und eine Familie zu gründen. Aber vielleicht eines Tages."

Ihre Erinnerungen wurden durch die Rückkehr von Honigbär unterbrochen, die einsprang und sich an die Seite von Gabriel kniete. Sie bedankte sich bei Grauer Fuchs und blickte zu Ezra: "Ich werde bei ihm bleiben. Er muss seine Verbände gewechselt bekommen, und ich werde versuchen, ihn dazu zu bringen, etwas Brühe zu trinken. Er muss bald etwas zu sich nehmen."

Ezra nickte und stand auf, um Grauer Fuchs zu ihrer Hütte

zu begleiten. Sie sprachen wenig, während sie gingen, und beide genossen die Erinnerungen, die geteilt worden waren, die Gedanken über die Vergangenheit, die oft geschätzt werden, aber allzu regelmäßig im Herzen weggeschlossen wurden. Es war gut, über die Dinge, die die Bausteine ihres Lebens waren, nachzudenken und mehr noch, sie mit anderen zu teilen. Als sie sich ihrer Hütte näherten, hielt Ezra inne: "Es war gut, mit dir zu sprechen, Grauer Fuchs. Ich danke dir dafür. Ich freue mich auf weitere Zeiten, in denen wir voneinander lernen werden."

Sie lächelte und berührte sanft seinen Arm: "Und ich auch, Ezra. Ich danke dir."

Als er in die Hütte zurückkehrte, trat er leise ein und sah, dass Honigbär sich neben Gabriel ein Lager mit Decken gerichtet hatte und an der Seite ihres Patienten eingeschlafen war. Er ging leise zu seinen Decken und legte die Hände hinter den Kopf, starrte auf das Skelettgerüst der Hütte und dachte über Grauer Fuchs und ihr Gespräch nach. Er warf seinem Freund einen Blick zu, rollte sich dann mit dem Gesicht zur Wand der Hütte und schlief ein, während ihm Gedanken an seine Zukunft durch den Kopf gingen.

32

WIEDERHERSTELLUNG

E r roch Rauch und öffnete langsam die Augen und sah ein dunkles, verschwommenes Bild von Grau- und Brauntönen. Er blinzelte, um das Bild deutlicher zu sehen, und begann, den mit Rinde bedeckten Rahmen zu erkennen. Er bewegte nur seine Augen von einer Seite zur anderen und sah Rohlederbehälter, die gegen eine Wand gestapelt waren, und einen Eingang, der an den Rändern gedämpftes Licht durchdringen ließ. Er drehte den Kopf leicht und sah Ezra unter einem schweren Büffelfell auf der Seite liegen, ihm zugewandt, die Augen im Schlaf geschlossen. Er dachte, da Ezra hier war, müssten sie bei Freunden sein. Sein Kopf hämmerte bei jeder der Bewegung, und er blinzelte mit den Augen. Sein Mund und seine Kehle fühlten sich trocken an, und er war sehr hungrig. Er drehte seinen Kopf in die andere Richtung und sah Honigbär neben sich liegen, die Hände unter der Wange zusammengelegt und die Knie hochgezogen. Er lächelte über ihre Nähe und fühlte sich besser, weil er sie sah.

Er versuchte zu schlucken, aber es gab keine Spucke, und er hob eine Hand an seinen pochenden Kopf, fühlte den

Verband und begann sich zu erinnern. Sie hatten sich in einem Kampf mit den Kopfgeldjägern befunden, und er hatte den Schlag auf den Kopf gefühlt und war dann in eine schwarze Leere gefallen. Wie lange war das her? Das einzige Licht in der Lodge kam von der Glut im Feuer und dem gedämpften Licht des frühen Morgens, das sich durch die Tür hineinzuzwängen versuchte. Er atmete tief durch und machte eine mentale Bestandsaufnahme seines Körpers, fühlte einen Schmerz in seiner Seite, bewegte seine Hand dorthin und fand einen weiteren Verband. Sonst gab es nichts, was auf eine Verletzung hindeutete, aber er müsste versuchen, aufzustehen, um Gewissheit zu erlangen. Er schob die schwere Büffelfell Decke weg und drückte sich an einem Ellbogen hoch, war aber zu schwach, um mehr zu tun. Er lehnte sich langsam zurück und hörte "*Howa!*"

Es war Honigbär, die sich auf einem Ellbogen erhob und ihn anlächelte. "Wie fühlst du dich?"

"Wie lange bin ich schon hier, und wo ist hier?" fragte er verwirrt.

"Du wurdest vor vier Tagen verletzt, als wir gegen die weißen Männer kämpften."

"Vier Tage? Und wo sind wir jetzt?"

"Dies ist das Winterlager meines Volkes. Hier haben wir gegen die Pawnee gekämpft", erklärte Honigbär, die sich aus ihren Decken erhob und an seiner Seite kniete. Sie streckte die Hand aus, um sich den Verband auf seinem Kopf genau anzusehen, aber er zog den Kopf zurück. Schließlich hielt er still, damit sie seinen Kopf berühren konnte.

"Wie schlimm ist es? Es hämmert in meinem Kopf!" Er zuckte zusammen, als sie an der Bandage zog.

"Du hast viel Blut verloren, und du musst etwas essen. Es heilt und du wirst bald wieder gesund sein."

Sie hatte mit leiser Stimme gesprochen, aber es reichte, um Ezra wachzurütteln. Er drehte sich um und setzte sich auf, lächelte breit, als er Gabriel ansah: "Nun, es wird Zeit, dass du aufwachst. Meinst du nicht, dass ein viertägiges Nickerchen genug ist?"

"Keine Ahnung, ich muss erst richtig wach werden. Das kann ich aber erst tun, wenn ich satt bin", erklärte Gabe grinsend und froh, noch am Leben zu sein.

Nur wenige Augenblicke später saß Honigbär neben ihm und hielt einen Becherwarme Brühe in der Hand, während er sich nur mühsam aufsetzen konnte. Als er etwas aufgerichtet und gestützt war, nahm er die Brühe gerne an und begann, an der erfrischenden Flüssigkeit zu nippen. Nachdem er sein anfängliches Bedürfnis gestillt hatte, lehnte er sich bequem zurück und sah Ezra an: "Also, erzähl mir, was passiert ist!"

Ezra kicherte und begann: "Nun, es hatte alles gut angefangen. Du sagtest ihnen sie sollen die Hände nach oben nehmen, aber derjenige, der in den Wald gegangen war und sein Gewehr bei sich trug, dachte, er würde Gegenwehr mal versuchen, und ihr beide habt Blei ausgetauscht. Als du dann auf die beiden in deiner Nähe geschossen hast, schoss ich gleichzeitig auf den großen Hünen, aber der, der bei ihm stand, zog seine Pistole und schoss eine Kugel auf dich ab. Ich schnappte mir eine Pistole und habe ihm eine verpasst. Leider hat keiner meiner Schüsse die beiden Männer getötet. Sie haben nicht mal stark geblutet. Aber dann war der Wald plötzlich voller Osage Krieger, alle schwarz angemalt und schreiend, und sie haben diesen Burschen dermaßen Zunder gegeben, als ob es kein Morgen gäbe!"

Er hielt inne, um Luft zu holen und kicherte: "Ich hatte nicht einmal Zeit, wieder nachzuladen, bevor alles vorbei war. Adlerflügel hatte die Kopfgeld Jungs ein paar Tage lang verfolgt, wollte aber nicht auf sie losgehen, bevor wir nicht mit dem Tanz begannen. Aber als sie einsprangen? Junge, Junge, die haben ganze Arbeit geleistet!"

Er sah Gabriel an und nickte Honigbär zu : "Seitdem ist sie

an deiner Seite. Sie hat eine mächtig gute Medizin, jawoll, Mann! Natürlich hat es geholfen, dass du so einen harten Kopf hast!"

Sowohl Gabe als auch Honigbär lachten mit Ezra über seine Bemerkung, aber Gabe griff nach seinem Kopf, schüttelte ihn und sagte: "Oh, tu das nicht! Das tut mehr weh, als von einem Pferd getreten zu werden!" Er sah Ezra an: "Übrigens, geht es Ebenholz gut?"

"Natürlich. Alle Pferde sind in Ordnung, ganz besonders der große Rappe. Aber er hat sich einige der Stuten in der Pferdeherde der Osage angelacht. Im Frühling könnten einige schwarze Hengstfohlen auftauchen!"

Ein leises Kratzen an der Tür gewährte Grauer Fuchs Einlass, und sie lächelte Ezra an und sprach zu Gabe: "Es ist schön, dich wach zu sehen!"

"Es ist mächtig gut, wach zu sein. Aber nach dieser Brühe und all dem", er nickte Ezra zu, "bin ich schon erschöpft und lege mich besser wieder hin."

Honigbär stimmte zu, ordnete die Felle und Decken zu seinem Komfort neu an und half ihm, sich hinzulegen. Sobald er auf dem Rücken lag, überprüfte sie seine Verbände und erklärte: "Ich werde sie wechseln müssen, bevor du wieder schlafen kannst." Gabriel nickte zustimmend und beobachtete, wie sie mit der Vorbereitung der Umschläge begann, indem sie die ausgewählten Pflanzen und Kräuter zu einer Paste zermahlte. Sie hatte bereits einige Verbände aus Deckenresten und Stoff- und Hirschlederstreifen vorbereitet und arbeitete schnell. Sie entfernte die alten Verbände, reinigte die Wunden und legte die neuen Wickel an. Sie lehnte sich zurück und sagte: "Jetzt ruhe dich aus! Ich werde dich bald mit mehr Brühe zum Trinken wecken, und wenn es dir besser geht vielleicht noch ein wenig anderes Essen.

"Dieses 'etwas mehr' klingt vielversprechend. Ich bin so

hungrig, dass mir mein Bauchnabel in die Wirbelsäule drückt, also halte dich nicht bei dem 'etwas mehr' zurück!"

Am Nachmittag hatte er mehrere kleine Mahlzeiten zu sich genommen und fühlte sich etwas besser. Obwohl er immer noch das Pochen im Kopf hatte, war er optimistisch, dass Honigbärs liebevolle Fürsorge ihn durchbringen würde. Sie hatte aus den getrockneten Blüten von Clematis, Immergrün und Heckenkirschennessel einen Tee gebrüht und versicherte ihm, dass ihm dieser gegen das Pochen in seinem Kopf helfen würde. Er sah ihr auch bei der Zubereitung des Breiumschlags zu, und sie erklärte ihm, dass sie die Knöteriche und die innere Rinde der Pappel sowie einige Blätter verwendete und sie zu einem Brei für den Breiwickel zerrieben hatte. Sie griff in ihre Tasche, holte ein kleines, ausgehöhltes Knochengefäß heraus und trug eine rote Salbe auf. "Diese ist ebenfalls von der Pappel hergestellt. Wir benutzen dafür die Knospen in der Zeit, wo alles Grün wird. Bei den Männern der schwarzen Gewänder nennen die Salbe den 'Balsam von Gilead'."

Sie kümmerte sich besonders aufmerksam um seine Wunden und sagte: "Ich freue mich über die Art und Weise, wie deine Verletzungen heilen. Zum Zeitpunkt, wenn alles Grün wird, sollte es dir wieder gut gehen."

Er blickte finster drein: "Grün wird? Du meinst Frühling?", fragte er sichtlich verblüfft.

"Ja, es wird Zeit brauchen, bis dein Kopf heilt, aber noch mehr, bis du innerlich heilst. Es wird dir eine Zeitlang schwerfallen geradeaus zu gehen, aber es wird wieder in Ordnung kommen", erklärte sie. "Es besteht keine Eile. Mein Volk möchte, dass du den Winter bei uns bleibst."

Gabe blickte entsetzt zu ihr, dann zu Ezra und zurück: "Den ganzen Winter bleiben?"

Ezra kicherte: "Irgendwo muss man ja bleiben, und dieser Ort ist so gut wie jeder andere. Besser als die Meisten!"

Gabe legte beide Hände an den Kopf, schüttelte ihn

langsam hin und her und griff nach dem heißen Tee: "Ich hoffe, das Zeug hilft, denn es schmeckt, als hätten Sie einen alten Mokassin ins Wasser geworfen." Er schlürfte einen großen Schluck, kämpfte mit dem Schlucken, verzog das Gesicht und trank trotzdem noch etwas mehr davon. Alles war besser, als darüber nachzudenken, dass Ezra erklärt hatte, sie sollten den ganzen Winter hier im Dorf verbringen. Darauf war er mental einfach nicht vorbereitet.

Mit einem Kratzen an der Tür verschaffte sich Adlerflügel Einlass in die Hütte. Er bückte sich, um einzutreten. Er richtete sich auf, stoisch wie immer, und schaute sowohl Gabriel als auch Ezra an. Als Gabriel darum bat, dass er sich doch setzen solle, akzeptierte der Kriegshäuptling der Osage. Nachdem er es sich bequem gemacht hatte, sagte er: "Blauer Mais hat mich gebeten, für unser Volk zu sprechen. Wir alle wollen, dass ihr während der Zeit des Schnees bei unserem Volk bleibt. Ihr wart von Anfang an Freunde der Ni-u-kon-ska, und es wäre gut für dich, wenn du Zeit zum Heilen hättest!"

Gabe blickte ernst auf Adlerflügel und antwortete: "Wir fühlen uns geehrt, dass ihr uns erlaubt, ein Teil eurer Dorfgemeinschaft zu sein, Adlerflügel. Du und deine Krieger sind auch für uns gute Freunde. Ezra sagte mir, dass ich dir mein Leben verdanke. Wenn du und deine Krieger nicht gekommen wärt hätte ich durch die Hand dieser Kopfgeldjäger mein Leben verloren. Ich bin euch sehr dankbar!"

"Dann werdet ihr also bleiben?" fragte Adlerflügel.

"Es wäre gut für uns, zu bleiben, und ich glaube, wir könnten von den Osage viel lernen. Wir", er nickte zu Ezra, "müssen noch viel über die Lebensweise eures Volkes und über die Wildnis lernen. Ja, wir werden bleiben!", beschloss Gabriel und gewann durch seinen Entschluss ein Lächeln sowohl von Ezra als auch von Honigbär.

"Es ist gut", antwortete Adlerflügel und stand auf, um zu gehen. Er drehte sich um und sprach zu Gabe: "Ich werde dich über unser Volk und den Weg der Wildnis unterrichten, wenn du mir mehr über die Lebensart des weißen Mannes beibringst!"

Gabe kicherte: "Es wird mir eine Ehre sein!"

Das Glück von Honigbär zeigte sich deutlich auf ihrem Antlitz und bei ihrer Arbeit. Ein breites Lächeln erhellte ihr Gesicht und blieb den ganzen Tag über sichtbar für alle. Sie kümmerte sich aufmerksam um Gabriels Wunden und bereitete fröhlich seine Mahlzeiten zu, auch wenn diese noch rationalisiert waren. Gabe genoss trotzdem die Brühe und freute sich, wenn sie etwas Fleisch in den Eintopf gab. Grauer Fuchs kam oft und half Honigbär bei Bedarf, aber noch mehr, um Ezra zu besuchen. Am Abend ließ Honigbär Gabriel aufstehen, obwohl sie das meiste des Stehens übernahm, indem sie ihn mit einem Arm um seine Taille und seinem Arm um ihre Schultern aufrecht hielt. Er ging sehr langsam aus der Hütte um das Kochfeuer draußen herum und wieder zurück in die Hütte. Er ließ sich auf sein Lager fallen und beugte sich vor, die Hände auf den Knien: "Uff! Das kostete mich eine Menge Kraft. Das wird länger dauern, als ich dachte", erklärte er und lächelte Honigbär an.

"Es besteht keine Eile. Wir werden uns die nötige Zeit nehmen, und du wirst noch stärker sein als zuvor", antwortete sie, glücklich über seine Fortschritte, aber noch glücklicher, weil sie wusste, dass sie von diesem Mann gebraucht wurde.

Gabe sah sich in der Hütte um und sah an den Seiten Gegenstände hängen, die von demjenigen erzählten, der diese Unterkunft gebaut und bewohnt hatte. Er sah Honigbär an: "Wem gehört diese Hütte?"

"Warum fragst du?", antwortete sie mit Blick auf Gabriel. Sie sah sich in der Hütte um.

"Nun...", begann er und deutete auf die verschiedenen Gegenstände, die die Wände schmückten und die Hütte wohnlich machten, „es ist offensichtlich, dass hier jemand zu Hause ist. Ich möchte niemanden aus seinem Heim vertreiben."

"Dies ist meine Hütte!", antwortete sie und schaute in den Beutel mit Kräutern, Pflanzen und anderen Heilmitteln. "Aber ich werde bei Grauer Fuchs bleiben, solange ihr hier seid!"

Gabe war sprachlos, da er wusste, wie sie füreinander fühlten, aber er wusste auch um das Gesetz ihres Volkes, welches das Zusammenleben von Paaren verbot, solange es nicht vom Volk richtig vermählt worden war. "Ich verstehe. Wäre es besser für Dich, wenn Ezra und ich unsere eigene Hütte bauen würden?"

"Nein! Grauer Fuchs ist meine Freundin, und wir helfen uns gegenseitig. Es ist gut für dich hier zu bleiben."

Gabe hielt einen Moment inne und sah diese Frau an, die so viel für ihn und seinen Freund getan hatte: "Du hast so viel Gutes getan, indem du dich um mich und noch vieles mehr gekümmert hast. Wir sind beide dankbar, aber ich bin es wahrscheinlich noch viel mehr. Ich danke dir von Herzen, Honigbär!"

Sie sah ihn mit Augen an, die seine Seele zu durchdringen schienen, und antwortete: "Wir sind durch Wah-kon-tah miteinander verbunden. Du hast mich vor den Pawnee gerettet, und das machte mich zu deiner Gefährtin. Wir haben dich vor den Kopfgeldjägern gerettet, und das machte dich zu meinem Gefährten. Wir sind durch Wah-kon-tah miteinander verbunden."

33

WINTER

Sie gingen zusammen, ihren Arm um seine Taille und seinen um ihre Schultern, und machten zögerlich jeden Schritt, der sie von der Hütte wegführte. Es war sein erster Streifzug, der ihn aus der Enge der Behausung herausführte, und er atmete tiefe Züge von der kühlen Luft ein. Er erhob seine Augen zum wolkenverhangenen Himmel und sah die aufragenden Gewitterwolken mit ihren dunklen Bäuchen und den sich ständig bewegenden breiten Schultern. "Sieht aus, als bekämen wir bald winterliches Wetter", erklärte er und forderte Honigbär auf, zu den Wolken zu schauen. "Ich hoffe, Ezra bringt uns genug Holz. Die Hütte kann mächtig kalt werden, wenn der Wind weht."

"Aber du hast viele Büffelfelldecken und noch mehr, was dich warmhalten wird", antwortete sie, während sie ihre Schritte auf dem Pfad, der sich um das Lager herumwand, mit Bedacht wählte.

Gabe sah einen großen Baumstamm, der von den vielen Osage die darauf gesessen hatten, glattpoliert war. Er zeigte auf ihn und fragte: "Wie wär's wenn wir uns ein Weilchen setzen?"

Honigbär half ihm beim Hinsetzen. Er wusste, dass die

Kopfverletzung immer noch Schwindelanfälle mit sich brachte, die es ihm schwer machten, sich schnell zu bewegen. Einmal hingesetzt, schaute er sich die nackten Bäume und Büsche an, von denen einige noch immer einzelne Blättern festhielten, und fragte: "Benutzt dein Volk diesen Ort oft für Ihr Winterlager?"

"Wir haben hier schon einmal überwintert und werden es wieder tun, aber unsere Anführer wählen unsere Lager und versuchen zu vermeiden, allzu oft die gleichen zu benutzen. Das gibt den Gräsern Zeit, sich zu regenerieren, und den Wäldern Zeit, ihre Freigiebigkeit an Nahrung neu aufzubauen. Wenn wir zu lange bleiben, gibt es nicht mehr genug Brennholz oder Tiere als Nahrung. Und wenn wir zu früh zurückkehren, hat der Schöpfer die Wälder noch nicht genug erneuert, um uns zu versorgen."

"Und die Anführer des Stammes entscheiden, wann ihr weiterzieht?"

"Ja, normalerweise bewegen wir uns in der Zeit des werdenden Grüns und in der Zeit der vielen Farben. Aber es gibt andere Zeiten, die von den Führern gewählt wurden, wegen unserer Feinde, oder wenn es lange Zeiten ohne genügend Wasser oder wenn es andere Gründe gibt", erklärte sie.

"Und eure Anführer sind Blauer Mais, Adlerflügel und Stehender Elch?", fragte Gabriel.

"Nein. Wir haben einen Rat mit dem Namen "Die kleinen Alten." Sie sind das, was einige Älteste nennen würden. Sie sind die Hüter des Wissens und wurden auserwählt und haben die Riten durchlaufen, um ein Mitglied im Rat zu werden. Es gibt Männer und Frauen in diesem Rat, und sie sind diejenigen, die entscheiden. Aus dieser Gruppe werden auch die Häuptlinge ausgewählt."

"Bist du in diesem Rat?" fragte Gabe.

"Nein, aber vielleicht werde ich eines Tages auserwählt werden. Es ist eine große Ehre und Verantwortung, dem Rat anzugehören. Die, die im Rat sind, führen das Volk in allen Dingen."

Der Schnee begann mit den üblichen wenigen Flocken, die langsam zu Boden schwebten, gerade genug, um weitere Flocken anzukündigen. Die Sturmwolken hatten das Dorf umhüllt, und die Frauen brachten eilig die Töpfe von den Kochfeuern draußen herein und bereiteten sich auf einen langen Aufenthalt in den Hütten vor. Als Gabriel und Honigbär zurückeilten so gut er humpeln konnte, hatten Ezra und Grauer Fuchs bereits Sachen hereingebracht und bereiteten das Mittagsmahl vor.

Es wurde bald ein typischer Tag der kalten Jahreszeit. Die vier Freunde verbrachten viel Zeit miteinander, und wenn die Frauen anderweitig beschäftigt waren, konzentrierten sich die Männer darauf, sich um ihre Waffen zu kümmern, sie zu reinigen, zu reparieren und für jeden Bedarf bereitzuhalten. Gabe packte die wenigen Bücher heraus, die er für die Reise eingepackt hatte: Blackstones *Kommentare zum Gesetz*, Voltaires *Candide* und die klassische Erzählung von Daniel Defoe, *Robinson Crusoe*. Während Gabe daran arbeitete, Blackstones *Kommentare* in sich aufzunehmen, schnappte sich Ezra *Robinson Crusoe* und tauchte in das große Abenteuer eines rebellischen jungen Mannes ein. Die Frauen ermutigten die Männer, die Geschichten in den Büchern zu erzählen, was Gabriel dazu veranlasste, sich für eine unterhaltsamere Geschichte weg von Blackstone und zu Voltaire zu entscheiden.

Als der Sturm nachließ, waren sie überrascht, als sie ein Schaben an der Tür hörten und Adlerflügel eintreten sahen. "Willkommen!", sagte Gabe, auf seinen Decken sitzend, während er zuschaute, wie Grauer Fuchs und Honigbär das Kochfeuer hüteten.

Adlerflügel setzte sich ebenfalls und fragte: "Heilen deine Wunden gut?"

Gabe zeigte auf Honigbär: "Sie sagt, es ist so, aber ich

glaube, ich habe noch einen langen Weg vor mir. Es fällt mir immer noch schwer, mich zurechtzufinden. Diese Wunde", er berührte vorsichtig den Verband seitlich am Kopf, "macht mich immer noch ein wenig schwindlig, aber es wird besser."

"Trink!" kam der Befehl von Honigbär, die ein strenges Gesicht zur Schau trug und auf die Tasse Immergrün Tee zeigte.

Gabe kicherte: "Sie sagt, das macht es besser, und das ist wahrscheinlich auch wahr, aber ich bin der Meinung, dass ich lieber mit einer Bärenmutter und ihr Junges ringen würde, als dieses Zeug zu trinken.

Adlerflügel grinste und senkte seine Stimme, als wolle er verhindern, dass die anderen ihn hörten: "Du willst nicht mit Honigbär ringen, sie schummelt!"

Alle lachten laut, auch Honigbär, die hinzufügte: "Bei ihm muss ich nicht schummeln. Er ist so schwach wie ein Kaninchen oder ein Eichhörnchen."

"Hey! Warte nur, bis es mir besser geht, dann zeige ich dir, was ein Eichhörnchen tun kann, wenn ich dich auf einen Baum jage!"

Adlerflügel schaute Gabriel an: "Wenn du wieder stärker bist, werden wir auf die Jagd gehen. Du sagtest, du willst die Wege der Wildnis kennen lernen, und ich werde dich unterrichten!"

"Im Schnee?", fragte Gabe, ein wenig ungläubig.

"Bekommt man keinen Hunger, wenn Schnee auf dem Boden liegt?", fragte Adlerflügel mürrisch.

"Nun, ja, ich denke schon."

"Dann werden wir bald gehen!", verkündete der Kriegshäuptling, als er sich zum Abschied erhob.

Und sie haben gelernt. Adler Flügel nahm sie beide mit auf mehrere Jagden, wo Gabriel und Ezra ihre Fähigkeiten im Fährtenlesen, im Verstehen des Verhaltens verschiedener Tiere sowie im Anschleichen und dem geräuschlosen Bewegen

durch den Wald weiterentwickelten. Honigbär und Grauer
Fuchs teilten ihr Wissen über heilende Pflanzen und Kräuter,
über das Legen von Schlingen und Fallen für Kleinwild. Sie
lehrten die beiden Männer alles, auch über das Säubern und
Gerben von Häuten. Blauer Mais lehrte sie über das Bearbeiten
von Feuersteinen und die Herstellung von Pfeilen.

Gabriel teilte sein Wissen über den mongolischen Bogen
und arbeitete mit Adlerflügel zusammen, als dieser versuchte,
einen ähnlichen Bogen zu bauen. Er kopierte die Art und
Weise der Mongolen, um das beschichtete Holz zu biegen und
zu formen. Adlerflügel war ein geduldiger Mann und befolgte
Gabriels Anweisungen sorgfältig, empfand es aber als schwierig, das Laminieren und Formen des Bogens zu verstehen. Er
hatte in seinem Leben viele Bögen hergestellt und konnte eine
ausgezeichnete Waffe in weniger als einer Woche fertigstellen,
aber sein Neid auf die Kraft des mongolischen Bogens im
Vergleich zu ihren Bögen, sorgte dafür, dass er fasziniert und
geduldig blieb. Am Ende war sein Bogen allen anderen, die er
zuvor hatte, überlegen, aber ohne die benötigten Materialien,
wie das Horn des Widders und dem Leim aus Fischblasen,
reichte er nicht an die Stärke von Gabriels Bogen heran. Er war
mit seinem Ergebnis dennoch zufrieden und war Gabe
dankbar und versicherte ihm, er werde in Zukunft mehr und
bessere Bögen als zuvor herstellen.

Ezra hatte Freundschaft mit Stehender Elch geschlossen,
und die beiden hatten sich über die Gewehre und Pistolen des
weißen Mannes und den Gebrauch einer Kriegskeule ausgetauscht. Stehender Elch war beeindruckt von Ezras Kriegskeule aus Eisen und Holz und besonders von der Klinge der
spanischen Hellebarde. Die beiden arbeiteten zusammen, um
eine ähnliche Keule für den Medizinmann zu bauen.

Die gewachsenen Freundschaften waren stark und
beruhten auf Gegenseitigkeit. Ezra und Gabriel verbrachten
ihre Abende oft damit, über die Menschen im Dorf zu spre-

chen und darüber, wie viel sie gelernt hatten, nicht nur in Bezug auf Fähigkeiten und Gewohnheiten, sondern auch darüber, wie die Menschen aufeinander angewiesen waren. Für sie schien das ganze Dorf wie eine große Familie zu sein, in der jeder für den anderen sorgte und sicher ging, dass niemand ohne diese Führsorge auskommen musste. Ezra bemerkte: "Weißt du, die Art und Weise, wie die Menschen sich um die Bedürfnisse von Grauer Fuchs und ihren Kindern gekümmert haben, ist etwas ganz Besonderes. Das sieht man bei den so genannten zivilisierten Menschen einfach kaum. In der Zivilisation scheint jeder nur darauf aus zu sein, zu erwischen, was er kriegen kann, oder darauf, nur für sich selbst zu sorgen, und keiner hat Zeit für andere. Bei diesen Leuten ist es anders, findest du nicht auch?"

"Ich sehe das auch so. Das heißt aber nicht, dass sie ohne diejenigen sind, die nicht ganz mit dem Verhalten mithalten wollen oder gar nicht wie die anderen sein wollen. Aber es gefällt mir, wie die Menschen versuchen, sich gegenseitig auf den richtigen Weg zu bringen, und sie zögern auch nicht, Unruhestifter zu verbannen. Ich schätze aber, dass jeder Stamm solche Rebellen hat. Honigbär sagte, dass ihr Bruder so einer war, der die Wege der Ältesten nicht mochte und auf eigene Faust loszog. Sie sagte, wenn einer der ihren das tut, wird er für sie tot erklärt oder zumindest als Abtrünniger gekennzeichnet", erklärte Gabe. "Oh, und ist dir aufgefallen, dass Verrückter Wolf hier ständig herumhängt und ziemlich viel mit Grauer Fuchs spricht?"

Ezra kicherte: "Ja, das habe ich bemerkt. Ich habe mich ein wenig mit ihm unterhalten, und er scheint ein guter Mensch zu sein. Aber ich weiß nicht, was ich davon halten soll. Ich meine, ich mag Grauer Fuchs, ich mag sie wirklich sehr, aber ich bin mir nicht sicher, was wir im Frühling machen werden. Es wäre nicht richtig von mir, sie davon abzuhalten, jemanden zu wählen, der gut zu ihr passen würde, wenn wir uns einfach

wieder auf die Wanderschaft machen würden. Aber tun wir
das? Ich meine, werden wir im Frühling wirklich weggehen?"

Ezras Freund Gabe seufzte, sah sich in der Lodge um, die in
den letzten zwei oder mehr Monaten ihr Zuhause gewesen war,
und antwortete: "Ich weiß es nicht. Honigbär erzählte mir
heute, dass die Ältesten sie gebeten haben, in Erwägung zu
ziehen, dem Rat beizutreten. Als sie zuvor darüber sprach,
sagte sie, es sei eine große Ehre und sie könne es nicht ablehn-
nen. Er drehte sich hin und her und ruderte mit seinen Armen
in weitem Bogen, um die Fortschritte bei der Heilung der
Wunde an seiner Seite zu testen: "Alles scheint ziemlich gut
verheilt. In letzter Zeit war mir nicht mehr schwindelig, und
die Kopfschmerzen haben nachgelassen. Aber..."

"Ja, es ist das 'Aber', das mich auch stört. Ich kann mir wirklich nicht vorstellen, dass wir mit diesen Leuten zusammen-
bleiben und ein Leben mit ihnen führen können, so nett sie
auch sein mögen. Es gibt zu viel Land zu entdecken und zu
viele Dinge zu sehen und zu tun, um sich jetzt schon niederzu-
lassen. Du und ich, nun ja, das ist einfach nicht das, was ich
jemals von uns erwartet hätte, sesshaft zu werden, meine ich,
oder zumindest jetzt noch nicht!"

"Da muss ich dir zustimmen", antwortete Gabriel, der von
seinen Freunden Gabe genannt wurde. Er schüttelte den Kopf
und starrte ins Feuer. "Auch wenn dies alles mit dem Duell und
meinem Bedürfnis, Philadelphia zu verlassen, begann, glaube
ich, dass dies unser Schicksal ist. Auch wenn wir viele Heraus-
forderungen bestehen und Gesetzlosen entgegentreten mussten, weil sie uns gejagt haben, glaube ich dennoch, dass noch
mehr als das dahintersteckt. Wir können nicht nur unsere
Augen auf uns selbst richten und darauf, was wir glauben,
heute oder morgen tun zu wollen. Unser Land wächst, und wir
sollten mit ihm wachsen. Ich glaube wirklich, dass es unser
Schicksal ist, diejenigen Männer zu sein, die dieses Gebiet
finden, dieses großartige Land kennen lernen und dieses

Wissen mit anderen teilen sollen. Ezra, ich glaube, wir haben unser Schicksal entdeckt."

Ezra war eine Weile still und starrte auf die glühenden Kohlen des Feuers, dann warf er seinem Freund einen Blick zu. "Gabe, du hörst nie auf, mich zu erstaunen. Einen Tag liegst du bewusstlos im Wald, blutend wie ein abgestochenes Schwein, und niemand weiß, ob du noch einen weiteren Tag erleben wirst, und dann bist du hier und sprichst über die große Zukunft und die Erforschung des Westens. Ich sitze hier und denke darüber nach, was wir heute Abend essen werden, und du sprichst über unser Schicksal!" Er hielt inne, seufzte und fügte hinzu: "Also, ich nehme an, es heißt wohl wieder ´Westwärts in die Wildnis´, was?"

"Hört sich richtig an!", antwortete Gabe und zog die Büffeldecke um sich herum hoch, während er sich auf das Lager mit Fellen zurücklegte. "Westwärts in die Wildnis!", flüsterte er.

ÜBER DEN AUTOR

B.N. Rundell wurde als jüngster von sieben Söhnen in Colorado geboren und wuchs dort in einer Familie von Ranchern und Cowboys auf. Er jonglierte zwischen Bullen reiten, Ski fahren und seiner Zeit im Gymnasium. Sein Abschluss war der Startschuss für eine Karriere als Fallschirmjäger bei der Luftwaffe.

Nach seiner Armeezeit vervollständigte er sein Studium in Springfield, Montana. Mit seiner Frau Dawn gründete er eine Familie und trat der Baptisten Kirche als Prediger bei.

B.N. und Dawn Rundell zogen vier Töchter groß. Diese sind mittlerweile alle verheiratet und haben das Ehepaar Rundell zu stolzen Großeltern gemacht.

Nach vielen erfolgreichen Jahren als Pastor und Erzieher zog er sich schließlich aus dem Kirchendienst zurück und folgte dem Beispiel seines unternehmerischen Vaters. Er gründete eine erfolgreiche Versicherungsagentur, die er mittlerweile seinem Neffen anvertraut hat.

Zusätzlich hat sich Rundell einen Namen als Sprecher mehrerer Audiobücher für ausgezeichnete, erfolgreiche Autoren gemacht. Nun endlich konnte sich B.N. Rundell seinen persönlichen Lebenstraum erfüllen und ist mittlerweile ein erfolgreicher Autor von Kinderbilderbücher, Jugendbücher, sowie Abenteuer- und historischen Westernromanen geworden.